古典詩歌研究彙刊

第二一輯

龔鵬程　主編

第 5 冊

宋代樂府詩研究（上）

羅　旻　著

國家圖書館出版品預行編目資料

宋代樂府詩研究（上）／羅旻 著 — 初版 — 新北市：花木蘭
文化出版社，2017〔民 106〕
目 4+188 面；17×24 公分
（古典詩歌研究彙刊 第二一輯；第 5 冊）
ISBN 978-986-404-866-3（精裝）
1. 樂府 2. 詩評 3. 宋代
820.91　　　　　　　　　　　　　　　　106000428

ISBN-978-986-404-866-3

9 789864 048663

古典詩歌研究彙刊
第二一輯　第五冊　　　　　ISBN：978-986-404-866-3

宋代樂府詩研究（上）

作　　者　羅旻
主　　編　龔鵬程
總 編 輯　杜潔祥
副總編輯　楊嘉樂
編　　輯　許郁翎、王筑　美術編輯　陳逸婷
出　　版　花木蘭文化出版社
社　　長　高小娟
聯絡地址　235 新北市中和區中安街七二號十三樓
　　　　　電話：02-2923-1455 ／傳眞：02-2923-1452
網　　址　http://www.huamulan.tw 信箱 hml 810518@gmail.com
印　　刷　普羅文化出版廣告事業
初　　版　2017 年 3 月
全書字數　272335 字
定　　價　第二一輯共 22 冊（精裝）新台幣 33,000 元

宋代樂府詩研究(上)

羅旻 著

作者簡介

羅旻，1983 年生，北京人。2006 年於北京大學元培計劃實驗班獲文學、哲學學士學位，2009 年於北京大學哲學系獲哲學碩士學位，2013 年於北京大學中文系獲文學博士學位。現任職於北京航空航天大學人文與社會科學高等研究院，主要研究方向爲唐宋文學與中國古典詩學，兼攻通識教育。曾在國內核心期刊與報紙發表《宋集中的樂府詩編纂研究》、《論宋代樂府詩創作對〈詩〉、〈騷〉傳統的追溯》、《宋代道學共同體的形成及其特徵》等論文。

提　　要

　　宋代是大規模總結前代樂府詩的時期，也是文人廣泛創作樂府詩的時期。宋代文人樂府的全面徒詩化，形成了樂府文學發展史上的一次重要變革。

　　宋代文人秉承崇古重道的文學觀念，將樂府詩源流上溯《詩》、《騷》，將之納入儒家以淑世精神爲指導的道德框架之中。他們分別由題材和音樂性兩個角度著眼接受和總結前代樂府文獻，全面建構了樂府文學的體系，並在這一過程中形成自身包容度較高的樂府觀，有持續開拓之功。在創作實踐領域，宋代文人將樂府詩視爲徒詩之一體，在崇古之餘又發揚「補樂府」的創作觀念。他們的舊題樂府創作重考辨、闡發，新題樂府創作則重自出機杼，以故爲新，故在繼承前代樂府的敘事性與「感於哀樂，緣事而發」等傳統之餘，又形成了樂府詩創作的新變。

　　宋代樂府詩向徒詩的全面轉變，拓展了樂府詩的題材內涵。本書根據宋代樂府詩新興題材的內容，分別從廟堂、市井、鄉土三個空間切入文本，考察宋代文人擬樂府寫作的發展演變與創作特色，並揭示宋代樂府詩在特定歷史條件下多方位觀照表現宋代社會生活的獨特性和新成就。同時，通過對宋代郊廟朝會歌辭、祠祀樂歌、琴曲歌辭三大類仍與音樂相關聯的樂府詩體的考察，也將揭示宋代樂府詩對前代重要音樂傳統的繼承與發揚。

目
次

緒　論

一、選題緣起

　　樂府詩作爲中國古代詩歌的一個重要組成部份，有其產生、發展、變革和趨於衰微的完整過程。由兩漢時朝廷音樂機構的采風，到魏晉時文人的擬作，再到南北朝的民歌及文人創作的帶有民歌特色的作品，唐代反映社會現實的諷喻詩篇，最後收束於宋元明清的文人擬樂府。但自近代以下，百年內的樂府詩研究，絕大多數都只截至唐五代，而將宋代作爲樂府詩走向衰微的時期，並不予以關注。一方面，宋代樂府詩作爲音樂文學的特質全面由詞所取代，另一方面，和前代尤其是唐代相比較，宋代一流文人的樂府詩創作比例並不高，正是這兩個主要原因導致當今學界對宋代及其後的樂府詩的研究一直未能形成規模。

　　然而，宋代是文人廣泛創作樂府詩的時期。據筆者統計，宋代樂府詩總數接近五千首，超越了之前任何一個朝代的規模。這固然是因爲宋詩自身的基數較大，卻也能反映出宋代文人對樂府詩仍然十分重視的創作現象。宋代的著名文人如歐陽修、梅堯臣、蘇軾、黃庭堅、張耒、陸游、范成大等，都有一定的樂府詩創作，引領了文壇的風氣；其中又以張耒爲甚，他的 80 多首樂府詩大多不拘一格，自出機杼，展現出較前代樂府更爲靈活自如，不拘一格的面貌。宋代

的一般文人也對樂府詩貢獻良多，如文同、郭祥正、曹勛、薛季宣等人都有相當數量的樂府詩創作，曹勛一人即創作新舊題樂府 200 餘首。宋代文人普遍關注樂府詩的創作，形成了一種更為廣泛的、由整個文人群體共同完成的文學活動。這種趨於時代整體化而非個人化的創作傾向，非但形成不拘一格的創作局面，也令宋代樂府詩的整體數量頗為可觀。此外，很多宋人樂府在繼承前代典範之餘，又推陳出新，形成題材、思想方面的變革，其中不乏名篇傳世。如梅堯臣《猛虎行》，歐陽修、王安石等人的《明妃曲》唱和，張耒《倉前村民輸麥行》，陸游《關山月》，范成大《臘月村田樂府》，劉克莊《軍中樂》之類，其旨趣立意大多別出心裁，體現了宋代樂府詩的新風。

而在宋代的樂府詩創作中，新舊題樂府又呈現出不同的發展局面。宋代文人開始總結樂府舊題的同時，在題材選擇方面出現一定的傾向性；與之相應地，新題樂府的題材則較前代發生了更加全面的拓展。這都與宋代樂府全面徒詩化的趨勢下，文人對樂府主旨、功能的進一步認識相關。因此，對新舊題樂府的創作分別予以梳理，應當可以發原宋人對於新舊題樂府各自的源流、功能乃至題材等方面認識的深化。比如宋代的大量古題樂府擬作都有意識地追尋本事，形成對舊題傳統的復歸，這種崇古的創作動機值得關注。而自立新題的樂府題材範圍較前代有相當的拓展，比如政治主題的全面凸顯，南渡之後時代精神的勃發，乃至對世俗民生，包括鄉土與市井題材的關注，都具備較前代樂府更加生活化、現實化的氣息，可以因而發原其對現實主義傳統的繼承與新變。另外，宋代新舊題樂府的創作中也存在一定的交互影響，比如題材的交錯，風格的相似，等等。在這個過程中，部份樂府舊題的本義呈現出逐漸漫漶乃至消解的狀態，其擬作中樂府的特質漸不分明，對這一現象予以關注，或也可與宋代樂府詩趨於衰微這一普遍觀點相互觀照，更為全面地考察宋樂府的發展變遷。

　　樂府文學的傳統注重本事，具有對同一題材重複書寫的特質，在宋代文人唱和盛行的創作環境下，出現了不少同題傳寫之舉，如歐陽修《醉翁吟》，梅堯臣《莫登樓》、《莫飲酒》，蘇軾《薄薄酒》、《虛飄飄》，徐積、釋居簡等《舞馬行》，劉敞、晁說之《陰山女歌》等。在這些樂府新題的寫作中，既存在同一時代文人的彼此唱和，別為新意；也涉及到同一題目在異代傳寫之中的本事傳承與流變。自唐代以降，文人自立新題創作的樂府詩篇大多因事立題，一題一事，這種創作方式很難形成立題傳寫的普遍現象。而在宋代新題樂府的創作中，達到立題程度的作品卻形成一定規模，一些宋代的新題甚至在明清等朝代也有傳寫。故而值得結合題材的特殊性，探討宋代文人對本朝新題的選擇與繼承。

　　整體而言，樂府詩在宋代已經全面趨於徒詩化，文人擬樂府大多喪失了樂府文體固有的音樂特質，然而這樣的樂府詩仍然能夠成為宋詩的一個重要構成部份，既被宋代文人繼續作為徒詩廣為傳寫，又維持著自成一體的狀態，特徵鮮明，不與其餘詩體混淆，這一現象是樂府文學發展史上的一次重要變革，值得研究者深思。另一方面，在文人擬樂府全面徒詩化的同時，樂府文學的一些音樂傳統也仍有留存甚至發展。比如宋代的郊廟朝會歌辭製作十分發達，遠遠超越前朝；在宋前樂府詩傳統中並不受重視的祠祀樂歌也受到宋代文人的關注，形成一定規模。此外，宋代文人對琴曲歌辭，尤其是《琴操》傳統格外關注，在宋代琴曲歌辭擬作普遍不入樂的情況下，他們轉為發原古史本事，追求詩樂精神的諧和，形成了對《琴操》主旨的復歸。這些文學現象的產生，都值得結合宋代的時代、歷史背景，樂府詩與音樂的離合關係，以及宋代文人身份、意識的轉變，全方位地加以討論。

　　宋代又是大規模總結前代樂府詩的時期。宋人對前代樂府詩進行了廣泛的文獻整理。宋代諸總集、別集中對樂府詩的編纂，既包括對前代樂府文獻的總結，也包括宋人對本朝樂府創作的認識，而其樂

府觀又各自有別。《文苑英華》與《唐文粹》在分類模式上偏重於按照樂府詩題材區分，在詩篇的選擇方面又格外重視唐代樂府的創作典範；《繫聲樂府》雖已亡佚，但據《通志》記載可知，其編纂方式獨重音樂源流；而《樂府詩集》則是在辨析音樂源流的基礎之上，又對舊題淵源進行文獻性的考證，梳理舊題創作的沿革，可謂宋代樂府文獻總結之集大成者。在這些總集的編纂中，已經分別體現了宋人對於前代樂府的不同態度，然而其觀念又與宋人對本朝樂府的界定有所不同。如《宋文鑒》的編纂中突出樂府與歌行的相似性，而在宋人諸別集中，樂府多與其餘詩歌雜列，呈現出相當明顯的徒詩化特質。宋人對前代樂府詩和本朝樂府詩的不同態度中，便可以看出，他們在繼承前代樂府觀念的同時，又進行了哪些新的思考，而這些新的觀念又對他們的樂府詩創作產生了怎樣的影響趨勢。

由此可見，宋代在樂府詩文體的發展過程中仍然佔據一個相當重要的地位，是總結前朝樂府詩的時代，也是樂府詩創作形成新變的時代。宋代樂府詩在全面徒詩化之下，也仍然保留著詩體的獨立性，成爲宋元明清文人擬樂府的發端，實有承上啓下之功。因此，本文將以音樂文學特質衰亡之際的宋代樂府詩爲專門的研究對象，以略補當前樂府文學史研究之闕。

因宋代文人在整體上將樂府詩視作徒詩，認爲「士大夫作者，不過以詩一體自名」〔註1〕，故宋代樂府詩雖然在文學性上繼承了古樂府的傳統，部份功能與特點與聲詩也有重合之處，卻是獨立於音樂的文學。故在本文中，凡宋人取古樂府舊題而創新辭，或因舊辭而衍生新題，或即事而立新題，傳承樂府精神、體制的篇章，無論其題材、體裁、入樂與否，皆界定爲宋人的樂府徒詩。又，因詞在宋代也被稱爲樂府，特此說明，本文中提及樂府，一律是指樂府詩而言。

〔註1〕 王灼《碧雞漫志》卷一，《全宋筆記》第四編，大象出版社，2008年，第2冊，175頁。

二、研究現狀

　　古今對樂府詩的研究，通常分為文獻、音樂、文學三個主要方面。自唐吳兢《樂府古題要解》、宋郭茂倩《樂府詩集》、明徐獻忠《樂府原》以降，便主要體現出對文獻性和音樂性的重視。近年來吳相洲等學者提出以《樂府詩集》為主要研究對象，從而建構樂府學的思考，更是格外強調其音樂文學特質，所推出的「樂府詩集分類研究」等系列成果，很大程度上都是從音樂文學史的角度進行研究。在這方面，《樂府詩集》注重音樂性的樂府觀影響無疑十分深遠。

　　與之相應地，對樂府文學性、藝術性的專題研究，與音樂的聯繫雖不那麼緊密，卻也多傾向於漢魏六朝，至多延及中晚唐，對於宋代及其後各朝的文人擬樂府，則都所涉較少。究其原因，也與全面總結宋前樂府，成為集大成者的《樂府詩集》的總結性斷代不無關係。

（一）文學史之斷代

　　學界通常認為樂府源於兩漢，發展於魏晉南北朝文人擬樂府，變革於唐人新樂府，衰微於宋元時代之詞曲新興，明清時代則趨於尾聲。因而長久以來的研究著作，大多斷至唐五代以前。以樂府文學史方面而論，主要研究著作如蕭滌非《漢魏六朝樂府文學史》斷至南朝，羅根澤《樂府文學史》、楊生枝《樂府詩史》等著作，則斷至隋唐五代。在這一斷代傾向下，在樂府的文學藝術研究方面有價值的研究著作極多，此處不能一一贅列。

　　而如清代馮班《古今樂府論》，則超越《樂府詩集》之斷代，全面涉及樂府的名目、創作源流、類型、體制以及歷代名家得失、文獻著錄、音樂失傳的過程等內容，簡要勾勒出包括宋元明清諸代文人擬樂府在內的樂府發展全過程。對宋代以降的部份，主要關注樂府與音樂關係的消解，體現出對其詩歌本質的重視，所論十分通達。然而如蔣寅《馮班與清代樂府觀念的轉向》所論，這種觀點卻引發了清中葉將樂府納入古詩或歸於歌行兩種試圖取消樂府的論點，或許反而坐實

了樂府在唐後趨於衰落之論，也對唐後的文人擬樂府研究並不發達有一定影響。

當代唐後樂府文學史方面的著作，目前僅王輝斌《唐後樂府詩史》，梳理了北宋到清代九百餘年樂府詩的歷史，包括唐後樂府與唐代樂府詩的承繼關係，與音樂的關係，與社會歷史演變的關係等，可謂一部拓荒之作。然而書中涉及的重要問題過多，難免顧此失彼，比如章節安排方面重在突出歷代的特點，如宋之宮詞，元之竹枝等等，更趨向於專題性研究，於文學史方面的貫穿線索和全局統籌意識則較為欠缺。再如書中將唐後新題樂府具體分為即事類樂府、歌行類樂府、宮詞類樂府、竹枝類樂府四類，一則並無法完全概括新題樂府的內容，二則屬於分別強調其內容、文體、音樂性等特質，並列觀之，難免有略微混亂之感。另外，該書內容時間跨度較大，卻又受篇幅所限，論及歷代樂府的章節都較為簡單，如宋樂府一章，主要將舊題樂府、宮詞、歌行類樂府、即事類樂府分節論述，而未涉及其餘，尚頗有可開掘之餘地。

（二）文獻編纂與分類

郭茂倩《樂府詩集》為宋人對前代樂府詩總結之集大成者，其分類方式與樂府觀都影響深遠，全面影響了現當代的研究，論著成果諸多。然而以樂府觀而論，郭茂倩的觀點在宋代只是一家之言，而且只是對前代樂府文獻在音樂視角方面的總結，並不涉及宋代文人的實際創作與其樂府觀。若以《樂府詩集》觀照宋代文人的樂府詩創作，乃至其相關論述與諸總集別集的編纂，即可發現前者為總結而後者為進一步開拓的差異。

雖然《樂府詩集》的編纂視角也受到後世學者的批評，如元代吳萊《樂府類編》、胡翰《古樂府詩類編》、左克明《古樂府》，都對古樂府進行了重新編集與分類，然而這些著作也均未超出《樂府詩集》斷代範圍。以存世的《古樂府》而論，體現出更重視古題古辭的傾向，僅斷至隋代，於唐人擬樂府尚不收錄，遑論宋元。

　　直至當代，很長一段時間內，也僅有李春祥所編《樂府詩鑒賞辭典》涉及宋元明清諸朝的文人擬樂府，然而一則爲窺豹之舉，所錄十分有限，二則主要以文學賞析爲目的，注重作家作品，而失之於無系統性。唐後的樂府詩一直缺少《樂府詩集》那樣的樂府詩總集編纂，這其實也爲研究的文獻收集造成了一定的困難。

　　近兩年彭黎明、彭勃所編《全樂府》，可稱目前爲止收錄歷代樂府詩最多、最系統的總集。全書共收錄了先秦兩漢樂府，魏晉南北朝樂府，唐五代新樂府，宋元明清文人擬樂府計七千餘首。其中收錄的宋樂府部份共 758 首，約占總數的十分之一，已經是個較爲可觀的數字。

　　《全樂府》在編纂方式上也較《樂府詩集》有重要改變。《樂府詩集》的編纂中，以音樂淵源爲主要編纂依據，舊題次之，朝代次序居末，明顯更重視樂府的音樂文獻性。《全樂府》則按照樂府詩產生、發展和衰微的過程收錄作品，即以朝代爲脈絡，再於其下列樂府類別，以作者生年先後編排作品。這種編纂體例，一定程度上揭示了樂府詩發展的歷史過程，也爲研究樂府文學史提供了基礎線索。

　　此外，《全樂府》將宋金至清近代樂府部份，別出心裁地分爲「新樂府辭」、「雜歌謠辭」和「史歌謠辭」三類。這種不循《樂府詩集》舊例的分類方式，表明了編者對唐後樂府徒詩特質的重視，然而也有欠妥之處。郭茂倩立新樂府辭一類，所收乃是唐人因事立題，意在美刺之作，置諸十二類中，其命名已然顯示出所錄諸題與通稱爲古樂府的漢晉六朝舊題的區別；《全樂府》卻將宋人對唐前舊題的擬作與其自命新題一併納入新樂府辭的範疇，僅以新樂府辭籠統概之，這就淡化了宋代舊題樂府與新題樂府創作的實際差異，其分類模式尚可斟酌。

　　在文獻內容方面，《全樂府》所錄 758 首宋樂府，大致僅涉及對漢晉六朝舊題的擬作，以及一部份內容明顯繼承新樂府理念的作品，屬於相當謹愼的界定方法。這種界定方式大致仍是承《樂府詩集》的

編纂分類方式而來，而對宋代樂府自身的發展與變革考慮得不夠充分。如宋代的郊廟朝會歌辭、祠祀樂歌、宮詞類樂府等大類，皆未收錄，對文人即事立題的歌行體樂府也持謹慎態度，收錄甚少，至於一些宋人明確提出為自創新題的「補樂府」，以及偶見的民間謠辭，也被忽視。此外不得不提的一點是對曹勛樂府詩創作的忽視。在宋初至南渡後的這段時間內，最為致力於創作樂府詩的莫過於曹勛，其樂府詩二百餘篇，題材之廣，數目之多，置諸兩宋也位於前列，而《全樂府》中竟無一篇入選，不可不謂編纂的疏失。

（三）研究角度定位

在以《樂府詩集》為研究主體的大背景下，因宋元時代詞曲新興，取代樂府詩作為音樂文學的地位，故而宋元之際通常被認為是樂府詩之衰落期，研究也便較少。涉及宋代的部份，大多也仍偏重樂府的音樂特質。

如李馴之《兩宋鼓吹歌曲考述》，強調鼓吹樂章與內制歌辭的特點，仍是沿襲《樂府詩集》的分類。至於李方元《宋史樂志研究》，康瑞軍《宋代宮廷音樂制度研究》、鄭月平《從歷史文化學的角度解讀北宋之雅樂》等，都較具全局性視野，偏重於雅樂制度及其音樂傳統，可作為對宋代郊廟樂章的研究參考。

由於唐宋之際音樂文學出現變革，樂府與聲詩的關係也成為一個重要話題。而楊曉靄《宋代聲詩研究》及相關諸篇論文，羅紅豔《論〈全宋詩〉中的聲詩》等，即是上承任半塘《唐聲詩》、王昆吾《隋唐五代燕樂雜言歌辭研究》等研究著作而來，雖是以聲詩為研究對象，一定程度也上涉及了宋代樂府詩與音樂的關係變遷。尤其是《宋代聲詩研究》提出「從聲樂的角度考察，聲詩與雜曲同類；從文辭的角度考察，聲詩又可謂是『樂府詩』。郭茂倩對聲詩的認識，反映了他對『樂府』意義的把握。」〔註2〕顯示出對古代詩樂傳

〔註 2〕 楊曉靄《宋代聲詩研究》，中華書局，2008 年，18 頁。

統流變的探索；此外，對宋代仍保持著入樂傳統的樂府詩，尤其是
其中雅樂樂章、祠祀聲詩、竹枝詞等部份的研究，或涉及樂府源流
及功能的定位，或涉及樂府舊題的流變，也都對宋代樂府詩研究頗有
啓迪。

　　上述關於宋代音樂文學的研究雖然已成規模，然而因宋樂府徒
詩的特質相當突出，對其的專門研究當更爲強調文學文本的意義，關
注題材的開掘、樂府創作傳統的繼承與新變等方面。但目前這方面的
研究還只是剛剛進入學界視野，專著和相關論文都不多。

　　整體而言，宋代及其後的樂府詩研究中，以文人個體的專門研究
居多。如楊娟《曹勛樂府詩研究》、馮瑞珍《論楊維楨的樂府詩》、張
煜《周巽新樂府研究》、《吳炎、潘檉章新樂府研究》等論文，其共同
特點是，以擅作樂府的文人個體爲切入點，重視文人擬樂府的徒詩特
性，尤其是聯繫時代特點，強調他們對新樂府精神的繼承，分析較爲
詳盡細緻。然而這類單純的個案研究尚未能形成規模，置諸樂府發展
史中觀照，也難免窺一斑而未見全豹。

　　至於對宋樂府的單獨研究，如韓文奇《張耒及其詩歌創作研
究》，對比張耒與張籍的樂府，明確其樂府觀傳承，一定程度上涉及
了唐宋樂府文學的觀照與對比。然而這種方式屬於作家研究的範疇，
但宋代一些主要的樂府詩作者不一定爲詩歌名家，便也存在其局限
性。再如吳彤英《宋代樂府題邊塞研究》，則以宋代邊患問題爲背
景，研究邊塞樂府這一單獨題材，爲目前所僅見。然而這樣的分類研
究，仍是在《文苑英華》和《唐文粹》以題材區分樂府詩的體系之
下，而未能顧及宋代樂府發展的深層變革，故而不大適合對宋樂府作
整體觀照。

　　整體而言，目前學界對宋代乃至宋後樂府詩的研究仍處於起步
狀態。上述專著、論文雖然在這一領域均有開拓、啓迪之功，然而因
宋代及其後的樂府文學史脈絡並未全面釐清，其研究中也難免存在一
些遺憾。因此，從樂府文體發生重大變革的宋代入手，全面探討宋人

的樂府觀念與樂府創作現象，最終揭示樂府文體演變的規律，便是本文試圖達到的目的。

三、研究思路

要釐清宋代樂府詩變革與發展的脈絡，當從發原宋代文人的樂府觀入手。宋代文人的樂府觀既包括文人在對前代觀念和詩歌文獻的整合中形成的總結性觀點，又包括樂府向徒詩的轉變過程中，創作觀念、題材、形式等方面形成的新變；甚至兩宋前後數百年，宋人自身的樂府觀也處於一個流變的過程中。爲了全方位地把握宋代文人的樂府觀，並進而對宋人樂府詩形成較爲切實可靠的界定，就需要從文獻編纂、詩學觀念、創作實踐等不同的角度加以分析與整合。

首先，宋代樂府詩處於樂府詩向徒詩轉化的完成期，文人擬樂府全面與音樂疏離，以郭茂倩《樂府詩集》爲代表的分類方式對區分宋代樂府詩已有不適應性，因此有必要根據宋代樂府詩的徒詩特點，從新的角度對其進行歸納整理。一方面區分宋代的新舊題樂府，發原其各自的流變脈絡，另一方面對宋代樂府徒詩題材進行梳理，並重點研究其較之前代題材的拓展與新變。

其次，宋代文人對前代樂府詩作了全面的理論總結之餘，又將樂府詩源流上溯《詩經》和《楚辭》傳統，格外強調其「詩之一體」的地位，看重詩歌文本的意義。創作實踐方面，宋代文人主要將唐人樂府作爲典範加以摹仿和繼承，突出對脫離音樂，作爲徒詩的樂府詩的重視。因此，應將他們的樂府觀與詩歌創作相印證，發原其詩學觀念對樂府詩創作以及樂府徒詩化進程的影響。

最後，宋代文人同時兼具學者和士大夫的身份，他們成爲樂府詩的創作主體，令樂府詩創作不僅具有文學性，其現實意義和社會價值也隨之愈發凸顯。宋代的舊題樂府傳寫大多都涉及舊題本事的源流考辨，其中又包括文人在上溯古事之後基於自身學養、情志的再發揮；

新題樂府則在具備相當的時事紀實性的同時，又不乏對古史軼聞的追溯。因此，當從學者之詩、士大夫之詩的全新角度去看待宋代樂府詩，分析作品立題、傳寫等方面的繼承性與開拓價值。此外，宋代樂府詩具備崇尚典範而又超越典範的創作精神，在全面繼承前代的傳統之外，又開啓了宋元明清文人擬樂府創作，在樂府詩的發展史上處於轉型時期。因此，將之與前代，特別是在有直接承繼關係的唐代樂府詩進行縱向的比較，對其寫作傳統和美學規範的傳承與變化進行觀照，便也成爲必要的研究手段。

　　綜上所述，研究宋代樂府詩，當從論述與創作兩方面同時發掘，方可同時涵蓋宋代文人文論家與創作者的雙重視角。宋代文人在總結前代的基礎上對樂府源流的進一步追溯，體現出他們對樂府詩內容、功能、風格的新認知；而他們在樂府詩創作中對前代典範的選擇性繼承與題材、主旨的新開拓，則既受到他們學者、士大夫身份的影響，也受到宋代文壇乃至社會整體風氣的推動，創作實踐本身即可以作爲其樂府觀的印證。

　　與此同時，在全面向徒詩轉變之際，宋代樂府詩也仍保留了一定的音樂傳統，主要體現在郊廟朝會樂歌、祠祀樂歌、琴曲歌辭三大類之中。禮樂重建的時代背景下對雅樂的格外推重，以及樂府作爲經部文獻的觀念奠定，令郭茂倩在《樂府詩集》的編纂中特別設立郊廟歌辭一類，將涉及雅樂傳統的詩歌明確列入樂府詩的範疇。在建構禮樂體系的同時，王朝也對地方祠祀予以規範。這一行爲促進了士大夫對祠祀活動的關注，他們的祠祀樂歌創作形成一定規模，延續並開拓了樂府詩的音樂傳統。此外，宋代文人的琴曲歌辭擬作雖然很多已不以入樂爲事，但由於其題目選擇的著眼點大多都是在當時仍有樂譜流傳的琴曲舊題，較之其餘古樂久已不傳的樂府門類，仍與音樂維持著一定的聯繫。

　　根據上述情況，《宋代樂府詩研究》這篇論文擬分爲上下兩編。上編在總結宋人樂府觀，展示其創作概況之後，主要基於宋代樂府詩

的題材分類，全面考察其較之前代樂府在風格、旨趣等方面的新變；
下編則依據樂府的傳統分類，對宋代樂府詩中仍體現音樂傳承的類目
進行專題形式的考察。

上　編

第一章　宋人樂府觀念及創作的
　　　　　繼承與新變

　　宋代是樂府詩發展中一個重要的轉變時期。宋代文人主要將樂
府視爲徒詩之一體來創作，其擬樂府雖然在題材、風格等方面繼承了
古樂府的傳統，卻大多獨立於音樂而存在，是純粹的文人詩。文人在
創作樂府詩之時，更多地重視文本自身的文學特質與教化意義，在崇
古之餘努力形成新變。這種徒詩化的寫作雖然令樂府詩的音樂特質
消解，也一定程度地導致宋代樂府詩的風格趨同，然而其更大的意義
則是拓展了樂府詩的題材容納度，在士大夫的使命感影響下，對社
會生活的關注，個人情感的抒發等，都廣泛進入到樂府詩的創作視野
之中。

第一節　樂府精神的溯源與典範的選擇

　　樂府始於漢魏，在宋代之前一直是文論史上的主要觀點。宋人在
繼承漢魏樂府傳統的基礎上，更將樂府精神上溯至《詩》、《騷》，強
調其播於歌詩，旨在美刺的功能，拓展了樂府文體的容納範圍。在這
一基礎上，他們在對前代樂府的全面總結與繼承中，便對風格多變，
旨趣不一的唐代樂府詩尤爲關注。

一、上溯詩騷：宋人對樂府詩傳統的新認識

宋人樂府觀深受宋代儒學傳統的影響。在北宋儒學興盛的思想環境下，對古之詩樂的功能，首先推崇「和人神，舞百獸」，「爲樂官、理國家、治興亡」〔註1〕的教化之功。這種重視現實精神與使命感的態度，濫觴自《詩經》，其「在心爲志，發言爲詩」〔註2〕的抒發情志的特質，對即事名篇的樂府詩創作有著潛移默化的影響。此外，宋人也高度重視《楚辭》的地位，認爲《楚辭》繼承並突出了《詩經》怨刺的功能，所謂「蓋《詩》之流，至楚而爲《離騷》」〔註3〕。在此種思想的引導下，宋人對樂府詩的創作，便更容易聯繫自身經歷與社會背景，將之納入儒家以淑世精神爲指導的道德框架之中。

《詩經》、《楚辭》作爲中國古代詩歌的兩大源流，一向地位崇高，未有其餘文學能與之並舉。如《文心雕龍》論「朝章國采，亦云周備」〔註4〕，乃是在薦於郊廟的功能、以及觀俗采風的現實意義兩方面，一定程度上將樂府與《詩》相提並論，然而並沒有更加全面地闡發。

至宋代，則全面將樂府源流上溯至《詩》。如周紫芝所作《古今諸家樂府序》，即是在樂府的音樂性與功能性兩方面，對其源流進行整體定位，其中更明確提出樂府由《詩》所起的觀念：

> 世之言樂府者，知其起於漢魏，盛於晉宋，成於唐，而不知其源實肇於虞舜之時。舜命夔典樂，教冑子，而曰：「詩言志，聲依永，律和聲。」及《益稷篇》敘舜與皋陶賡歌之詞，而曰：「股肱喜哉，元首起哉。百工熙哉，元首明哉。股肱良哉，庶事康哉。」則歌詩之作，自是而興。

〔註1〕 歐陽修《書梅聖俞稿後》，《歐陽修詩文集校箋》，洪本健校箋，上海古籍出版社，2009年，下冊，1907頁。

〔註2〕 孔穎達《毛詩正義》，十三經注疏標點本，北京大學出版社，1999年，6頁。

〔註3〕 晁補之《離騷新序》，《雞肋集》卷三十六，四部叢刊本。

〔註4〕 劉勰《文心雕龍》，范文瀾注，人民文學出版社，1958年，66頁。

至孔子刪詩定書，取三百六篇。當時燕饗祭祀、下管登歌，
一皆用之，樂府蓋起於此。而議者以爲自漢高祖作《大風
歌》，使沛中小兒和而歌之，乃有樂府，是不然。《雉朝飛》
者，齊宣王時牧犢子之所作也，《薤露歌》者，田橫死而門
人作此歌以葬橫也。《秋胡行》者，秋胡之妻死，後人哀而
作歌焉。秋髯子，魯人也。《杞梁妻》者，杞植妻妹朝日之
所作也。杞植戰死而其妻哭之哀。植亦齊人也。凡此之類
不一，皆見於春秋戰國之時，則其來遠矣。〔註5〕

否定樂府始於漢魏，唐代元稹在《樂府古題序》中已有提及：「劉補
闕云：樂府肇於漢魏。按仲尼學《文王操》，伯牙作《流波》、《水仙》
等操，齊贖沐作《雉朝飛》，衛女作《思歸引》，則不於漢魏而後始，
亦以明矣」〔註6〕，此說乃是就樂府舊題的淵源而言，通過列舉春秋
戰國時期產生的諸《琴操》題目，將樂府詩濫觴的時代推至春秋之
際。而周紫芝之說更進一步，提出歌詩肇於上古三代之際，樂府始於
《詩》的觀點。在其音樂性方面，認爲樂府之濫觴與音樂密切關聯，
乃是古之歌詩；而在其功能性方面，又重視用於宴饗祭祀、下管登歌
的實用功能。較之單純的題目淵源考辨，更加重視樂府作爲《詩》之
一脈所容納的言志、教化的意義。

　　此外，周必大認爲「世謂樂府起於漢魏，蓋由惠帝有樂府令，武
帝立樂府采詩夜誦也。唐元稹則以仲尼《文王操》、伯牙《水仙》、齊
贖沐《雉朝飛》、衛女《思歸引》爲樂府之始。予考之，『乃賡載歌』、
『薫兮』、『解愠』，在虞舜時，此體固已萌芽，豈止三代遺韻而已」
〔註7〕，也是在元稹之論的基礎上，再以《尙書·益稷篇》所載虞舜
賡歌爲例，以證明樂府之體在古之歌詩中即已萌生。至於鄭樵《通志》
提出：「繼三代之作者，樂府也。樂府之作，宛同風雅，但其聲散佚

〔註5〕　周紫芝《古今諸家樂府序》，《太倉稊米集》卷五十一，清文淵閣四
　　　　庫全書補配清文津閣四庫全書本。
〔註6〕　元稹《元稹集》，冀勤點校，中華書局，1982年版，255頁。
〔註7〕　周必大《書譚該樂府後》，《文忠集》卷四十八，文淵閣四庫全書本。

無所紀繫，所以不得嗣續風雅而爲流通也」〔註8〕，這一論述主要是從聲詩角度而言，然而也是以樂府爲三代歌詩之繼，明確其「宛同風雅」的地位。

古時采詩，很多時候是一種自上而下的行爲，其對象是矢口而發的民間歌謠，創作者未必有上達天聽之意。而以美刺爲旨，兼及楚騷怨悱之音的宋代文人樂府，則是更爲主動的，自下而上的表達，希望能傳達自己的所見所感。故而無論是擬舊題樂府，翻新古意，抑或作新題樂府，即事成篇，都頗有關注社會民生現實的諷喻美刺之作。

「詩人失正，采詩官廢，淫詞嫚唱，半成謔談」〔註9〕，漢魏樂府的采詩制度，至宋代雖然久已不存，然而宋代文人空前地表達出對采詩觀風這一樂府傳統功能的注重。他們在創作樂府詩時，多抱有「欲采詩官聞之，傳於執政者」〔註10〕，「庶幾采詩者達之諸司」〔註11〕的政治自覺；甚至一些樂府詩的內容也源於民言甚至民謠，或「不復緣飾，皆老農語也，冀有采之者」〔註12〕，或「以職事出入田畝間，聞民謠之康樂也，采爲聲詩，以詠歌之」〔註13〕，本身即是自下而上，希望上達天聽的表達方式；而「蓋欲自附於《國風》之末，庶幾他日采詩之官或有取焉」〔註14〕，則是更明確地將樂府之旨與三

〔註8〕 鄭樵《通志・樂略》，《通志二十略》，王樹民點校，中華書局，1992年，884頁。

〔註9〕 張詠《許昌詩集序》，《乖崖集》卷八，文淵閣四庫全書本。

〔註10〕 王禹偁《畬田詞》序，《全宋詩》，北京大學出版社，1998年，第2冊，717頁。

〔註11〕 李光《海外謠》序，《全宋詩》，北京大學出版社，1998年，第25冊，16391頁。

〔註12〕 王庭珪《寅陂行》序，《全宋詩》，北京大學出版社，1998年，第25冊，16733頁。

〔註13〕 程公許《喜雨歌》序，《全宋詩》，北京大學出版社，1998年，第57冊，35542頁。

〔註14〕 喻良能《道旁松》序，《全宋詩》，北京大學出版社，1998年，第43冊，26926頁。

代春秋采詩之傳統，乃至《詩經》之義相聯繫，表達了樂府濫觴於《詩》這一觀念。

與此同時，宋代文人士大夫更意識到自己既爲本朝之臣，「歌詩讚頌，乃其職業」〔註15〕，故有自覺主動地撰寫頌辭之舉，「以待樂府之采焉」，如北宋趙湘、石介作《宋頌》，石介作《慶曆聖德頌》，南宋曹勳作《乾道聖德頌》等，從內容和文體兩方面都體現出《詩經》頌體的影響。這一觀念也影響到對郊廟樂歌的認識，「若夫《雅》、《頌》之篇，則皆成周之世朝廷郊廟樂歌之詞」〔註16〕，極大地推動了宋代郊廟朝會歌辭的創作。

在《詩經》之外，宋代文人亦十分推重《楚辭》。他們認爲《騷》乃《詩》之苗裔，且在詩義傳統方面尚有極密切的淵源。如黃庭堅所謂「章子厚嘗爲余言，楚辭蓋有所祖述，余初不謂然。子厚遂言曰：『《九歌》，蓋取諸《國風》；《九章》，蓋取諸二《雅》，《離騷經》，蓋取諸《頌》。』」〔註17〕張元幹也認爲「《風》、《雅》之變，始有《離騷》」〔註18〕。洪咨夔則認爲「因念詩亡而《離騷》作，《騷》之憤世疾邪，蓋出於《小雅》之變，後世之詩，又以出於《騷》爲近《雅》」〔註19〕。此外如姚鉉《唐文粹》的編纂，將騷體與仿傚詩經的四言體並列爲「古調」，冠於詩一類之首，也從側面反映出當時對《楚辭》地位的尊崇。

將古樂府傳統上溯至《楚辭》之論，所關注的乃是《楚辭》的變風、變雅之意，亦即以怨悱之音發忠節之志的主旨，如胡寅所言

〔註15〕 石介《慶曆聖德頌》序，《徂徠石先生文集》卷一，陳植鍔點校，中華書局，1984年，8頁下同。

〔註16〕 朱熹《詩集傳序》，《朱子全書》，朱傑人等編，上海古籍出版社、安徽教育出版社，2002年，第24冊，3651頁。

〔註17〕 黃庭堅《書聖庾家藏楚詞》，《黃庭堅全集》，劉琳等校點，四川大學出版社，2001年，第3冊，1561頁。

〔註18〕 張元幹《跋蘇詔君楚語後》，《蘆川歸來集》卷九，文淵閣四庫全書本。

〔註19〕 洪咨夔《嬾窟詩稿序》，《平齋文集》卷十，四部叢刊續編影宋鈔本。

「古樂府者，詩之旁行也。詩出於《離騷》、《楚辭》，而《離騷》者，變風、變雅之意，怨而迫、哀而傷者也。其發乎情則同，而止乎禮義則異。」〔註20〕一方面，宋人關注《楚辭》中忠貞深沉的忠君愛國之情。「《楚辭》『沅有芷兮澧有蘭，思公子兮未敢言』，又：『望美人兮未來，臨風恍兮浩歌』，又：『王孫遊兮不歸，春草生兮萋萋』，又：『惟草木之零落兮，恐美人之遲暮』，皆愛君惜時之詞。後世擬之者不過徒法其句耳，非其意也。」〔註21〕另一方面，他們又重視《楚辭》中憤世疾邪的旨趣表達。在論及詩歌主旨時，有「其興託高遠則附於《國風》，其憤世疾邪則附於《楚辭》」〔註22〕之說。張表臣《珊瑚鈎詩話》中所云，「幽憂憤悱，寓之比興，謂之騷」〔註23〕，此亦為宋代楚辭學者之普遍認知。《楚辭》中的忠君愛國之義，多以怨刺出之，也十分符合兩宋，尤其是南渡之後文人士大夫的家國情懷。

北宋末期及南渡後，樂府詩在反映社會現實之餘，更雜入了家國之悲與破敵激情的抒寫，樂府詩在敘事、諷喻兩方面的成就達到了空前的高度。如李綱《建炎行》、曹勛《陽春歌》、劉子翬《懷舊歌》、員興宗《歌兩淮》等，或描寫、影射靖康之變及生民苦難，或諷刺統治者集團逸樂誤國，或表達對渡江雪恥，復興宋室的祈願，皆體現了文人士大夫經歷家國之悲後強烈的現實主義精神和使命感，其現實意義便更為深刻，旨趣上也更近乎楚騷的怨刺激揚之風。

綜上所述，宋代文人清晰地意識到，《詩經》與《楚辭》，無論從內容還是功能來看，都已經涵蓋後世樂府詩的諸多特徵，說其為樂府之濫觴亦不為過。首先，就其音樂性而言，《詩經》與《楚辭》本就

〔註20〕 胡寅《向薌林酒邊集後序》，《斐然集》卷十九，中華書局，1993年版，402～403頁。

〔註21〕 范晞文《對床夜語》卷一，《歷代詩話續編》，丁福保輯，中華書局，1983年，410頁。

〔註22〕 黃庭堅《胡宗元詩集序》，《黃庭堅全集》，劉琳等校點，四川大學出版社，2001年，第1冊，410頁。

〔註23〕 張表臣《珊瑚鈎詩話》卷三，百川學海本。

屬於音樂文學的範疇，二者皆有合樂歌唱的傳統，如《國風》本是民歌，《雅》及《頌》則多屬雅樂；《九歌》更屬巫歌之類，即便鴻篇巨製如《離騷》，也是自楚地民歌的基礎上開拓而來。其次，就其實用功能而言，《詩經》兼具采風、教化、美刺、祠祀等功能，「《詩》三百五篇，商周之歌詞也，其言止乎禮義，聖人刪取以為經」〔註24〕之論，是對詩義的推重；而在《楚辭》中，《離騷》等篇也承擔著怨刺的功能，且更於吟詠情性的基礎上展現出憂國憂民的士人情懷：「王者跡熄而《詩》亡，《詩》亡而後《離騷》作。《九歌》、《九章》之屬，引類比義，雖近乎俳，然愛君之誠篤而嫉惡之志深，君子許其忠焉」〔註25〕；而《九歌》一類則體現了樂府用於祭祀的傳統。因此，對於追求雅正傳統的宋代文人，在樂府詩源流方面對《詩》、《騷》傳統的追溯，無疑構成了一次樂府功能、主旨的復歸。

在上溯《詩》、《騷》，正本清源之後，宋代樂府詩在創作觀念、內容、功能、甚至體裁諸方面，也都受到這一傳統的影響，體現出崇古重道的特徵。如梅堯臣《答韓三子華韓五持國韓六玉汝見贈述詩》云：「聖人於詩言，曾不專其中。因事有所激，因物興以通。自下而磨上，是之謂國風。雅章及頌篇，刺美亦道同。不獨識鳥獸，而為文字工。屈原作離騷，自哀其志窮。憤世嫉邪意，寄在草木蟲。……然古有登歌，緣辭合徵宮。辭由士大夫，不出於瞀蒙。」〔註26〕全篇雖是從詩歌創作的整體出發，溯其源流，宣揚美刺，教化等意義，然而終篇歸結於士大夫作登歌，強調其樂歌傳統，便也足以為樂府之張本。將樂府源流上溯《詩》、《騷》，不僅是對其高古格調的繼承，也表現為從詩論到創作方面，對樂府詩所蘊義理的發掘，流露出宋代文人更為深沉的責任感和天下情懷。

〔註24〕 銅陽居士《復雅歌詞序》，《新編古今事文類聚》續集卷二十四，文淵閣四庫全書本。

〔註25〕 李綱《湖海詩集序》，《梁溪集》卷十七，文淵閣四庫全書本。

〔註26〕 梅堯臣《梅堯臣集編年校注》，朱東潤校注，上海古籍出版社，1980年，336頁。

二、追步唐人：宋人對前代樂府詩典範的選擇與效法

宋代文人在全面繼承前代樂府的風格之餘，對唐人樂府予以了較多的關注。這一關注，除了體現在總集編纂的傾向、文學評論的重視等方面外，更多地體現在宋人樂府詩的創作實踐之中，其典範選擇與風格摹仿，都存在推崇已經徒詩化的唐人樂府的趨勢。

編纂方面，如宋初兩部重要總集《文苑英華》和《唐文粹》前代樂府詩的收錄之中，《文苑英華》力圖展示南朝至唐五代樂府詩創作概貌，而尤為重視唐人詩篇，所錄一千餘首樂府詩中，唐代樂府詩佔據一半，共計 582 首；《唐文粹》更是致力於收錄唐人樂府，這種傾向性都體現出對唐代樂府詩的格外推重。

而在論及前代樂府詩作者時，宋代文人提及較多的，也是唐代的李白、杜甫、元稹、白居易、李賀、張籍、王建等人，將他們視為樂府之名家。這些論點，主要是就詩篇的氣格與功能兩方面而言。如劉次莊謂：「自唐以來，杜甫則壯麗結約，如龍驤虎伏，容止有威；李白則飄揚振激，如浮雲轉石，勢不可遏；李賀則摘裂險絕，務為難及，曾無一點塵嬰之；張籍則平易優游，足有雅思，而氣骨差弱」〔註27〕；周紫芝認為「李太白最高，而微短於韻；王建善諷，而未能脫俗；孟東野近古而思淺，李長吉語奇而入怪」〔註28〕等，都是在風格層面上的比較。而對元白新樂府「規諷時事」〔註29〕的現實意義，以及「元、白、張籍、王建樂府，專以道得人心中事為工」的抒情性，則是推重樂府作為徒詩，即事寫心的功能。下文即兼及這兩方面，探討宋人對唐代樂府典範的選擇性繼承。

〔註27〕 劉次莊《塵土黃》序，《全宋詩》，北京大學出版社，1998 年，第 17 冊，11324 頁。

〔註28〕 周紫芝《古今諸家樂府序》，《太倉稊米集》卷五十一，清文淵閣四庫全書補配清文津閣四庫全書本。

〔註29〕 潘自牧《記纂淵海》卷一百六十八，文淵閣四庫全書本。

1、李白、李賀的意象瑰奇

宋人學李白，首重其肆恣淋漓，神韻飛揚的詩風。徐積贊其「不知何物爲形容，何物爲心胸。何物爲五臟，何物爲喉嚨，開口動舌生雲風」〔註30〕，李呂贊其「曳裾半天下，所至驚四筵。筆陣掃強敵，詩情快湧泉」〔註31〕，都是對李白詩風的推崇。這一推崇也體現在對前代樂府詩的總結方面，《文苑英華》收錄五百餘首唐人樂府，李白一人名下便達 61 首，尤以歌行體樂府爲多。故而，宋人對李白詩風的倣仿，也推動了宋代歌行體樂府的發展。

如范滂《擬李太白笑矣乎》，是出自李白《笑歌行》之作，因《笑歌行》首句爲「笑矣乎，笑矣乎」〔註32〕，故擬作以此爲題，篇中亦反覆出現此句：「笑矣乎，笑矣乎。馮諼悲歌食無魚，少陵老跨東家驢。寧如三高飽斫鱠，坐嘯一舸凌煙湖。笑矣乎，笑矣乎。相隨出關漢兩疏，散資千萬苟隱居。彼皆棄置慕閒逸，得閒何乃翻區區」，姿態十分灑落。又如曹勳《棹歌》，並非擬相和歌辭《棹歌行》舊題〔註33〕，而是因李白《玩月金陵城西孫楚酒樓，達曙歌吹，日晚，乘醉著紫綺裘烏紗巾，與酒客數人棹歌秦淮，往石頭訪崔四侍御》的詩

〔註30〕 徐積《李太白雜言》，《全宋詩》，北京大學出版社，1998 年，第 11 冊，7557 頁。

〔註31〕 李呂《讀太白集》，《全宋詩》，北京大學出版社，1998 年，第 38 冊，23813 頁。

〔註32〕 李白《笑歌行》：「笑矣乎，笑矣乎。君不見曲如鈎，古人知爾封公侯。君不見直如弦，古人知爾死道邊。張儀所以只掉三寸舌，蘇秦所以不墾二頃田。笑矣乎，笑矣乎。君不見滄浪老人歌一曲，還道滄浪濯吾足。平生不解謀此身，虛作《離騷》遣人讀。笑矣乎，笑矣乎。趙有豫讓楚屈平，賣身買得千年名。巢由洗耳有何益，夷齊餓死終無成。君愛身後名，我愛眼前酒。飲酒眼前樂，虛名何處有！男兒窮通當有時，曲腰向君君不知。猛虎不看机上肉，洪爐不鑄囊中錐。笑矣乎，笑矣乎。甯武子，朱買臣，叩角行歌皆負薪。今日逢君不識，豈得不佯狂人。」

〔註33〕 按《樂府詩集》，《棹歌行》屬相和歌辭‧瑟調曲。《樂府解題》曰：「晉樂，奏魏明帝辭云『王者布大化』，備言平吳之勳。若晉陸機『遲遲春欲暮』，梁簡文帝『妾住在湘川』，但言乘舟鼓棹而已。」

意化出,「作《棹歌行》以紀之」〔註34〕。詩中所述,「長杯引竭北斗空,吳歌楚舞無顏色。行行倒著紫綺裘,徑上蘭舟岸紗幬。笑談咳唾驚魚龍,歷塊群山看滅沒。石頭水底度冰輪,迢迢碾破澄空碧。左回右盼生英風,聯袂招邀盡狂客」〔註35〕,著紫綺裘、觀看歌舞、過石頭城等諸事細節,全見於李白詩題。筆致鋪陳無忌,跳蕩灑落,對李白風神的追慕一目了然。

此外,郭祥正較多追和李白之作,因詩格俊逸,被梅堯臣譽為「太白後身」〔註36〕,其樂府詩亦深得李白歌行體樂府的韻致。如《江上游》:「我乘逸興浮扁舟,楊花渡江飛滿頭。河豚初熟鰣魚爛,借問春光須少留。人間乍聽黃金鳥,物外誰憐白雪鷗。但願滄波化為酒,青山兩岸皆糟丘。人生快意天地小,登覽何必須瀛洲。漁歌聲斷自起舞,酩酊更看江月流」〔註37〕,通篇脫胎於李白《江上吟》〔註38〕(一作《江上游》),除了有意步韻之外,連篇中結構安排也都一致:前四句寫江上浮舟,美酒佳肴;中四句寫外物變幻,有飄舉之意;末四句則抒寫襟抱曠達之情,筆法氣韻都與李白原作相合。此外,他的《楚江行》、《醉歌行》、《翠碧杯》、《金熨斗》、《鸚鵡洲行》、《將歸行》等篇也都頗具李白之神韻。如《碧翠杯》篇云:「翠碧杯,滿酌正是桃花開。一年三百六十日,幾人待得春歸來。春歸來,不飲酒,翠碧之杯爾何有」,以翠碧杯起興,發及時行樂之思,流暢飄逸,亦可謂太白遺風。

〔註34〕 曹勳《棹歌》序,《全宋詩》,北京大學出版社,1998年,第33冊,21044頁。

〔註35〕 曹勳《棹歌》,《全宋詩》,北京大學出版社,1998年,第33冊,21044頁。

〔註36〕 陸佃《增修埤雅廣要》卷八:「祥正少有詩名,梅堯臣曰:『天才如此,真太白後身也。』」

〔註37〕 郭祥正《江上游》,《全宋詩》,北京大學出版社,1998年,第13冊,8786頁。

〔註38〕 李白《江上吟》:「木蘭之枻沙棠舟,玉簫金管坐兩頭。美酒樽中置千斛,載妓隨波任去留。仙人有待乘黃鶴,海客無心隨白鷗。屈平詞賦懸日月,楚王臺榭空山丘。興酣落筆搖五岳,詩成笑傲凌滄洲。功名富貴若長在,漢水亦應西北流。」

　　宋代文人在擬李白樂府詩題之外，也有部份以李白詩句爲藍本，加以凝練或生發，更爲樂府之作。此舉堪稱對李白詩風最爲直接的摹仿。如崔敦禮《太白遠遊》、《太白招魂》，篇中多化用李白詩句。《太白遠遊》中，「臥香爐以餐霞兮，窺石鏡而心清。遙見僊人於彩雲兮，把芙蓉於玉京。期汗漫於九垓兮，接盧敖於太清」一段，除首句外，大多化自李白《廬山謠寄盧侍御虛舟》卒章〔註39〕；而「栽若木於西海兮，採瓊蕊乎崑山。揖叔卿於雲臺兮，恍惚凌乎紫冥。飲玉漿於丹丘兮，備灑掃以明星。赤松借予以白鹿兮，挾兩龍以相從。傳秘訣於韓眾兮，精誠與夫天通」，則皆化自其《古風》五十九首中的詩句〔註40〕，諸多遊仙的典故、意象直落而下，飛揚靈動，辭氣縱橫。《太白招魂》中「長相思兮在長安，絡緯秋啼兮金井欄。望夫君兮安極，我沉吟兮歎息。懷洞庭兮悲瀟湘，把瑤草兮思何堪。念佳期兮莫展，每爲恨兮不淺。荷花落兮江色秋，秋風嫋嫋夜悠悠。魂兮歸來，謝遠遊」一段，則在用李白樂府《長相思》〔註41〕詩句之外，更兼及其《劍閣賦》〔註42〕、《悲清秋賦》〔註43〕、《惜餘春賦》〔註44〕等賦體篇章，在樂府詩中形成對李白所慣用的諸多意象的渾融堆疊。此舉既是對太

〔註39〕　李白《廬山謠寄盧侍御虛舟》：「閒窺石鏡清我心，謝公行處蒼苔沒。早服還丹無世情，琴心三疊道初成。遙見僊人彩雲裏，手把芙蓉朝玉京。先期汗漫九垓上，願接盧敖遊太清。」

〔註40〕　依次化自李白《古風》五十九首其四十一：「朝弄紫泥海，夕披丹霞裳。揮手折若木，拂此西日光。」其十七：「崑山採瓊蕊，可以鍊精魄。」其十九：「西上蓮花山，迢迢見明星。……邀我登雲臺，高揖衛叔卿。恍恍與之去，駕鴻凌紫冥。」其二十：「蕭颯古仙人，了知是赤松。借予一白鹿，自挾兩青龍。」其四：「惟應清都境，長與韓眾親。」

〔註41〕　李白《長相思》：「長相思，在長安。絡緯秋啼金井闌，微霜淒淒簟色寒。」

〔註42〕　李白《劍閣賦》：「望夫君兮安極，我沉吟兮歎息。」

〔註43〕　李白《悲清秋賦》：「荷花落兮江色秋，風嫋嫋兮夜悠悠。」

〔註44〕　李白《惜餘春賦》：「吟清楓而詠滄浪，懷洞庭兮悲瀟湘。……飄揚兮思無限，念佳期兮莫展。……惜餘春之將闌，每爲恨兮不淺。漢之曲兮江之潭，把瑤草兮思何堪。」

白詩意的傳承，也不無炫學的意味。

此外如員興宗《李太白古風高奇，或曰：能促爲竹枝歌體何如，戲促李歌爲數章》，分別是以李白《古風》五十九首中，第十一、十八、二十一、三十一首爲本，從中截取數句，提取意象，縮爲七言絕句〔註45〕。詩篇雖是七言四句的竹枝體，但也保留了李白原作的高古不羈之風。

在飛揚不羈的詩風之外，宋代文人也關注李白「矯矯世路，彼自清濁」〔註46〕的品格，認爲其詩「所志眞有關於世教，何止於風雲月露之爲」〔註47〕，故亦著重發掘其樂府詩中旨趣近於美刺的部份。按釋契嵩所言，「其樂府百餘篇，其意尊國家，正人倫，卓然有周詩之風，非徒吟詠情性，咄嘔苟自適而已」〔註48〕，即是對李白樂府詩氣格的全面肯定。如崔敦禮即言「太白自知不容於時，益傲放不羈，以自昏穢。時無宋玉，不能作《招魂》之辭，以復其精神而風其上。徒於詠歌之際，外陳四方之惡，內述長安之盛」〔註49〕，其《太白招魂》篇，在傳承太白肆恣飛揚的詩風之餘，也是對太白人格的體貼與發揚；而詩篇特地以騷體出之，也反映出宋代樂府詩對《楚辭》刺世疾

〔註45〕 員興宗所效竹枝體中，如「天津三月桃與李，朝能斷腸暮流水。綠珠黃犬悲相續，何如湖海鷗夷子」，通篇化自李白《古風》其十八：「天津三月時，千門桃與李。朝爲斷腸花，暮逐東流水。……黃犬空歎息，綠珠成釁仇。何如鷗夷子，散髮弄扁舟」；而「鄭客入關行未已，逢人見謂祖龍死。秦人竟去無來蹤，千載桃源隔流水」，則化自李白《古風》其三十一：「鄭客西入關，行行未能已。白馬華山君，相逢平原里。璧遺鎬池君，明年祖龍死。秦人相謂曰，吾屬可去矣。一往桃花源，千春隔流水。」

〔註46〕 李之儀《李太白贊》，《全宋詩》，北京大學出版社，1998年，第17冊，11292頁。

〔註47〕 王奕《登青山太白墓文並歌》，《全宋詩》，北京大學出版社，1998年，第64冊，40377頁。

〔註48〕 釋契嵩《書李翰林集後》，《鐔津文集》卷十六，四部叢刊三編影明弘治本。

〔註49〕 崔敦禮《太白招魂》序，《全宋詩》，北京大學出版社，1998年，第38冊，23776頁。

邪精神的一脈相承。

　　樂府詩創作風格與李白最爲相類的唐代詩人便是李賀。張戒謂「賀詩乃李白樂府中出，瑰奇譎怪則似之，秀逸天拔則不及也」，認爲「賀有太白之語，而無太白之韻」〔註50〕。詩篇的神韻，因各人氣稟不同而各有千秋，在張戒看來，李賀的奇詭偏鋒雖不及李白的天縱豪宕，然而在詩風方面卻屬一脈相承。而劉克莊認爲「樂府李賀最工」〔註51〕，也是就其辭句的奇崛瑰麗而言。李賀的想像力大膽詭譎，其樂府詩多寫鬼神故事、逸史傳說，意象運用於奇險中更見工巧，甚至較李白更勝一籌。

　　宋人學李賀之因，主要是「慕其逸才奇險」〔註52〕，故而篇章極盡雕琢。如李復《秋夜曲》：「玉刻麒麟煙縷直，生色屛風龜甲碧。青娥無聲滿空白，兔影西流轉斜隙。仙人蓮花殷葉開，當心吐光照愁魄。縵縷短後易水客，氣動燕山驕子泣」〔註53〕，猶可見李賀《秦宮詩》中「越羅衫袂迎春風，玉刻麒麟腰帶紅」、「內屋深屛生色畫」〔註54〕等句，以及《春坊正字劍子歌》中「隙月斜明刮露寒」〔註55〕的脫胎，此外如青娥無聲，蓮花愁魄等意象，亦皆營造出冷色調的華美意境。而晁補之《鸞車引》，則是仿傚李賀的詠史題材，以奇險之筆寫武則天開控鶴府的故事，開篇「推鸞車，伐鼉鼓。從帝子，迎天女。天女喜，立龍旗。馮小寶，光陸離。雲斑斑，覆銅山」〔註56〕，

〔註50〕　張戒《歲寒堂詩話》卷上，叢書集成初編本，12頁。
〔註51〕　劉克莊《呂炎樂府》，《後村集》卷一百，四部叢刊本。
〔註52〕　孫光憲《北夢瑣言》卷七，《全宋筆記》第一編，大象出版社，2008年，第1冊，96頁。
〔註53〕　李復《秋夜曲》，《全宋詩》，北京大學出版社，1998年，第19冊，12431頁。
〔註54〕　李賀《秦宮詩》，《李賀詩歌集注》，王琦等注，上海人民出版社，1977年，214頁。
〔註55〕　李賀《春坊正字劍子歌》，《李賀詩歌集注》，王琦等注，上海人民出版社，1977年，49頁。
〔註56〕　晁補之《鸞車引》，《全宋詩》，北京大學出版社，1998年，第19冊，12803頁。

皆是三言，已覺韻險聲促。再如錢易《西遊曲》：「花銷秋老白日短，敗紅荒綠迷空館。擬將清血灑昭陵，幽谷蛇啼半山晚。十年辭家勤獻書，王孫不許延公車。江頭祖廟祭無血，重門生草寒離離。我有黃金三尺劍，奸骨無痕古波豔。佩入函關無故人，玉握凋零七星暗」〔註57〕，通篇顏色濃麗卻又衰敗淒迷，正是李賀氣象。

於這種詭豔而無所指歸的風格，宋人更有李長吉體之謂。如歐陽修《春寒效李長吉體》〔註58〕、王質《和遊子明效李長吉體》二首〔註59〕、劉有慶《效長吉體》〔註60〕等篇，雖然題目已與樂府舊題不同，然而題材和筆法都是對李賀樂府的全面仿傚。如歐陽修「東皇染花滿春國，天爲花迷借春色。呼雲鎖日恐紅蔫，幾日春陰養花魄。悠悠遠絮縈空擲，愁思織春挽不得。高樓去天無幾尺，遠岫參差亂屏碧」，所寫的春寒本是身邊常見題材，然而特地以神話意象渲染，如東皇染花、呼雲鎖日、春陰花魄等筆，皆縹緲如寫天上事，在刻意營造的敘述隔膜中造就想像之境。

然而效法李賀，不獨在字句的錘鍊雕琢，更重要的是神韻的相似。李賀樂府詩命意方面的無所指歸，恍惚縹緲，天生與重視詩句義理旨趣的宋詩氣象不合，宋人寫來，很容易形似神非，後力不繼。如王庭珪《仙人春宴曲》：「高樓玉佩搖春風，銀槽壓雨珍珠紅。天留曉月十分魄，飛光下照仙人宮。瑤姬半醉撾鼉鼓，彩鳳吹笙黃鶴舞。雙成翠袖織藕絲，麻姑行廚擗麟脯。金盤燒蠟夜未央，從妃進果蟠桃香。坐上花開人未老，他日重來花更好。三千年後忽相逢，再約群仙醉蓬島」〔註61〕，前四句尚有李賀寫神仙的縹緲之風，其後筆力便覺遲

〔註57〕 錢易《西遊曲》，《全宋詩》，北京大學出版社，1998 年，第 2 冊，1187 頁。

〔註58〕 歐陽修《歐陽修詩文集校箋》，洪本健校箋，上海古籍出版社，2009 年，下冊，1352 頁。

〔註59〕 《全宋詩》，北京大學出版社，1998 年，第 46 冊，28816 頁。

〔註60〕 《全宋詩》，北京大學出版社，1998 年，第 70 冊，44375 頁。

〔註61〕 王庭珪《僊人春宴曲》，《全宋詩》，北京大學出版社，1998 年，第 25 冊，17626 頁。

滯，雖然極力羅列諸多遊仙意象典故，然而敘述大多坐實，反而失去了李賀詩中迷離惝恍之趣。

此外，正如錢鍾書所言，「長吉穿幽入仄，慘淡經營，都在修辭設色，舉凡謀篇命意，均落第二義」〔註62〕，李賀詩篇立意模糊，也屬於宋人所批評的對象。孫光憲論李賀樂府「嘗疑其無理，未敢言於時輩」〔註63〕，陸游則認爲「求其補於用，無有也」〔註64〕，故宋人對李賀的繼承，僅限於對其文辭風格的描摹。周紫芝讀其《金銅僊人辭漢歌》時，提出「予因讀長吉詩，愛其奇古，然味牧之所謂其於騷人感刺怨懟之意，無得而有焉」〔註65〕，指出篇中現實意義的缺失，並在擬作中加以補全，也可視作宋人學李賀樂府詩時的一種揚棄。

李白、李賀的樂府詩本是以氣象神韻著稱，然而宋代文人在將之作爲典範繼承摹寫時，於風格技法之外，也關注其旨趣是否合於樂府詩諷詠美刺的精神，這是與宋代樂府詩重視詩句義理的整體發展趨勢相合的。

2、老杜、元白的刺美見事

洪邁認爲唐人歌詩「於先世及當時事，直辭詠寄，略無避隱」〔註66〕，此論主要是就杜甫的新題樂府而言，「如《兵車行》、前後《出塞》、《新安吏》、《潼關吏》、《石壕吏》、《新婚別》、《垂老別》、《無家別》、《哀王孫》、《悲陳陶》、《哀江頭》、《麗人行》、《悲青阪》、

〔註62〕錢鍾書《評李賀詩及學李賀詩》，《談藝錄》，三聯書店，2001年，148頁。

〔註63〕孫光憲《北夢瑣言》卷七，《全宋筆記》第一編，大象出版社，2008年，第1冊，96頁。

〔註64〕范晞文《對床夜語》卷二，《歷代詩話續編》，丁福保輯，中華書局，1983年，422頁。

〔註65〕周紫芝《金銅歌》序，《全宋詩》，北京大學出版社，1998年，第26冊，17084頁。

〔註66〕洪邁《容齋續筆》卷二，《全宋筆記》第五編，大象出版社，2012年，第5冊，242頁。

《公孫舞劍器行》終篇皆是」，而連元白的一些敘事歌行如《長恨歌》、《連昌宮詞》等也都一併涵蓋在內。這種直言時事，旨在美刺的題材指向，正是樂府的特色。而陸游詩云「古詩三千篇，刪取才十一。每讀先再拜，若聽清廟瑟。詩降爲楚騷，猶足中六律。天未喪斯文，杜老乃獨出。陵遲至元白，固已可憤疾」〔註67〕，在《詩經》、《楚辭》以下，惟獨尊崇杜甫、元白，也是因爲其樂府詩中鮮明的現實主義精神。

杜甫以詩敘史事，廣爲關注民生疾苦，拓寬了樂府詩的現實題材；而元白繼於其後，在此基礎上倡導新樂府。他們不滿於當時樂府詩「止於模象物色」〔註68〕的浮豔淺顯，而倡導學習古樂府「諷興當時之事，以貽後世之人」〔註69〕的功能，推崇杜甫的自立新題與現實主義風格，試圖自內容、主旨等方面，發起樂府詩風的變革。但從中晚唐樂府詩風格的整體走向來看，元白理念的接受者在當時並不多，新樂府之體，在宋代士大夫手中方得到廣泛發展，對時政民生形成普遍關注，作品眾多。

宋人在論及以詩敘事之體時，也十分推重杜甫和白居易的敘事風格。「事以詩敘者，唐人累累有焉。然有之而工，工之而傳，惟少陵、樂天二氏乃已也。蓋少陵以嚴，樂天以詳，兩公於事皆工於道達，事然矣語未嘗不然，則人之從之，亦信乎其然也。嗚呼，風雅數變，體厚語極至此，可謂難哉。」〔註70〕觀二者的敘事風格，杜甫的樂府詩格局嚴正，氣象森然，敘事的整體感十分強烈；白居易則更著重於細節的開掘，如蘇轍所論，「寸步不遺，猶恐失之。此所以望

〔註67〕 陸游《宋都曹屢寄詩且督和答作此示之》，《劍南詩稿校注》，錢仲聯校注，中華書局，1985 年，第 8 冊，4276 頁。

〔註68〕 元稹《序詩寄樂天書》，《元稹集》，冀勤點校，中華書局，1982 年版，353 頁。

〔註69〕 元稹《樂府古題序》，《元稹集》，冀勤點校，中華書局，1982 年版，255 頁。

〔註70〕 員興宗《歌兩淮》序，《全宋詩》，北京大學出版社，1998 年，第 36 冊，22543 頁。

老杜之藩垣而不及也」〔註71〕，然而其敘事兼以抒情，描繪亦十分
詳盡。

　　如洪咨夔《續洗兵馬上李制置》，即是仿傚杜甫之體，寫紹興年
間的著名抗金戰役采石之戰。篇中先描寫「淮東千里正鼾寢，夜半泃
湧傳邊聲。王師北渡衂泗口，胡馬南牧搖青平。擁城敗將死蝸縮，護
堡贏卒飛猱驚」〔註72〕的大局，營造出一觸即發的緊張氛圍；在這一
環境中，又格外突出抗金名將虞允文「詩書元帥戒鳳駕，往試百萬胸
中兵」的個人形象，極力鋪陳其臨危受命的壯舉，「李晟爲國不虛出，
裴度與賊難俱生。兩軍相持以氣勝，督戰火急開行營。長江漲綠馮夷
舞，擊楫東來親一鼓。威靈閃閃動牛斗，精彩軒軒起貔虎。金牌銀牌
膽爲冷，千戶萬戶色如土。尺兵寸鏃不待施，已覺目中無此虜」。至
此，慷慨壯闊之意可謂到達了極致。於是詩人之筆鋒驟然一轉，不
再對戰事作隻字片言的描寫，而是平寫得勝歸來之況，「麥畦黃裏栗
留風，秧甽青邊勃姑雨。老農想見太平年，買酒煮茶相勞苦。黃旗紫
蓋祥光開，宮柳飛絮公歸來。平淮勒碑字如斗，鐃歌奏曲聲如雷」，
極寫其安寧興盛之況。通觀全篇，既有重筆，又有留白，可謂張弛有
度，深追老杜之格局。

　　如沈作喆《哀扇工歌》則仿傚元白之筆法，多用細節描寫。開篇
僅以「某州竹扇名字著，織扇供官困追捕」〔註73〕點明題目主旨，而
後便立即對扇工的不幸生活予以詳細書寫。他們的製扇手藝是極爲工
巧的，「新模巧製旋剪裁，百中無一中程度。犀革鑴柄出蟲魚，麝煤
薰紙生煙霧。戠山老姥羞翰墨，漢宮佳人掩紈素」，扇面的剪裁百里
挑一，扇柄鏤刻也極盡精緻。然而這樣的好手藝反而成爲取禍之端，

〔註71〕　蘇轍《詩病五事》，《欒城集》，曾棗莊等校點，上海古籍出版社，1987
　　　　年，下冊，1553 頁。

〔註72〕　洪咨夔《續洗兵馬上李制置》，《全宋詩》，北京大學出版社，1998
　　　　年，第 55 冊，34475 頁。

〔註73〕　沈作喆《哀扇工歌》，《全宋詩》，北京大學出版社，1998 年，第 35
　　　　冊，22084 頁。

「衙內白取知何名，帳下雄拏不知數。供輸不辦棰楚頻，一朝赴水將誰訴。使君崇重了不聞，嗚呼何以慰黎庶。……歸來痛哭辭妻兒，宿昔投纓掛枯樹。一雙婉婉良家子，吏兵奪取名為顧」，扇工遭受著多方面的摧殘與荼毒，官宦強取豪奪，地方官非但對此不聞不問，反而催索無度；即便在扇工被迫自盡後，他們的家人也仍處於苦難之中，連兒女都被吏兵掠走，可謂不論生死，俱是絕境。此外，詩人猶旁出一筆，寫與扇工同樣處境的勞動者，「聞道園家賣菜翁，又說江頭打魚戶。號令亟下須所無，官不與錢期限遽」，其苦難也是一般無二。這種無微不至的筆法，細細道來，體貼入微，形成了對社會現實的全面揭露。

在題材方面，以杜甫、元白為代表的唐代新樂府大多一題一事，諷詠時事之餘，兼及詠史，形成徒詩化趨勢下樂府題材的開拓。因而，宋代文人的擬作，也重在傳承新樂府的現實主義精神與即事名篇的特質，其樂府詩多是即事立題，別開生面；唐代新樂府舊題中，僅杜甫《麗人行》、《大麥行》、《哀王孫》，白居易《八駿圖》、《澗底松》、《李夫人》等題，在宋代尚有傳寫。如鄭思肖《續洗兵馬》，乃是上承杜甫《洗兵馬》的題材寫唐代史實，先敘天寶末年「四夷交侵小雅廢，率其子弟攻父母。封豕長蛇互人域，天子下殿跣足走」〔註74〕的時世之亂，後寫唐肅宗即位，收復中原，「太子即位靈武日，天開萬仞磨崖碑。載定尊卑奠鼇極，一新正朔授人時」，讚頌其「黃旗紫蓋東南興，大火王氣浮晴春」的中興之盛，是一篇較為純粹的擬作，格局規模都較平常。此外諸題的擬作大多類此，不再贅述。

對唐代新樂府即事名篇特質的繼承，令宋代樂府詩的題材愈發趨於廣泛，「忠臣孝子，發憤激昂，感時憂國，睹物思人，觸事寓興，一切寫之於詩。可以省風俗而知厚薄，察政教而明得失」〔註75〕，成

〔註74〕 鄭思肖《續洗兵馬》，《全宋詩》，北京大學出版社，1998年，第69冊，43434頁。

〔註75〕 唐仲友《詩論》，《悅齋文鈔》卷八，民國續金華叢書本。

為對家國天下的普遍關懷。宋代文人樂府詩中對民生疾苦、社會現實的關注，都由此傳統開拓而來，宋人樂府的敘事性也因而進一步加強。

3、張籍、王建的平易古質

宋人論及唐代樂府時，對張籍、王建的推崇之語極多，如「樂府至張籍、王建諸公，道盡人意中事。惟半山尤賞好，有『看若尋常最奇崛，成如容易極艱辛』之語。此十四字，唐樂府斷案也」〔註76〕，認為張王樂府乃是唐樂府的極致。而周紫芝《古今諸家樂府序》謂：「余嘗評諸家之作，以謂李太白最高，而微短於韻；王建善諷，而未能脫俗；孟東野近古而思淺，李長吉語奇而入怪；唯張文昌兼諸家之善，妙絕古今」，更是將張籍樂府詩置諸李杜元白等人的作品之上，予以極高的評價。此外，曾季狸認為樂府「惟張籍、王建古質」〔註77〕，嚴羽謂「張籍王建之樂府，吾所深取耳」〔註78〕，劉克莊則言「唐樂府惟張籍王建」〔註79〕，都體現出對張王樂府非同一般的推崇。而兩宋樂府第一人張耒的樂府詩效法張籍，也已是今日學界的共識〔註80〕。

「張籍樂府甚古，如《永嘉行》尤高妙。」〔註81〕《永嘉行》是一篇詠史之作，寫西晉永嘉年間匈奴陷洛陽之亂。詩中以「黃頭鮮卑入洛陽，胡兒持戟昇明堂」〔註82〕總起，述天下大亂之局，而後並不極意鋪陳，僅擇取「婦人出門隨亂兵，夫死眼前不敢哭」的一個場

〔註76〕　劉克莊《後村詩話》新集卷三，王秀梅點校，中華書局，1983年，196頁。
〔註77〕　曾季狸《艇齋詩話》，清光緒琳琅秘室叢書本。
〔註78〕　嚴羽《滄浪詩話校釋》，郭紹虞校釋，人民文學出版社，1983年，165頁。
〔註79〕　劉克莊《書文潛寒衣歌》，《後村集》卷一百零四，四部叢刊本。
〔註80〕　韓文奇在《張耒及其詩歌創作研究》一書中提到，錢鍾書先生說張耒「受自居易和張籍的影響頗深」，程千帆、吳新雷先生說張耒的詩「效法唐代新樂府的倡導者白居易和張籍」，劉乃昌先生說張耒「樂府詩頗有張籍、王建遺韻」。
〔註81〕　曾季狸《艇齋詩話》，清光緒琳琅秘室叢書本。
〔註82〕　張籍《永嘉行》，《樂府詩集》卷九十三·新樂府辭四，中華書局，1979年，第4冊，1311頁。

景加以敘寫，而憑此一事，九州離亂之況亦如在目前。全篇卒以「北人避胡多在南，南人至今能晉語」，則是宕開筆墨，寫永嘉之亂數百年後，南方之人猶能說晉時北方的方言，愈發深刻地揭示了當時的社會動盪，民生流離，可謂言極簡而旨極深，回思無窮之筆。

而范晞文認爲「古樂府當學王建，如《涼州行》、《刺促詞》、《古釵行》、《精衛詞》、《老婦歎鏡》、《短歌行》、《渡遼水》等篇，反覆致意，有古作者之風，一失於俗則俚矣」〔註83〕。如《渡遼水》篇：「渡遼水，此去咸陽五千里。來時父母知隔生，重著衣裳如送死。亦有白骨歸咸陽，營家各與題本鄉。身在應無回渡日，駐馬相看遼水傍」〔註84〕，寫出征之際，兵卒在遼水畔駐馬回顧之貌，以「重著衣裳如送死」、「身在應無回渡日」之句，反覆點明這些兵卒明知一去不返卻又無可奈何的沉重心情，其意迴環往復，餘韻綿長。

張王之樂府雖也具備即事名篇、關注社會民生的特質，然而從意象的運用到敘事的完整，都不像李杜元白諸人的作品，予人以鮮明的印象與清晰的感發。他們的所長，乃是情語合一，反覆渲染，更在篇末用重筆加以提煉，深化主旨後戛然收束，造成言外之意縈回不盡的效果，抒情十分含蓄。古樂府詩本以敘事爲長，而旨在言外，張王樂府的這種特質，正符合宋人對「發乎情止乎禮義，古詩之風」〔註85〕、「怨思雖深，而詞不迫切」〔註86〕的蘊藉詩風的推崇。如劉辰翁贊王安石《明妃曲》，「『可憐青塚已蕪沒，尚有哀弦留至今』，卻如此結，神情俱斂，深得樂府之體，惟張籍唐賢間或知此」〔註87〕，所謂「神

〔註83〕 范晞文《對床夜語》卷三，《歷代詩話續編》，丁福保輯，中華書局，1983 年，422 頁。

〔註84〕 王建《渡遼水》，《王建詩集校注》，王宗堂校注，中州古籍出版社，2006 年，37 頁。

〔註85〕 阮閱《詩話總龜》前集卷七引劉次莊《樂府集》，人民文學出版社，1987 年，79 頁。

〔註86〕 何溪汶《竹莊詩話》卷二，中華書局，1984 年，29 頁。

〔註87〕 劉辰翁《虛溪批點李璧注王荊文公詩》卷七，《宋詩話全編》，鳳凰出版社，1998 年，第 10 冊，9908 頁。

情俱斂」的結句,正是言其含蓄之致。而劉克莊認爲唐人劉駕的樂府詩「語闌味長,欲逼王建」〔註88〕,亦是對這種平實雋永之筆的肯定。

此外,如羅宗強所論,「他（張籍）的著力之處,是寫實」〔註89〕,而王建樂府詩也同樣具備尚實、尚俗的特質。他們的詩中很少出現奇崛瑰麗的意象,而是慣用白描筆法寫常見之事物,語言平易凝練。這種寫實的特徵,也與宋人崇尚平實的詩風相合,是宋人格外重視張籍王建之樂府的另一個原因。

故而,宋人學張王樂府,既重視其反覆致意,「句句緊切」〔註90〕,著意提煉結語的筆法,又著力於發揚其平實的風格。如李之儀《築城詞效張籍體》,寫西夏邊境修築城塞的人民之苦難。「土匀才布一搏許,試錐只恐錐鋒摧。萬仞連雲絕川路,胡騎回還不敢覷」,山地土薄,築作艱難,又有西夏軍隊襲擾,民夫不堪其累,只得攜家逃亡。然而,築城固然勞苦不休,出逃更是絕境。卒章「漢家人人要首級,渭州門外簽爾喉」,進一步揭示出逃亡百姓方出渭州,便死於本國軍隊之手,其首級也被拿去獻功的命運,口吻平淡中愈形沉痛。

又如釋善珍《征婦怨效張籍》:「前年番兵來,郎戰淮河西。官軍來上功,不待郎書題。淮河在何許,妾身那得去。生死不相待,白骨應解語。天寒無衣兒啼苦,妾身不如骨上土」〔註91〕,所描寫的征婦之悲這一主題,乃至以女子口吻自述的筆法,都是同題樂府的常見之筆;然而篇中在寫其夫戰死之後,更進一步,寫征人雖死,白骨猶能葬於黃土,但對於生者而言,丈夫已死,無所依託,本就是難忍之悲,再加上眼睜睜地看著幼子受凍哀啼卻無能爲力,「妾身不如骨上土」一

〔註88〕劉克莊《後村詩話》後集卷一,王秀梅點校,中華書局,1983年,52頁。

〔註89〕羅宗強《隋唐五代文學思想史》,中華書局,1999年,245頁。

〔註90〕李之儀《築城詞效張籍體》,《全宋詩》,北京大學出版社,1998年,第17冊,11231頁。

〔註91〕釋善珍《征婦怨效張籍》,《全宋詩》,北京大學出版社,1998年,第60冊,37778頁。

句，出語猶自平易，相形之下，卻更將這種無力的悲傷推至極致。

由於對張王樂府蘊藉韻味的重視，宋代文人在仿傚其作時，也大多著眼於氣韻的相似，而非單純就其舊題加以生發。如歐陽修《鶷鶒詞》自注「效王建作」，范成大《樂神曲》、《繰絲行》、《田家留客行》、《催租行》等篇也都注明「效王建」，然而考王建集中並無這些舊題，可知都是擬意之作；此外如謝翱《山中曲效張司業》、唐庚《采藤曲傚王建體》、張耒《倉前村民輸麥行》〔註92〕、周紫芝《傚王建體二首》等篇，則在題目或序跋中就點明摹仿的用意。

以歐陽修《鶷鶒詞》為例。開篇先寫宮中「龍樓鳳闕鬱崢嶸，深宮不聞更漏聲。紅紗蠟燭愁夜短，綠窗鶷鶒催天明」〔註93〕，因鶷鶒乃是「鳴旦之鳥」〔註94〕，一名催明鳥，故以深宮鶷鶒之鳴起興，點明題目之由來；然後「三聲四聲促嚴妝，紅靴玉帶奉君王」、「南衙促仗三衛列，九門放鑰千官入」等句，寫朝中諸官天明上殿事君之景。鋪敘已畢，則筆鋒一轉，言「農人以為候，五更輒鳴」〔註95〕的鶷鶒並非深宮常見之物，引出對「潁河東岸村陂闊，山禽野鳥常嘲哳。田家惟聽夏雞聲，夜夜壟頭耕曉月」的田家之景的描述，別具一番清新之致。至篇末「可憐此樂獨吾知，眷戀君恩今白髮」，長歎卒章，方知宮中鶷鶒催明實是虛寫，而山間野禽嘲哳方是實景，一位謫居山林而又心繫廟堂的士大夫形象，就此躍然眼前。

除此之外，王建《宮詞》亦具有開拓樂府詩題材之功。文瑩記載其作「自唐至今，誦者不絕口」〔註96〕，宋代擬《宮詞》一題者，大

〔註92〕 周紫芝《竹坡詩話》言：「余嘗見其《輸麥行》，自題其尾云：『此篇效張文昌而語差繁。』則知其效籍之意蓋甚篤，而樂府亦自是為之反魂矣。」
〔註93〕 歐陽修《鶷鶒詞》，《歐陽修詩文集校箋》，洪本健校箋，上海古籍出版社，2009 年，上冊，250 頁。
〔註94〕 戴侗《六書故》卷十九，文淵閣四庫全書本。
〔註95〕 李時珍《本草綱目》卷四十九，文淵閣四庫全書本。
〔註96〕 文瑩《湘山野錄》續錄，鄭世剛、楊立揚點校，中華書局，1984 年，82 頁。

多仿傚王建，用聯章體大規模創作，其作品大多是百首上下的組詩。如宋白作百首〔註97〕、王珪作 101 首〔註98〕、張公庠作百首〔註99〕、王仲修作 99 首〔註100〕，周彥質作百首〔註101〕，岳珂作百首〔註102〕，等；宋徽宗所作三組宮詞，則皆在百首左右，共計 296 首〔註103〕，這些篇章皆廣泛描寫宮中風物乃至朝堂之景。此外，如周紫芝《再賦立春效王建三絕》等，也是宮詞之類。

　　整體而言，宋代文人將樂府詩傳統上溯《詩》、《騷》，是對詩樂關係與樂府詩功能的注重，是對雅正的樂歌傳統的追尋。然而，他們在對前代樂府典範的選擇與繼承中，卻傾向於已經趨於徒詩化的唐代樂府。在摹仿氣韻流動，意象層疊的詩風之外，更加重視樂府詩的詩義旨趣，以及其固有的美刺、即事之功能，形成題材的進一步開拓，故宋代樂府詩多勝在質實言事，有所寄託。此外，於體裁方面，宋人也尤為看重以唐代新興的歌行體來創作樂府，這些都反映出唐宋之際文人樂府詩與音樂趨於分離的傾向。

第二節　聲義之辨與雅正傳統的追尋

　　「詞曲者，古樂府之末造也。古樂府者，詩之旁行也」〔註104〕，宋代文人對「古樂府」的定位是高於詞曲的詩之旁支，認為樂府源自《詩》、《騷》，本當是雅正之風的代表，故而在他們的觀念與創作實踐中，樂府用於歌舞娛樂的功能被全面地交給詞這種新興的音樂文學來承擔。除了郊廟朝會等雅樂歌辭以及祠祀樂歌的創作已成定式，仍

〔註97〕　《全宋詩》，北京大學出版社，1998 年，第 1 冊，280～287 頁。
〔註98〕　《全宋詩》，北京大學出版社，1998 年，第 9 冊，5997～6002 頁。
〔註99〕　《全宋詩》，北京大學出版社，1998 年，第 9 冊，6256～6262 頁。
〔註100〕　《全宋詩》，北京大學出版社，1998 年，第 15 冊，10196～10202 頁。
〔註101〕　《全宋詩》，北京大學出版社，1998 年，第 17 冊，11296～11302 頁。
〔註102〕　《全宋詩》，北京大學出版社，1998 年，第 56 冊，35402～35408 頁。
〔註103〕　《全宋詩》，北京大學出版社，1998 年，第 26 冊，17043～17061 頁。
〔註104〕　胡寅《向薌林酒邊集後序》，《斐然集》卷十九，中華書局，1993
　　　　　年版，402 頁。

保留著入樂傳統之外，在文人擬樂府中，專門爲了入樂而創作的詩篇並不多。對音樂這個已經趨於繁複的承載方式的揮別，令宋代樂府詩的創作主旨更加純粹，而推重詩義，崇尚雅正之風的理念，也就此成爲宋人樂府觀的主流。

一、樂府詩文本與音樂的疏離

樂府的起源乃是古之歌詩，具備極其悠久的入樂傳統。然而在樂府詩的發展流變過程中，舊樂不斷地消亡和被新樂取代，令古辭大多失其聲樂；而根據歷代新樂所創作的合樂的樂府，大多也不過一時之盛，隨即其音樂載體便被後世之樂取代。如《中山詩話》所謂「古人重歌詩，自隋以前，南北舊曲頗似古，如《公莫舞》、《丁督護》，亦自簡澹。唐來是等曲又不復入聽矣」〔註105〕。隨著朝代更迭，原本流行的舊題古曲被新聲所取代，不復入聽，舊樂也因此而漫漶失傳。

在音樂的更迭過程中，樂府詩的文本不斷地與音樂疏離，最終僅作爲純文學文本被後世文人所認知。而在失去了音樂這一重要紐帶之後，歷代文人擬前朝樂府詩，便只能著眼於文本的摹仿和旨趣的發揮，或規模前人，或自出機杼，在不斷的重疊書寫中形成了題材本事相近、風格獨具特色的作爲徒詩的樂府詩。因此在文人擬樂府的自由發展中，徒詩化傾向是一種必然。

宋代郭茂倩編纂《樂府詩集》，總結宋前樂府詩文獻，一個重要的依據是音樂傳承，其體例試圖從編纂脈絡上體現出古樂之傳統。「每題以古詞居前，擬作居後，使同一曲調，而諸格畢備，不相沿襲，可以藥剿竊形似之失。其古詞多前列本詞，後列入樂所改，以考知孰爲側，孰爲豔，孰爲趨，孰爲增字減字。其聲辭合寫、不可訓詁者，亦皆題下注明，尤可以藥摹擬聱牙之弊。」〔註106〕在古樂衰微甚至不

〔註105〕劉攽《中山詩話》，明津逮秘書本。
〔註106〕《四庫全書總目》卷一百八十七·集部四十，中華書局，1965年影印本，1696頁。

存的背景下，這種編次方式清晰地展現了諸樂府舊題從合樂歌辭到不入樂的徒詩的流變過程。

　　作爲徒詩的樂府，在漢魏之時已經存在。如元稹《樂府古題序》所述：「樂府等題，除《鐃吹》、《橫吹》、《郊祀》、《清商》等詞在《樂志》者，其餘《木蘭》、《仲卿》、《四愁》、《七哀》之輩，亦未必盡播於管絃明矣。後之文人達樂者少，不復如是配別，但遇興紀題，往往兼以句讀短長爲歌詩之異。」〔註 107〕而在唐代，隨著詩歌的發展與歌行體樂府的興盛，樂府向徒詩的演變趨勢已十分明顯，如林光朝所提出的，「王維有《平戎辭》，陸龜蒙有《雙吹管》，皮日休有《農父謠》，元稹、白居易有《馴犀》、《法曲》，若此數者，其在樂府，當何所隸也？」〔註 108〕而唐代樂府的徒詩化傾向主要集中在新樂府方面，「辭實樂府，而未嘗被於聲」〔註 109〕，多是唐人根據樂府傳統，自命新題的樂府詩，不以入樂爲事。

　　此外，唐代的新題樂府也大多不具備古樂傳統，而是合新樂雜曲演唱的文人詩，其曲「亦雜曲也，以其出於隋、唐之世，故曰近代曲也」〔註 110〕。大部份詩題如《水調》、《伊州》、《破陣樂》、《胡渭州》、《長命女》、《回波樂》等，都出自唐代的音樂文獻《教坊記》、《樂府雜錄》等，屬於當時的歌舞曲題，在題名方面並沒有前代傳承。

　　故而，隨著樂府舊題的流傳演變和樂府詩功能、題材、思想性的拓展，按照古曲舊題起源的分類方法，在對待唐人樂府詩時已經力不從心。郭茂倩將這部份樂府詩另立門戶，列爲近代曲辭與新樂府辭，一方面區分了古樂與新樂，是對樂府詩音樂源流的重視，另一方面，

〔註 107〕　元稹《元稹集》，冀勤點校，中華書局，1982 年版，254～255 頁。
〔註 108〕　林光朝《策問二十首》其六，《艾軒集》卷三，文淵閣四庫全書本。
〔註 109〕　郭茂倩《樂府詩集》卷九十·新樂府辭一，中華書局，1979 年，第 4 冊，1262 頁。
〔註 110〕　郭茂倩《樂府詩集》卷七十九·近代曲辭一，中華書局，1979 年，第 4 冊，1107 頁。

也是對作爲徒詩的樂府，尤其是唐代歌行體樂府的肯定。近代曲辭類下所錄詩篇，雖然有合樂功能，然而其主體仍是獨立於音樂的文人詩。至於元白等人的新樂府，即便擬題與樂府舊題相似，郭茂倩也將它們明確區分爲新樂府辭，明示新樂府與具備音樂傳統的舊題無關。如白居易新樂府《李夫人》，並不歸入舊題《李夫人歌》之下；而元結《補樂歌》十首，皮日休《補九夏歌》九首等，雖是擬歷代音樂文獻中亡佚古曲之作，但由於它們重在發原古代雅樂之義理，自身並不入樂，故而也並不列入郊廟歌辭類下。這種分類方式，體現出對樂府發展爲徒詩傾向的重視。

　　宋代文人對於樂府的觀念，雖然很大程度上是在音樂甚至制度的層面追本溯源，形成聲義之辨，然而在文人擬樂府的創作實踐中，卻體現了全面徒詩化的傾向，成爲對古樂府在題材、風格、筆法等諸方面的仿傚與繼承。而其中較爲突出的是對歌辭性詩題的重視。

　　樂府詩的濫觴爲音樂文學，本身題名即傾向於歌辭性。如李之儀所論，「方其意有所可，浩然發於句之長短，聲之高下，則爲歌。欲有所達，而意未能見，必遵而引之，以致其所欲達，則爲行。事有所感，形於嗟歎之不足，則爲歎。千岐萬轍，非詰屈折旋則不可盡，則爲曲。未知其實，而遽欲驟見，始彷彿傳聞之得，而會於必至，則爲謠。篇者，舉其全也。章者，次第陳之，互見而相明也。」〔註111〕歌、行、歎、曲、謠。篇、章等，都是樂府詩中時常出現的歌辭性詩題的命名。

　　對歌辭性詩題的傳統，元稹《樂府古題序》已有區分，認爲操、引、謠、謳、歌、曲、詞、調八名，「由樂以定詞」，詩、行、詠、吟、題、怨、歎、章、篇九名，「皆屬事而作，雖題號不同，而悉謂之爲詩可也」，乃是「選詞以配樂」〔註112〕。這十七種命名，涵蓋了歌辭性詩題的大部份名稱。其中，由樂定詞，即「永依聲」，選詞配樂，

〔註111〕　李之儀《謝人寄詩並問詩中格目小紙》，《姑溪居士全集》卷十六，叢書集成初編本，第 2 冊，129 頁。
〔註112〕　元稹《樂府古題序》，《元稹集》，冀勤點校，中華書局，1982 年版，254 頁下同。

即「聲依永」。元稹的分類，區別了入樂的樂府和不入樂的詩。樂府的分類中，「在琴瑟者，爲操、引，採民甿者，爲謳、謠，備曲度者，總謂之歌、曲、詞、調」，都存在一目了然的音樂淵源。

　　而隨著宋人擬樂府向徒詩的轉化，文人在創作中大多不再重視歌辭性詩題的音樂傳統，如王灼所論：

　　　　微之分詩與樂府作兩科，固不知事始，又不知後世俗變，凡十七名，皆詩也，詩即可歌，可被之筦弦也。元以八名者近樂府，故謂由樂以定詞；九名者本諸詩，故謂選詞以配樂。今樂府古題具在，當時或由樂定詞，或選詞配樂，初無常法。〔註113〕

即是認爲詩本身即可入樂。即便是樂府古題，也是因樂定詞和選詞配樂兩種方式兼具，並無一定之規；更提出元稹區分爲樂府與詩的「凡十七名」都是詩的範疇，體現出當時的樂府詩已經完成了由入樂歌辭向徒詩的全面轉化。

　　此外，蔡絛「嘗侍魯公燕居，顧爲某曰：『汝學詩，能知歌、行，吟、謠之別乎？近人昧此，作歌而爲行、製謠而爲曲者多矣』」〔註114〕，這一記載反映出當時文人在歌辭性詩題的命題方面，並不重視其音樂源流的傾向。在創作實踐中，除了琴曲歌辭仍多以操、引爲題外，歌、行、吟、謠等命題並沒有嚴格的區分。劉辰翁更提出「解題外集古今作，或題樂府，而詩近律……而意之所到，亦不必求之四聲」〔註115〕，這種重義而不重聲的態度，正是宋代擬樂府作爲徒詩存在之據。

　　而考諸宋代所編纂的本朝文人別集，如兩宋之間最致力於樂府詩創作的曹勛，其《松隱集》中，按照歌辭性詩題這一特質，以樂歌、

〔註113〕 王灼《碧雞漫志》卷一，《全宋筆記》第四編，大象出版社，2008年，第2冊，175頁。

〔註114〕 吳曾《能改齋漫錄》卷十引蔡絛《西清詩話》，《全宋筆記》第五編，大象出版社，2012年，第4冊，16頁。

〔註115〕 劉辰翁《劉次莊考樂府序》，《須溪集》卷六，文淵閣四庫全書本。

操、吟、歌、引、行、謠、篇、曲、詞、怨、思等名稱依次羅列，雜題篇章則置於其後。這種不重古題音樂源流，而重視歌辭性詩題命名的整齊性，也證明了樂府詩被作為徒詩看待的性質。又如文同《丹淵集》，樂府雜詠類下，《秦王卷衣》、《殿前生桂樹》、《臨高臺》、《自君之出矣》、《東門行》等數十首，都是明確的擬樂府舊題之作。此外，尚有《貴侯行》、《朱櫻歌》、《拾羽曲》、《沙堤行》、《五原行》、《貞女吟》、《莫掃花》、《織婦怨》、《誰氏子》、《賈佩蘭歌》、《冤婦行》、《薄命女》、《莫掃花》、《折楊柳》等篇，就題材風格而言，大多是自創新題的擬樂府，然而這些擬作，均歸於古近二體之下，而不列入樂府雜詠。可見《丹淵集》仍是以舊題為樂府的分類依據，而「雜詠」之定位，則反映出樂府對不同詩體的涵蓋性。而王銍《雪溪集》樂府類下錄詩較少，僅《巫山高》、《關山月》、《白頭吟》、《折楊柳》、《妾薄命》等篇，且與古詩並列在一卷之內，羅列篇題之時，也沒有明確的界限區分。

此外，絕大多數宋人別集的編纂中，都沒有專門列出樂府一類，無論是舊題樂府還是新題樂府的收錄，都散見於古、律、絕甚至歌行、長律等諸體之中。可見，在宋代文人的觀念中，樂府不再是與詩相區別的音樂文學，乃是作為徒詩而存在的，在別集編纂時，統一按照詩體分類，也與宋代樂府詩的創作現實相吻合。

二、重義與重聲的統一

宋代文人對前代樂府詩與音樂的關係，存在重義與重聲兩種不同的觀點。重義之論，指向六朝之際古樂府所蘊含的禮義之旨的喪失。「前代盛衰，與文消息。觀虞夏之純，則可見王道之正，觀南朝之麗，則知國風之衰」〔註116〕，南朝之樂府，徒具繁豔辭藻，卻失古詩純正之風義。宋代文人學者將樂府源流上溯《詩》、《騷》的觀

〔註116〕范仲淹《上時相議制舉書》，《范仲淹全集》，李勇先、王蓉貴校點，四川大學出版社，2007年，238頁。

念，與創作方面崇古、重學養的整體傾向，必然導向他們對詩義的重視。如石介所言，「函愉樂悲鬱之氣，必舒於言，能者述之而傳於律，故其流行無窮，可以播而交鬼神也」〔註117〕，強調其「止乎禮義」的特質；張詠則認爲，詩當「率以治世爲本，隨事刺美，直在其中」〔註118〕，關注重點都落在詩篇的內容主旨與教化功能之上。這種對於詩歌的全局觀念也滲透到宋人的樂府觀之中。

《復雅歌詞序》中所論，可視作對重樂府詩之義觀念的綜述：

> 《詩》三百五篇，商周之歌詞也，其言止乎禮義，聖人刪取以爲經。周衰，鄭衛之音作，詩之聲律廢矣。漢興，制氏猶傳其鏗鏘。至元、成間，倡樂大盛，貴戚、五侯、定陵、富平、外戚之家，淫侈過度，至與人主爭女樂，而制氏所傳，遂泯絕無聞焉。《文選》所載樂府詩，《晉志》所載《碣石》等篇，《古樂府》所載其名三百，秦漢以下之歌辭也，其源出於鄭、衛，蓋一時文人有所感發，隨世俗容態而有作也。更五胡之亂，北方分裂，元魏、高齊、宇文氏之周，咸以戎狄強種，雄據中夏，故其謳謠，淆糅華夷，焦殺急促，鄙俚俗下，無復節奏，而古樂府之聲不傳。唐張文收、祖孝孫討論郊廟之歌，其數於是乎大備。……迄於開元、天寶間，君臣相與爲淫樂，而明皇尤溺於夷音，天下薰然成俗。於時才士，始依樂工拍擔之聲，被之以辭，句之長短，各隨曲度，而愈失古之「聲依永」之理也。〔註119〕

這段敘述並不否認古樂府作爲歌辭，與音樂關聯密切的事實，但也同時提出「其言止乎禮義」的限定。古代歌詩傳統不斷變化，其中鄭衛之音華靡、戎狄謳謠鄙俗，都被其作爲不夠雅正的音樂形式予以否定；而唐代「君臣相與爲淫樂」，視樂歌爲娛樂，重聲樂而忽視詩歌

〔註117〕　石介《石曼卿詩集序》，《徂徠石先生文集》卷十八，陳植鍔點校，中華書局，1984年，212頁。

〔註118〕　張詠《許昌詩集序》，《乖崖集》卷八，文淵閣四庫全書本。

〔註119〕　銅陽居士《復雅歌詞序》，《新編古今事文類聚》續集卷二十四，文淵閣四庫全書本。

本身的行為，同樣是其批評的對象。惟有詩篇旨趣合於禮義，方是古代「聲依永」之論的源流。故此論實是宋代文人重視樂府詩義理、功用的反映。

在古樂亡佚之後，文人對待作為徒詩的樂府詩，便尤為重視其旨趣。「或問放翁曰：『李賀樂府極今古之工，巨眼或未許之，何也？』翁云：『賀詞如百家錦衲，五色炫耀，光奪眼目，使人不敢熟視，求其補於用，無有也。』」〔註120〕陸游批評李賀樂府的徒具形式之美，而缺乏現實意義，這一論斷的反面即是對詩義的推崇。

至於重聲之論，則指向古代雅樂載體之喪失。由於樂府長期以音樂文學的面貌出現，重聲樂的觀念由來已久。宋代文人論及詩樂關係，亦多有「詩依樂以宣心」〔註121〕之論。如鄭樵編纂《繫聲樂府》，認為「樂府之作宛同風雅，但其聲散佚無所紀繫，所以不得嗣續風雅而為流通也。……得詩而得聲者三百篇，則繫於風雅頌。得詩而不得聲者則置之，謂之逸詩，如《河水》、《祈招》之類，無所繫也。今樂府之行於世者，章句雖存，聲樂無用。崔豹之徒，以義說名，吳兢之徒，以事解目，蓋聲失則義起，其與齊、魯、韓、毛之言詩無以異也，樂府之道或幾乎息矣。」〔註122〕依鄭樵之說，前代樂府是因為「其聲散佚」，才不能繼承《詩》的源流；而傳世的古樂府在失去聲樂這一載體之後，後人僅憑其辭句闡發詩義，此舉已與「得詩而得聲」的古道不同。

在反對一味求義的同時，鄭樵又提出「詩為聲也，不為文也。……作詩未有不歌者也」〔註123〕，認為古詩皆形之歌詠，真正的詩義存

〔註120〕 范晞文《對床夜語》卷二，《歷代詩話續編》，丁福保輯，中華書局，1983 年，422 頁。

〔註121〕 范仲淹《賦林衡鑒序》，《范仲淹全集》，李勇先、王蓉貴校點，四川大學出版社，2007 年，508 頁。

〔註122〕 鄭樵《樂府總序》，《通志二十略》，王樹民點校，中華書局，1992 年，884 頁。

〔註123〕 鄭樵《正聲序論》，《通志二十略》，王樹民點校，中華書局，1992 年，887 頁下同。

在於音樂之中。而漢武帝立樂府，采詩入樂，「莫不以聲爲主。其時去三代未遠，猶有雅頌之遺風」，認爲「繼風雅之作者樂府也。史家不明仲尼之意，棄樂府不收，乃取工伎之作，以爲志臣舊作，繫聲樂府以集漢魏之辭正爲此也。……曰樂府正聲者，所以明風雅，曰祀享正聲者，所以明頌，又以琴操明絲竹，以遺聲準逸詩。」〔註124〕對古樂的重視，其實也是對雅正之音的追尋。

綜上所述，無論是重義還是重聲的觀念，都同樣反映了文人對雅正傳統的追尋，是儒家樂教觀念的體現。「詩與樂皆所以宣天地之和者也」〔註125〕，聲與義本應是統一的。俗樂的形式主要是用於娛樂，或可有諷喻功能，但並不適合承載禮樂教化的內容，這一功能需要依託於雅正之聲。而具備雅正傳統的古樂的衰微，必然導致樂府詩文本與音樂的進一步分離，令其在宋代文人筆下成爲承載禮義教化功能的徒詩。

因此，宋代樂府詩雖然在文學性上繼承了古樂府的傳統，然而除了郊廟朝會歌辭、祠祀樂歌及一部份琴曲歌辭之外，大多數文人擬樂府是基本獨立於音樂的。重義與重聲的爭論，事實上更加適用於對樂府舊題乃至詩樂關係的討論，而不適合觀照宋代樂府詩的實際創作。

三、對雅樂及其歌辭的推重

宋代禮樂建設的大背景下，文人十分重視追求雅正之聲，這一觀念推動了雅樂的實踐。《宋史》載：「宋朝湖學之興，老師宿儒痛正音之寂寥，嘗擇取《二南》、《小雅》數十篇，寓之塤籥，使學者朝夕詠歌。自爾聲詩之學，爲儒者稍知所尚。張載嘗慨然思欲講明，作之朝廷，被諸郊廟矣。朱熹述爲詩篇，彙於學禮，將使後之學者學焉。」

〔註124〕　鄭樵《通志總序》，《宋詩話全編》，鳳凰出版社，1998年，第4冊，3474～3475頁。
〔註125〕　程珌《鄱陽董仲光詩集序》，《洺水集》卷八，明刻本。

〔註 126〕在胡瑗爲首的湖州學派倡導下，北宋初年，各級州郡學校乃至太學的教育中皆詠唱《詩經》，其篇目包括《小雅》中的《鹿鳴》、《四牡》、《皇皇者華》、《魚麗》、《南有嘉魚》、《南山有臺》，《國風》二南中的《關雎》、《葛覃》、《卷耳》、《鵲巢》、《采蘩》、《采蘋》等。政和七年（1117）二月，典樂裴宗元上書請求在宮廷音樂機構中「按習《虞書》、《賡載之歌》，夏《五子之歌》，商之《那》，周之《關雎》、《麟趾》、《騶虞》、《鵲巢》、《鹿鳴》、《文王》、《清廟》之詩」〔註 127〕，也是宋代雅樂實踐的重要部份。

在文獻編纂方面，「樂府類典籍在北宋和南宋前中期主要被當作經部樂類文獻來對待」〔註 128〕。宋初古文運動之後，文壇整體推重儒學，復古之風盛行，雅樂傳統較此前諸代得到進一步強調，地位很高。這也提升了樂府的地位，如歐陽修主編《崇文總目》和《新唐書·藝文志》，都將樂府類典籍收入經部樂類文獻，而並非沿襲唐代之前將音樂典籍與樂府典籍分置，前者收入經部樂類，後者收入集部總集類的做法。

對雅樂的推重，以及樂府作爲經部文獻的觀念奠定，都影響到宋代文人的樂府觀。其中最明顯的是在《樂府詩集》的編纂中，將涉及雅樂傳統的詩歌明確列入樂府詩的範圍。而宋初的兩部詩文總集中，《文苑英華》對雅樂辭並無特別關注；《唐文粹》雖然在古今樂章類下收錄了一些唐代郊廟樂章，以及文人對古代雅樂的擬作，也並不將之視作樂府。這是由於，這兩部總集只關注樂府詩的文學性，而不像《樂府詩集》一樣，對其音樂性予以格外的關注。而真正保留古代雅樂傳統的郊廟歌辭、燕射歌辭、琴曲歌辭三類，都是在《樂府詩集》

〔註 126〕《宋史》卷一百四十二·樂十七，中華書局，1985 年，第 10 冊，3339 頁。

〔註 127〕《宋史》卷一百二十九·樂四，中華書局，1985 年，第 9 冊，3019 頁。

〔註 128〕孫尚勇《郭茂倩〈樂府詩集〉的編輯背景與刊刻及校理》，《傅增湘藏宋本〈樂府詩集〉》影印前言。

中方被納入樂府詩的分類。

　　在追尋古樂傳統之時，郭茂倩也拓展了樂府詩的容納範疇。依據古代樂歌的傳統，將歷代雅樂歌辭也列入樂府的範疇，這與宋代文人追求雅正的樂府觀是相合的。其論郊廟歌辭，「祭樂之有歌，其來尚矣。兩漢已後，世有製作。其所以用於郊廟朝廷，以接人神之歡者，其金石之響，歌舞之容，亦各因其功業治亂之所起，而本其風俗之所由」〔註129〕，即是從其作為禮樂的性質與功能而談。燕射歌辭同此，「正饗，食則在廟，燕則在寢，所以仁賓客也」〔註130〕，乃是朝宴、饗射之時所用的雅樂。至於琴曲歌辭，則是雅正之音的體現。琴為諸器樂中之至高者，歷代論琴曲，多與教化相關。如《琴論》云：「和樂而作，命之曰暢，言達則兼濟天下而美暢其道也。憂愁而作，命之曰操，言窮則獨善其身而不失其操也。引者，進德修業，申達之名也。弄者，情性和暢，寬泰之名也。」〔註131〕郭茂倩也總結道：「琴者，先王所以修身、理性、禁邪、防淫者也，是故君子無故不去其身。」〔註132〕琴曲歌辭舊題，更徵引了大量相關文獻，如揚雄《琴清英》、蔡邕《琴頌》、謝莊《琴論》、李勉《琴說》，李良輔《廣陵止息譜序》以及作者未詳的《琴頌》、《琴論》、《琴書》，《琴歷》，《琴集》，《琴議》等，考辨極詳。故而，琴曲歌辭也得以自成一類，以示其作為雅音的重要性。

　　對雅樂的關注，不僅是對禮樂傳統的張揚，也反映出宋代文人在定位前代樂府文本之時的開闊視野。因而，在宋代文人樂府詩普遍徒詩化的情況下，雅樂歌辭也仍佔據著不可忽視的莊嚴地位。自

〔註129〕　郭茂倩《樂府詩集》卷一・郊廟歌辭一，中華書局，1979 年，第 1冊，1 頁。

〔註130〕　郭茂倩《樂府詩集》卷十三・燕射歌辭一，中華書局，1979 年，第 1 冊，181 頁。

〔註131〕　《樂府詩集》卷五十七・琴曲歌辭一，中華書局，1979 年，第 3 冊，822 頁。

〔註132〕　郭茂倩《樂府詩集》卷五十七・琴曲歌辭一，中華書局，1979 年，第 3 冊，821 頁。

古以降，文人奉旨製作郊廟樂章，以合樂歌，如享廟、禋郊之類，本屬分內之事，這一現象至兩宋達到高峰，郊廟朝會歌辭總數達一千餘首。而地方甚至民間的祭祀樂歌，則多半受《楚辭》影響。如李常《解雨送神曲》，蘇軾《太白詞》，李復《樂章五曲》，崔敦禮《楚州龍廟迎享送神詞》之類。這類樂府詩多由當地的地方官或是著名文人創作，其主旨雖是鋪陳祭祀場面，供祠祀演唱之用，卻也反映了宋代文人士大夫關注民生的社會責任感。這些現象，後文專門有章節予以論述。

在這種重義、尚雅的觀念影響下，有宋一代的樂府詩在整體上展現出向義理、教化等內容的回歸，樂府詩原本的美刺、宏志功能也得到新的發展，形成了全面徒詩化的寫作傾向，這也是詩樂分離大局的必然結果。

第三節　崇古求新與徒詩化趨勢

「宋代士人具有崇尚前代典範而又力圖超越典範的精神」〔註133〕，崇尚前代典範，即是崇古，而超越典範，自出機杼，即是求新。故而宋代的樂府詩創作，就其主旨而論，也可以粗略分爲擬古與翻新兩大類。前者是對傳統樂府詩的擬作，卻又不限於樂府舊題的範圍，而是對古樂府從形式到內容的廣泛摹仿，包括氣象、體例、用典、詞藻等；又或者著力於探究舊題本義，推崇教化之功，這些都與傳統樂府詩的意義相合。後者則著力於變樂府舊題通俗之意，從思想上傳承古樂府的功能與現實主義精神；又或是廣泛即事名篇，自立新意，拓展樂府詩的內容題材。這二者又是在一定程度上交相影響的：對舊題本義的探究，本身即蘊含著詩歌內蘊的開拓；而自出機杼之時，在創作手法上時而仍與古樂府一脈相承。

〔註133〕　王水照《〈屈騷與宋代愛國文學〉序》，《中國文學研究》2003 年 03期，60 頁。

一、崇古求新的觀念

1、崇古：對樂府寫作傳統的依循

宋代之前的文人擬樂府，大多存在「辭人例用事，語言不復詳研考」〔註 134〕的傾向，如王灼所謂，「大抵先世樂府，有其名者尚多。其義存者十之三，其始辭存者十不得一」〔註 135〕。古樂府重蘊藉，通常由題目起興後，大多先以敘事鋪陳，至卒章方點明其美刺之主旨；而齊梁乃至唐代之間，文人擬樂府大多只根據題目的內容進行發揮，並不注重本事的發原。這些失去古意的擬作代代傳寫，遂使得古辭本意逐漸泯然。

這一趨勢在唐代便已受到關注。吳兢《樂府古題要解》已指出「歷代文士，篇詠實繁。或不睹於本章，便斷題取義」〔註 136〕，開考辨古題本事之先河。而宋代文人所具的學者氣質，令他們對此更加執著。如《蔡寬夫詩話》所論：「齊梁以來，文士喜為樂府辭，然沿襲之久，往往失其命題本意。《烏將八九子》但詠烏，《雉朝飛》但詠雉，《雞鳴高樹巔》但詠雞，大抵類此，而甚有並其題失之者。如《相府蓮》訛為《想夫憐》，《楊婆兒》訛為《楊叛兒》之類是也」〔註 137〕，指出了南朝至唐代樂府舊題傳寫中的訛誤。如《烏生八九子》，古辭之旨為「壽命各有定分，死生何歎前後」〔註 138〕，而後世如劉孝威擬作：「不見高飛帝輦側，遠託日輪中。尚逢王吉箭，猶嬰夏羿弓。豈如變彩救燕質，入夢祚昭公。留聲表師退，集幕示營空」

〔註 134〕《苕溪漁隱叢話》前集卷一引《蔡寬夫詩話》，人民文學出版社，1981 年，5 頁。

〔註 135〕王灼《碧雞漫志》卷一，《全宋筆記》第四編，大象出版社，2008年，第 2 冊，173 頁。

〔註 136〕吳兢《樂府古題要解》卷上，《歷代詩話續編》，丁福保輯，中華書局，1983 年，24 頁。

〔註 137〕《苕溪漁隱叢話》前集卷一引《蔡寬夫詩話》，人民文學出版社，1981 年，5 頁。

〔註 138〕《樂府詩集》卷二十八·相和歌辭三，中華書局，1979 年，第 2冊，408 頁。

〔註 139〕，則只是題詠烏鴉。更詳細的考述如《詩話總龜》卷七引劉次莊所論：

> 《將進酒》，魏謂之《平關中》，吳謂之《章洪德》，晉謂之《因時運》，梁謂之《石首局》，齊謂之《破侯景》，周謂之《取巴蜀》。李白所擬，直勸岑夫子、丹丘生飲耳。李賀深於樂府，至於此作，其辭亦曰「琉璃鍾，琥珀濃，小槽酒滴真珠紅。」嗟乎！作詩者擺落鄙近以得意外趣者，古今難矣。〔註 140〕

《將進酒》一題本屬漢鼓吹鐃歌，此後，魏鼓吹曲「改漢《將進酒》為《平關中》」〔註 141〕，吳鼓吹曲「改《將進酒》為《章洪德》」〔註 142〕，梁鼓吹曲則將「漢第九曲《將進酒》，改為《石首局》」〔註 143〕等等，都是用為鼓吹曲辭，功能並未發生變化。究其內容，魏之《平關中》「言曹公征馬超，定關中也」〔註 144〕，吳之《章洪德》「言孫權章其大德，而遠方來附也」〔註 145〕，晉之《因時運》「言文皇帝因時運變，聖謀潛施，解長蛇之交，離群桀之黨」〔註 146〕，梁之《石首局》「言義師平京城」〔註 147〕等，也大多是讚頌帝王平定時局的武功，與鼓吹鐃歌作為獻功之樂的功能正相符合。劉次莊此論，

〔註 139〕 劉孝威《烏生八九子》，《樂府詩集》卷二十八‧相和歌辭三，中華書局，1979 年，第 2 冊，409 頁。

〔註 140〕 阮閱《詩話總龜》前集卷七引劉次莊《樂府集》，人民文學出版社，1987 年，78 頁。

〔註 141〕 《晉書》卷二十三‧樂志下，中華書局，1974 年，第 3 冊，701 頁。

〔註 142〕 《晉書》卷二十三‧樂志下，中華書局，1974 年，第 3 冊，702 頁。

〔註 143〕 《樂府詩集》卷二十‧鼓吹曲辭五，中華書局，1979 年，第 1 冊，299 頁。

〔註 144〕 《樂府詩集》卷十八‧鼓吹曲辭三，中華書局，1979 年，第 1 冊，268 頁。

〔註 145〕 《樂府詩集》卷十八‧鼓吹曲辭三，中華書局，1979 年，第 1 冊，273 頁。

〔註 146〕 《樂府詩集》卷十九‧鼓吹曲辭四，中華書局，1979 年，第 1 冊，278 頁。

〔註 147〕 《樂府詩集》卷二十‧鼓吹曲辭五，中華書局，1979 年，第 1 冊，299 頁。

是對唐人擬樂府局限於舊題的字面含義，而不能眞正領會其旨趣寄託
的批評。

　　在文人寄於詩話形式的零散考訂之外，郭茂倩編纂《樂府詩
集》，是一次規模宏大，且脈絡較爲清晰的樂府文獻梳理，編次之
際，爲使諸題源流一目了然，格外注重舊題的本事與文本內容傳承。
如《度關山》，郭茂倩引《樂府解題》：「魏樂奏武帝辭，言人君當自
勤苦，省方黜陟，省刑薄賦也。若梁戴暠云『昔聽隴頭吟，平居已流
涕』，但敘征人行役之思焉。」〔註148〕既明魏武帝之作的本義，又敘
及此題在梁代及之後的內容變更。至於《行路難》，仍先引《樂府解
題》考云：「《行路難》，備言世路艱難及離別悲傷之意，多以『君不
見』爲首」，則重視其文本內容上的傳承，此外又引《陳武別傳》所
述，「武常牧羊，諸家牧豎有知歌謠者，武遂學《行路難》」〔註149〕，
以明其源起。諸如此類，都是對舊題本義淵源的清晰考證。

　　《樂府詩集》大規模地梳理舊題淵源，令同一舊題傳寫之中的文
本意義變化一目了然，更爲其後文人對舊題樂府本事的追溯與考訂提
供了方便可靠的文獻依據。如王楙考辨《漢鐃歌十八曲》，「朱鷺者，
據《樂志》：建鼓，殷所作。棲鷺於其上，取其聲揚。或曰：鷺，鼓
精也。或曰：《詩》曰：『振振鷺。鷺於飛。鼓咽咽。』古之君子，悲
周之衰，頌聲息，飾鼓以存鷺。雖所說不一，然鷺則鷺鷥之鷺。至宋
何承天作《朱路曲》，乃謂路車之路，失其意矣。又如《巫山高》詞，
《解題》曰：『古詞言江淮水深，無梁可度，臨水遠望，思歸而已。』
至齊王融之徒《巫山高》詞，乃雜以陽臺神女之事，無復故意。《艾
如張》，艾與刈同如訓。而古詞之意，謂刈而張羅。至陳蘇子卿詞，
則曰：『張機蓬艾側。』是以艾爲蓬艾之艾矣。此類不一。」〔註150〕

〔註148〕　《度關山》題解，郭茂倩《樂府詩集》卷二十七・相和歌辭二，中
　　　　　華書局，1979 年版，第 2 冊，391 頁。
〔註149〕　《樂府詩集》卷七十・雜曲歌辭十，中華書局，1979 年，第 3 冊，
　　　　　997 頁。
〔註150〕　王楙《古樂府名》，《野客叢書》卷十九，明刻本。

王楙之考辨，以古辭與南朝文人擬作對舉，詳述其本事及後世傳寫變
化之謬，得出「後人之作，失古詞之意甚多」的結論，其體例正與《樂
府詩集》相類似。

　　追溯本事之外，宋代文人又推崇古樂府的風格與章法。周紫芝
《古今諸家樂府序》云：「後人之作，其不與古樂府題意相協者十八
九，此蓋不可得而考者，餘不復論。獨恨其歷世既久，事失本眞，至
其弊也，則變爲淫言，流爲褻語，大抵以豔麗之詞，更相祖述，至使
父子兄弟不可同席而聞，無復有補於世教。陳後主時，東海徐陵序
《玉臺新詠》十卷，謂之豔歌詞，肆帷幄之言，瀆君臣之分，此謂害
教之大者。至於古人規箴訓誨之意，傷今思古之作，與夫感創時物、
紀述節義，使後人歌詠其言，而有悲愁感慨之意，則爲之掃地矣。」
〔註151〕批評南朝以下的樂府詩堆疊辭藻，流於綺麗，僅追求文本的
賞心悅目，而不著眼於其現實關懷，導致樂府的主旨趨於淺薄。而周
紫芝所提出的「規箴訓誨」、「傷今思古」的意義，明顯源自宋代儒學
傳統對樂府詩風力的提振。古文運動的新風帶來了詩風的全面變革，
文人學者雖然沒有對樂府詩進行專門討論，但詩壇重學養、考據，崇
古求新之風的興盛，以及對儒學義理、美刺、氣稟等觀念的重視，均
對宋代樂府詩的創作有所裨益，令其整體氣骨亦爲之一振。

　　追求章句的古意盎然，一方面是對漢魏六朝古樂府形式風格的繼
承與仿傚，所謂「學《文選》樂府諸篇，不雜近世俗體」〔註152〕，
即是崇尚其章句之高古。另一方面，又源自宋代樂府詩對《詩》、《騷》
傳統的繼承。「雅音之韻，四言爲主，其餘非音之正也」〔註153〕，宋
人樂府詩中，凡屬雅樂歌辭，大體必用四言。雅樂之外的一般樂府
詩，則頗受騷體影響。「蓋《詩》之流，至楚而爲《離騷》，至漢而爲

〔註151〕　周紫芝《古今諸家樂府序》，《太倉稊米集》卷五十一，清文淵閣四
　　　　　庫全書補配清文津閣四庫全書本。
〔註152〕　朱熹《跋病翁先生詩》，《朱子全書》，朱傑人等編，上海古籍出版
　　　　　社、安徽教育出版社，2002年，第24冊，3968頁。
〔註153〕　《太平御覽》卷六百零九，中華書局，1994年，第5冊，790頁。

賦，其後賦復變爲詩，又變而爲雜言、長謠、問、對、銘、贊、操、引，苟類出於楚人之辭而小變者」〔註154〕，因爲句法方面變化更形靈動，《楚辭》在文體方面的影響便較《詩經》愈發深遠。北宋中期之後，騷體樂府詩興盛，打破了宋初齊言一統的格局；而用於民間祠祀，乃至追懷古聖先賢的樂府詩，更是普遍存在對騷體的刻意模仿，如鮮于侁《九誦》、王令《魯仲連辭趙歌》、唐庚《招隱辭》等，皆受到《楚辭》的深刻影響。至於「若欲作楚詞追配古人，直須熟讀楚詞，觀古人用意曲折處講學之，然後下筆」〔註155〕之論，則更反映出體裁與詩義並重，相得益彰的創作觀。這種模擬詩騷及漢魏雜言古風句法，試圖讓全詩風格與舊題本意貼切吻合的筆法，全面影響到宋代文人樂府的創作。如張耒、王令、曹勳、薛季宣等致力於樂府詩創作的詩人，都有較多此類擬作。張耒集中《訴魃》、《敘雨》、《種菊》、《逐蛇》、《登高》諸篇，皆明確爲騷體樂府；曹勳《補樂府十篇》、《琴操》等，效《詩經》句法，力求雍容古雅；《澤畔吟》、《懷長沙》、《感秋蘭》等，則因題意自《楚辭》出，都用騷體以貼合主旨。

2、求新：「補樂府」觀念的發揚

「補樂府」這一觀念，始自唐代的元結、皮日休等，原本是發原古題雅頌之義的嘗試；元稹、白居易等則提出「其有雖用古題全無古義者，若《出門行》不言離別，《將進酒》特書列女之類是也。其或頗同古義，全創新詞者，則田家止述軍輸，捉捕詞先螻蟻之類是也」〔註156〕，重視發舊題之新意，不落前人窠臼。然而在唐代，受這一觀念影響的主要是關懷民生疾苦的新樂府，尚未延及其餘樂府詩的創作。直至宋代，「補樂府」的觀念方開始全面被文人所接受，獲得普遍的實踐。

〔註154〕　晁補之《離騷新序》，《雞肋集》卷三十六，四部叢刊本。
〔註155〕　黃庭堅《與王立之》，《黃庭堅全集》，劉琳等校點，四川大學出版社，2001年，第3冊，1371頁。
〔註156〕　元稹《樂府古題序》，《元稹集》，冀勤點校，中華書局，1982年版，255頁。

　　在對唐代樂府詩的繼承中，宋代文人格外稱道杜甫的即事立題，自出機杼之句，如《蔡寬夫詩話》言「惟老杜《兵車行》、《悲青阪》、《無家別》等數篇，皆因事自出己意，立題略不更蹈前人陳跡，真豪傑也」〔註157〕。洪邁則進一步強調「詩文當有所本，若用古人語意，別出機杼，曲而暢之，自足以傳示來世」〔註158〕。這種強烈的別出心裁，發前人所未道的意識，反映在他們的樂府詩創作理念中，就是對「補樂府」範疇的繼承與全面拓展：或在考辨舊題的基礎上闡發新意；又或自出機杼，在前代樂府詩的題材之外「申而廣之」〔註159〕、「補而發之」〔註160〕，自命新題。

　　因為前代的樂府題材已經大致定型，創作方面繼續發揮的餘地不大，「補樂府」的理念，便可視作宋代文人對開拓樂府題材的一種嘗試。並非一味因循古意，也並不依據興之所至而隨意命筆，而是注重考證、學養、思致，在縱覽前代樂府源流的基礎上，秉持儒學傳統，關注社會現實，形成一種力圖在復古中繼續開拓的努力傾向。在這一理念指引下，宋代獨特的樂府詩題材也隨之形成。

　　宋代文人創作樂府詩時，多從自身的經歷、學養與感悟出發，故而在他們的創作中，「補樂府」的範圍也更為寬廣，主要包含三個方面。一是發亡佚之古題；二是在舊題基礎上的再度闡發；三則是自出機杼，對樂府詩從題目到內容都「申而廣之」。上述三方面之中，發亡佚之古題，主要是文人對古辭亡佚之樂府舊題甚至古曲題的擬作。如蘇軾《襄陽古樂府》三首中，《野鷹來》、《上堵吟》兩篇，古題僅

〔註157〕　《苕溪漁隱叢話》前集卷一引《蔡寬夫詩話》，人民文學出版社，1981 年，5 頁。
〔註158〕　洪邁《容齋續筆》卷十五，《全宋筆記》第五編，大象出版社，2012 年，第 5 冊，402 頁。
〔註159〕　曹勳《梁甫吟》序，《全宋詩》，北京大學出版社，1998 年，第 33 冊，21041 頁。
〔註160〕　曹勳《補樂府十篇》序，《全宋詩》，北京大學出版社，1998 年，第 33 冊，21033 頁。

存於《水經注》等前代典籍中，其辭亡佚，前人亦無擬作。而蘇軾首開擬作之筆，卻不擬昔人口吻〔註161〕，而著意於考察舊典故實，臧否古史，可見其學者風度。曹勳《箕山操》則爲「《琴集》有名無辭之作」〔註162〕，甚至《樂府詩集》中都未錄此題。然而，這類作品爲數既少，又多半只是文人偶一爲之，並不特意以之爲事，故而此處不多予以關注。而後兩方面，即對舊題的闡發，以及在古樂府基礎上的自命新題，都與宋代新題樂府的發展息息相關。

在對舊題的闡發方面，宋代樂府詩體現出重視義理的一面，主要是對《詩經》功能以及詩樂關係闡釋的浸淫，即注重《詩經》作爲最早的樂歌，「爲樂官，理國家，治興亡」〔註163〕的意義。這一點上，宋代文人甚至對唐人樂府也有批評。如曹勳批評元結的樂府詩「文勝理異」〔註164〕，韓愈擬作的《琴操》「詞存而義不復概見……是故悲思怨刺，抑揚折中，皆不切其言」〔註165〕。試以曹勳《補樂府十篇》與元結《補樂歌十首》對舉。《補樂歌十首》所擬諸題，盡屬有題無詞之類。按元結自序：「自伏羲至於殷，凡十代，樂歌有其名亡其辭。考之傳記，義或存焉，故采其名義以補之，凡十篇十九章，各引其義以序之，名曰《補樂歌》。」〔註166〕考《網罟》、《豐年》之題，出夏侯玄《辨樂論》，其餘《雲門》、《九淵》、《五莖》、《六英》、《咸池》、

〔註161〕　趙文《野鷹來歌》序：「東坡作《野鷹來》曲，宜擬表語，今云『嗟爾公子歸無勞，使鷹可呼亦凡曹』，此非表語也。」《青山集》卷六，文淵閣四庫全書本。

〔註162〕　曹勳《箕山操》序，《全宋詩》，北京大學出版社，1998 年，第 33 冊，21074 頁。

〔註163〕　歐陽修《書梅聖俞稿後》，《歐陽修詩文集校箋》，洪本健校箋，上海古籍出版社，2009 年，下冊，1907 頁。

〔註164〕　曹勳《補樂府十篇》序，《全宋詩》，北京大學出版社，1998 年，第 33 冊，21033 頁。

〔註165〕　曹勳《琴操》序，《全宋詩》，北京大學出版社，1998 年，第 33 冊，21036 頁。

〔註166〕　《樂府詩集》卷九十六·新樂府辭七，中華書局，1979 年，第 4 冊，1341～1342 頁。

《大韶》、《大夏》、《大濩》諸題，亦泛見於《禮記》、《漢書‧禮樂志》、《白虎通》等古代典籍，元結采其樂名，並考辨古史，以小序的方式說明古聖先王的事跡，闡發題目之義。在曹勛的擬作中，則棄古題不用，而是將元結小序中所稱的「帝某某氏之樂歌」升為題目，反將古題置於小序中，更為闡發解說。這種更形莊嚴的形式，反映出曹勛創作這十篇《補樂府》的實質，乃是試圖對缺失的上古郊廟樂歌作一補完，在重現其崇德應天的祭祀功能的同時，一併突出這類詩篇的教化意義。

然而對於補古樂府之義，也存在一些質疑的聲音。「或云：『元次山補伏羲至商十代樂歌，皮襲美補《九夏歌》，是否？』曰：『名與義存，二子補之無害。或有其名而無其義，有其義而名不可強訓，吾未保二子之全得也。』」〔註167〕這類質疑明確指出，補樂府未必能夠達到正其名義的目的。這類闡發舊題之作，名為對古樂府的補正，實際在題材內容上已經趨於自出機杼的新題樂府。

此外，在樂府舊題的基礎上作進一步闡發，雖不乏革新之作，然而若受到個人學養、詩力的限制，仍然容易流於平常，落入窠臼。因此，宋代文人又再三強調自出機杼，以故為新，力求道前人所未道，即所謂「大抵詩人感詠，隨所命意，不必盡當其事，所謂不以辭害意也」〔註168〕。如劉次莊《樂府集》所論：「《君馬黃》古詞云：『君馬黃，臣馬蒼，二馬同逐臣馬良。』終言：『美人歸以南，歸以北，駕車馳馬令我傷。』李白擬之，遂有『君馬黃，我馬白，馬色雖不同，人心本無隔。』其末云：『相知在急難，獨好亦何益。』自能馳騁，不與古人同圈模，非遠非近，此可謂善學詩者歟。」〔註169〕李白的

〔註167〕 王灼《碧雞漫志》卷一，《全宋筆記》第四編，大象出版社，2008年，第 2 冊，172 頁。

〔註168〕 阮閱《詩話總龜》前集卷七引劉次莊《樂府集》，人民文學出版社，1987 年，79 頁。

〔註169〕 阮閱《詩話總龜》前集卷七引劉次莊《樂府集》，人民文學出版社，1987 年，78 頁。

擬作之所以受到讚譽，便是由於能既不落古人窠臼，又從舊題中生發新意，總而言之是對詩人自身眼界、筆力甚至格調的要求。

以王安石、歐陽修等人的《明妃曲》唱和諸題為例。《明妃曲》舊題內容多為描摹情境，渲染氛圍，重在感慨抒情，而宋代諸唱和則一反前人僅就昭君故事題詠其哀感怨思的習慣，傾向於冷靜的說理與評論，如「漢恩自淺胡自深，人生樂在相知心」〔註170〕、「耳目所及尚如此，萬里安能制夷狄」〔註171〕等，在顯示文人學者對學養識見之重視的同時，也起到拓寬樂府舊題內涵的作用。這類變舊題之意之舉，雖然題目依循於古，卻更在舊題本意的基礎上，有意識地申而廣之，甚至於完全改變舊題的內容，自出機杼，可謂典型的求新之作，在思想主旨上已經十分近於新題樂府。

「補樂府」不獨拓展了樂府詩的題材與內涵，更以「補」的名義，在敘事之外更加以抒發感慨，使詠史、說理等功能都被宋代樂府詩所容納，在翻新的同時獲得合理化。在這種「申而廣之」，「跡而新之」〔註172〕的創作理念引導下，產生了大量的新題樂府創作。如張耒《和歸去來辭》，《歸去來辭》本非樂府，然而張耒作為詩題，自述「耒輒自憫其仕之不偶，又以弔東坡先生之亡，終有以自廣也」〔註173〕，則是覽今昔之人事跡，感其品行，悵其遭際，有感而發，並非單純的舊題擬作；其《倉前村民輸麥行》是為了「補樂府之遺」〔註174〕，將對鄉村生活的觀察與書寫也納入樂府題材範疇；而周紫芝《五溪道

〔註170〕　王安石《明妃曲》其二，《王文公文集》，上海人民出版社，1974年，471頁。

〔註171〕　歐陽修《再和明妃曲》，《歐陽修詩文集校箋》，洪本健校箋，上海古籍出版社，2009年，上冊，234頁。

〔註172〕　曹勳《細君》序，《全宋詩》，北京大學出版社，1998年，第33冊，21080頁。

〔註173〕　張耒《和歸去來辭》序，《張耒集》，李逸安等點校，中華書局，1990年，62頁。

〔註174〕　張耒《倉前村民輸麥行》序，《張耒集》，李逸安等點校，中華書局，1990年，965頁。

中見群牛蔽野,問之,容州來,感其道里之遠,乃作短歌,以補樂府之闕》,則既述民生之艱困,又表達對風雨飄搖的時局之憂慮,深刻的現實關懷;李復《予往來秦熙汧隴間不啻十數年,時聞下里之歌,遠近相繼和,高下掩抑,所謂其聲嗚嗚也。皆含思宛轉而有餘意,其辭甚陋,因其調寫道路所聞見,猶昔人〈竹枝〉、〈紇羅〉之曲,以補秦之樂府》,題材雖不算新穎,卻有「下里之歌」的音樂依託,十章詩歌皆七言四句,體近《竹枝》一類民歌,可知是從入樂的角度行「補樂府」之實踐。

再如曹勳《細君》,則更是一篇別出心裁之作。此題淵源自古樂府《烏孫公主歌》。曹勳在小序中自述其意云:「漢武帝元封中,以江都王女細君爲公主,嫁與烏孫昆彌。至國而自治宮室,歲時一再會,言語不通,公主悲愁,自爲哀怨之歌。其後元帝亦以王穰女昭君嫁匈奴單于,昭君至胡,作歌自傷。後人多爲歌詩,流爲樂府,遂有《明妃怨》、《昭君怨》。獨細君最遠,而悲思尤甚,又世人無有哀感之作。餘亦跡而新之,抑亦攄昔人之幽憤,爲來者之深戒云。」〔註 175〕細君、昭君,命運相似,而於後世文人墨客所遇不同,僅北魏祖叔辨《千里思》:「細君辭漢宇,王嬙即虜衢」〔註 176〕,有以二人對舉之例。然通覽宋前樂府,僅此一篇而已,抒憂憤之意也並不明顯。曹勳變《烏孫公主歌》的自抒其懷而爲代言敘事詩,突出細君事跡,其拓寬樂府詩題材的用意也更加明確。

總而言之,「補樂府」觀念在宋代的傳承與發揚,在舊題樂府的基礎上,拓展了樂府詩的題材內涵,使得翻新本事,自創新題,名爲補前代之遺,實爲擴展創作自由度的風氣就此一脈相承。宋代文人自出機杼之作,或有感而發,自抒胸臆,或洞見世情,興託高遠,在繼

〔註 175〕 曹勳《細君》序,《全宋詩》,北京大學出版社,1998 年,第 33 冊,21080 頁。

〔註 176〕 祖叔辨《千里思》,《樂府詩集》卷六十九·雜曲歌辭九,中華書局,1979 年,第 3 冊,995 頁。

承古樂府的敘事性與「感於哀樂，緣事而發」等傳統之餘，也形成了宋代樂府詩創作的新變。

在崇古求新觀念的影響下，宋代樂府詩的創作，在新舊題樂府兩方面都呈現出因襲與創新並行不悖的局面。

二、古題擬作中的倣古與出新

宋代文人樂府詩的創作理念，首先是以崇古擬古爲目的，對前代創作傳統的追溯與繼承。文人擬作古樂府，或專詠舊題事典，或以古風雜言的句法，追摹漢魏乃至《詩》《騷》的神韻，這類作品不獨著力於追考古意，在題材、風格、體例等方面，也都與古樂府有著較高的相似性。

舊題樂府方面，由於對前代詩歌文獻的整理，以及文人對閱讀的崇尙，對舊題的繼承趨於廣泛。文人一方面重視發原舊題本意，顯示其學識；另一方面又致力於對古題「申而廣之」，在復古的同時，嘗試以自己的學養作新的開拓。

其一，注重本事的考辨與發原

宋代樂府舊題漫漶的文學現實，與注重學識考辨的風氣，令文人在創作中著力於探究樂府舊題的淵源，考辨其所詠本事，力圖再現古樂府的眞實面貌。其創作通常伴隨著對故實的考證追溯與學養的宣示。

如文同《秦王卷衣》，據《樂府解題》，其本事乃是言「咸陽春景及宮闕之美。秦王卷衣，以贈所歡也」〔註177〕。此題自梁吳均首作之後，後世並無擬作，僅李白由此脫胎，作《秦女卷衣》一題，然而已是宮妃口吻，與前作不類。文同之作則先以「咸陽秦王家，宮闕明曉霞。丹文映碧鏤，光采相鉤加」〔註178〕等諸多篇幅鋪陳咸陽宮闕

〔註177〕　郭茂倩《樂府詩集》卷七十三・雜曲歌辭十三，中華書局，1979年，第3冊，1042頁。

〔註178〕　文同《秦女卷衣》，《全宋詩》，北京大學出版社，1998年，第8冊，5299頁下同。

之美，而後勾勒出春風庭院之中「君王顧之笑」的美人，於卒章點明「持以贈所愛，結歡期無涯」的主旨，與舊題「秦王卷衣，以贈所歡」的本事十分切合。又如唐庚《白頭吟》：「秋風團扇情，夜雨長門意。高鳥既已逝，前魚自當棄。賤妾白頭吟，知君懷異心。只知茂陵女，不憶臨邛琴」〔註179〕，則是擬文君之口吻，述被棄之思，篇中除琴挑與《白頭吟》故事外，更用團扇、長門之典，以明棄捐之旨，筆墨十分切合。

又如張載《雞鳴》，古辭「初言『天下方太平，蕩子何所之。』次言『黃金為門，白玉為堂，置酒作倡樂為樂。』終言桃傷而李僕，喻兄弟當相為表裏」〔註180〕，是以高樹雞鳴起敘，鋪陳富貴之家金馬玉堂之景，終以「桃生露井上，李樹生桃傍。蟲來齧桃根，李樹代桃僵。樹木身相代，兄弟還相忘」〔註181〕之筆，揭露了金玉榮耀其外，然而兄弟不和於內的社會現實。而張載之作云：「雞鳴嘐嘐兮臺懷憂，兄弟表里兮臺心求。黃金門，白玉堂。置酒愷樂，榮華有光。桃傷李僵，爾如或忘」〔註182〕，篇首亦以雞鳴起興，其後如「黃金門，白玉堂，置酒愷樂，榮華有光」的鋪陳，乃至「桃傷李僵」的卒章諷喻，全效古辭的格局安排之外，連所用事象都與古辭相彷彿，是一篇純粹的擬古之作。

此外，宋人認為，「古樂府命題皆有主意，後之人用樂府為題者，直當代其人而措辭」〔註183〕，也是對本事的一種追溯。如周紫芝《擬

〔註179〕 唐庚《白頭吟》，《全宋詩》，北京大學出版社，1998年，第23冊，15019頁。

〔註180〕 郭茂倩《樂府詩集》卷二十八・相和歌辭三，中華書局，1979年，第2冊，406頁。

〔註181〕 《樂府詩集》卷二十八・相和歌辭三，中華書局，1979年，第2冊，406頁。

〔註182〕 張載《雞鳴》，《全宋詩》，北京大學出版社，1998年，第9冊，6284頁。

〔註183〕 《苕溪漁隱叢話》前集卷十八引《唐子西文錄》，人民文學出版社，1981年，120頁。

司馬相如琴歌代文君答二首》，序云：「卓文君欲奔司馬相如，相如以
琴心挑之。今樂府有《琴歌》二首，而無文君詞。爲代文君作答歌以
補其闕云」〔註184〕，則是代文君作答，從前人不曾嘗試的角度補敘
這件韻事。二首同是以鳳凰飛鳴之況起興，「鳳兮鳳兮鳴囉囉，雄將
飛兮雌將從」，與古辭相應和，以文君的口吻，抒發「邂逅相遇君獨
知」的一見鍾情，至「天寒慘慘多悲風，雙翩欲舉心所同。山石可鑿
金可鎔，妾心皎皎如日中」之句，更可見其至死不渝的深情。

其二，文人搜羅舊題，廣爲擬作的創作自覺

　　舊題樂府的擬作通常是一個層疊書寫的過程。宋前樂府詩的傳
承中，前人題詠較多的舊題，後人擬作也相對較多，歷代反覆傳寫，
形成較爲固定的文本題材，如《明妃曲》寫王昭君出塞之事，《妾薄
命》寫女子之幽怨，《關山月》寫邊塞征人之思等。而另外一部份少
人問津的題目，則多半僅具題名與古辭，甚至有的連古辭都已漫滅，
後世作者亦寥寥。到了宋代，崇古重學，以才學爲詩的風氣盛行，令
一些文人開始有意識地發原古題。

　　宋代致力於創作舊題樂府的文人，如文同、劉敞、張耒、曹勛、
薛季宣等，他們的一些舊題擬作，在兩宋多屬絕無僅有，如文同《秦
王卷衣》、《殿前生桂樹》、《塘上行》、《烏生八九子》、《水仙操》、《大
垂手》、《芳樹》、《起夜來》等，劉敞《煌煌京洛行》、《四皓歌》等，
張耒《君家誠易知曲》、《壽陽歌》、《獨處愁》等，薛季宣《車遙遙篇》、
《楊叛兒》、《相逢狹邪間》、《克商操》。《襄陵操》等，都體現出對當
時少人問津的那部份樂府舊題的關注。這類舊題擬作以曹勛所作爲最
多，有《宛轉歌》、《項王歌》、《碧玉歌》、《三婦豔歌》、《聖人出》、《上
雲樂》、《浮萍篇》、《方諸曲》、《蕭史曲》、《江皋曲》、《龍笛曲》、《邯
鄲才人嫁爲廝養卒婦》、《沐浴子》、《樂未央》、《楚妃歎》等篇。這種
搜羅舊題，廣爲擬作的行爲，一定程度上反映了文人對樂府詩傳統繼

〔註184〕　周紫芝《擬司馬相如琴歌代文君答二首》，《全宋詩》，北京大學出
　　　　版社，1998年，第26冊，17094頁。

承的重視與自覺。

　　如曹勳《宛轉歌》。「《齊諧記》云，昔晉劉明惠女妙容之所作也」
〔註185〕，曹勳用此事典連綴成篇：「明月皎皎兮江水清，促瑤軫兮寫
餘情。有若人兮鏘佩瓊，申婉約兮揚新聲。託明君之幽怨兮，留遲風
以掩抑。借餘音於宛轉兮，韻繁諧以周密。悵流月之西傾兮，恨彌襟
而歎息。歌宛轉兮情無極。」其敘事梗概，皆自《續齊諧記》故事而
來，如明君、遲風、繁諧等語，更是直接採用《續齊諧記》中的詞語
〔註186〕，然而通篇刪削舊事，黜其繁麗，僅以其神謀篇，古意盎然，
清韻流美，可謂寄情而詠其事之作。

　　又如蘇軾，雖然創作樂府詩不多，然而眼界、思力均高，在舊題樂
府創作中也發揚「補樂府」的觀念。以其《野鷹來》為例，《水經·沔
水注》云：「水南有層臺，號曰景升臺。蓋劉表治襄陽之所築也。言表
盛遊於此，常所止憩。表性好鷹，嘗登此臺歌《野鷹來曲》」〔註187〕。
蘇軾之作即由劉表招鷹臺故事生發，以「北原有兔老且白，年年養子秋
食菽。我欲擊之不可得，年深兔老鷹力弱」〔註188〕喻漢季衰微，「臺中

〔註185〕　曹勳《宛轉歌》序，《全宋詩》，北京大學出版社，1998 年，第 33
　　　　　冊，21045 頁下同。
〔註186〕　《續齊諧記》曰：「晉有王敬伯者……休假還鄉，過吳，維舟中渚。登
　　　　　亭望月，悵然有懷，乃倚琴歌《泫露》之詩。俄聞戶外有嗟賞聲，見
　　　　　一女子，雅有容色，謂敬伯曰：『女郎悅君之琴，願共撫之。』敬伯許
　　　　　焉。既而女郎至，姿質婉麗，綽有餘態，從以二少女，一則向先至者。
　　　　　女郎乃撫琴揮弦，調韻哀雅，類今之登歌，曰：『古所謂《楚明君》也，
　　　　　唯嵇叔夜能為此聲，自茲已來，傳習數人而已。』復鼓琴，歌《遲風》
　　　　　之詞，因歎息久之。乃命大婢酌酒，小婢彈箜篌，作《宛轉歌》。女郎
　　　　　脫頭上金釵，扣琴弦而和之，意韻繁諧，歌凡八曲。敬伯唯憶二曲。
　　　　　將去，留錦臥具、繡香囊，並佩一雙，以遺敬伯。敬伯報以牙火籠、
　　　　　玉琴軫。女郎悵然不忍別，且曰：『深閨獨處，十有六年矣。邂逅旅館，
　　　　　盡平生之志，蓋冥契，非人事也。』言竟便去。
〔註187〕　酈道元《水經注校證》卷二十八，陳橋驛校證，中華書局，2007
　　　　　年，664 頁。
〔註188〕　蘇軾《襄陽古樂府·野鷹來》，《蘇軾詩集》，王文誥注，孔凡禮點
　　　　　校，中華書局，1982 年，第 1 冊，73 頁。

公子著皮袖，東望萬里心悠哉」二句，則刺其固有荊襄九郡，卻胸無大志，優遊袖手之態。通篇臧否古史，信手拈來，有自出機杼之趣味。

其三，以古題發新義的開拓之筆

「樂府音節不傳，唐人每借舊題自標新義」〔註 189〕，宋代文人繼承這一傳統，依託於樂府舊題本事，發原其美刺之義。如釋契嵩論李白樂府，「作《蜀道難》以刺諸侯之強橫，作《梁甫吟》傷懷忠而不見用，作《天馬歌》哀棄賢才而不錄其功，作《行路難》惡讒而不得盡其臣節，作《猛虎行》憤胡虜亂夏而思安王室，作《陽春歌》以誡淫樂不節，作《烏棲曲》以刺好色不好德，作《戰城南》以刺窮兵不休，如此者不可悉說」〔註 190〕。雖然或許限於本身學識，他對李白詩義的理解未免有附會之處，如《蜀道難》實際並非作於嚴武之時，也就不存在諷刺之說〔註 191〕，然而其論述重點仍是對樂府詩即事名篇，書寫時事功能的推重。

這一觀念普遍反映在宋代舊題樂府的創作之中，即是在思想上傳承古樂府現實主義精神，借樂府舊題，書寫時人時事，表達宋代士大夫對現實政治與人民生活的關注。而在上承唐代新樂府旨趣，廣泛關懷民生疾苦的大量篇章之外，如梅堯臣《猛虎行》刺呂夷簡弄權；周紫芝作《金銅歌》，諷喻北宋爲金所亡的現實，發原「騷人感刺怨懟之意」，「以繫樂府之末」〔註 192〕，也均不乏對美刺諷喻傳統的繼承。

〔註 189〕 陳僅《竹林答問》，清鏡瀕草堂抄本。

〔註 190〕 釋契嵩《書李翰林集後》，《鐔津文集》卷十六，四部叢刊三編影明弘治本。

〔註 191〕 計有功《唐詩紀事》：「《嚴武傳》：『武爲劍南節度使，房琯以故相爲部內刺史，武慢倨不爲禮。最厚杜甫，然欲殺甫數矣。李白爲《蜀道難》者，乃爲房、杜危之也。』《韋臯傳》：『天寶時，李白爲《蜀道難》以斥嚴武，陸暢更爲《蜀道易》以美韋臯。《摭言》云：太白自蜀至京，以所業贄謁賀知章。知章覽《蜀道難》一篇，揚眉謂之曰：『公非人世人，豈非太白星精耶？』然則《蜀道難》之作久矣，非爲房、杜也。」

〔註 192〕 周紫芝《金銅歌》序，《全宋詩》，北京大學出版社，1998 年，第

這些涉及宋代樂府題材的傳承與新變，下文均有專門章節予以論述，故此處不加以展開。

　　如劉次莊對《日出東南隅行》的分析與擬作：

　　　　舊說邯鄲女子姓秦名羅敷，為邑人千乘王仁妻。仁為趙
　　　王家令，羅敷出採桑陌上，趙王登樓見而悅之，置酒欲奪焉。
　　　羅敷彈箏作《陌上桑》，以自明不從。今其詞乃羅敷採桑陌
　　　上，為使君所邀，羅敷盛誇其夫為侍郎以拒之。論者病其不
　　　同。大抵詩人感詠，隨所命意，不必盡當其事，所謂不以辭
　　　害意也。且發乎情，止乎禮義，古詩之風也。今次是詩，蓋
　　　將體原其跡，而以辨麗是逞，約之以義，殆有所未合。而盧
　　　思道、傅縡、張正見復不究明，更為祖述，使若其夫不有東
　　　方，不為侍中郎，不作專城居，乃得從使君之載歟？如劉邈、
　　　王筠之作，蠶不饑，日未暮，亦安得彷徨為使君留哉！余嘗
　　　擬古作一篇，以著羅敷所以待使君之當然者，直欲規諸子以
　　　就雅正，豈固與古人爭驅哉！其詞曰：「羅敷十五六，採桑
　　　城南道。臉媚奪朝霞，蛾眉淡初掃。桑枝間桃樹，不見桃花
　　　好。採桑未盈筐，春寒蠶欲老。使君從南來，黃金絡馬腦。
　　　調笑一不顧，東風搖百草。」〔註193〕

他對《日出東南隅行》本事的論述，重在羅敷面對趙王「自明不從」的堅貞，這種堅貞應當是發自本心，與外物無涉的。故而他不滿於樂府古辭中羅敷「盛誇其夫為侍郎」的描寫，在考述諸前代擬作之時，也病其「復不究明，更為祖述」，但寫羅敷之美態，而不及其品行之舉。他的擬作中寫羅敷「調笑一不顧，東風搖百草」，便是為了闡發其不為所動的堅貞。這樣的解讀和闡發，全從雅正、禮義等方面著眼，而並未注重詩篇鋪陳渲染的文學性，正是對「發乎情，止乎禮義」的古詩之風的推重。此外，他又自述其目的乃是「直欲規諸子以就雅正，豈固與古人爭驅哉？」在崇尚雅正之外，更對重蘊藉、意在言外的古

　　　26 冊，17084 頁。

〔註193〕阮閱《詩話總龜》前集卷七引劉次莊《樂府集》，人民文學出版社，
　　　　　1987 年，79 頁。

樂府予以極高的評價。

　　此外，如張載的擬樂府則反映出理學家借樂府舊題闡發義理的特點。其《鞠歌行》，按郭茂倩《樂府詩集》所考，此題所存最早詩篇爲陸機之作，其序云：「按漢宮閣有含章鞠室，靈芝鞠室，後漢馬防第宅卜臨道，連閣通池，鞠城彌於街路。鞠歌將謂此也。……不遇知己，終不見重。願逢知己，以託意焉。」〔註194〕其辭乃是發知己難託之感慨，而後世擬作如謝惠連「翔馳騎，千里姿，伯樂不舉誰能知」〔註195〕等，皆同此意。而張載所作，「述空文以見志兮，庶感通乎來古。騫昔爲之純英兮，又申申其以告」〔註196〕，則是以鞠歌起興，闡述勤學重德之理，超越了泛泛的人生感慨。又如其《短歌行》，古辭如曹操「對酒當歌，人生幾何。譬如朝露，去日苦多」〔註197〕，乃至陸機擬作的「置酒高堂，悲歌臨觴。人生幾何，逝如朝霜」〔註198〕，都是對人生苦短的慨歎。而張載所作「短簫歌，歌愷康。明廷萬年，繼明重光。曾孫稼，如茨梁。嘉與萬邦，純嘏有常」〔註199〕，則全是對帝王之德的讚美，其內容已經超出了舊題本義的範疇，而成爲對《詩經》頌體的上溯。

　　也有一些樂府詩在舊題本事的基礎上加以發散，自抒胸臆。如張耒《和歸去來辭》，即是依託於陶潛的故事，傷悼蘇軾身故，復恨己身遭際之作，將今昔感慨融爲一爐。瞻望前代，則「眄一世之無與

〔註194〕　《鞠歌行》題解，郭茂倩《樂府詩集》卷三十三·相和歌辭八，中華書局，1979年，第2冊，494頁。

〔註195〕　陸機《鞠歌行》，《樂府詩集》卷三十三·相和歌辭八，中華書局，1979年，第2冊，494頁。

〔註196〕　張載《鞠歌行》，《全宋詩》，北京大學出版社，1998年，第9冊，6284頁。

〔註197〕　曹操《短歌行》，《曹操集》，中華書局，1974年，8頁。

〔註198〕　陸機《短歌行》，《樂府詩集》卷三十·相和歌辭五，中華書局，1979年，第2冊，449頁。

〔註199〕　張載《短歌行》，《全宋詩》，北京大學出版社，1998年，第9冊，6284頁。

兮，古之人逝莫追」〔註200〕；俯首當時，則「吾悲夫斯人不返兮，
豈招仙聖與之遊。昔惠我以好音，忽遠去而莫求」。今古同寂，無所
與依之境，詩人雖愴然感慨「萬古芸芸，共逝一舟。半夜而失，且號
其丘」，卻仍然秉持己志，收束於「嗟身屈而道伸，於斯人兮曷疑」
〔註201〕的淡然，尤見高潔。通篇雖託於古題，實是廣舊題之意，發
胸中之塊壘。

　　陳師道《妾薄命》，則是爲悼念曾鞏所作。任淵認爲：「後山學於
南豐，南豐卒於元豐六年，此篇必是時所作」〔註202〕。陳師道受業
於曾鞏，恩情深重，篇中以爲主守貞的侍妾自擬，借其口吻道出自己
絕不負師恩，更不齒趨炎附勢之心。如「忍著主衣裳，爲人作春妍。
有聲當徹天，有淚當徹泉」〔註203〕等句，「此皆以自表，見其不忍更
名他師也」〔註204〕；而「葉落風不起，山空花自紅。捐世不待老，
惠妾無其終」〔註205〕，則是以比興之法起句，以落葉喻曾鞏，以紅
花喻自身，寫兩人的深厚恩誼不能全終全始，逝者已矣，而生者徒然
存世的空茫之感。通篇託男女之情，寄寓師生之誼，也是古樂府中常
見的象徵筆法。正是這些有所寄託，機杼翻新之作，令舊題樂府的擬
作得以別開生面。

其四，古樂府章句風格的全面模仿

　　曹勳讀唐人陳羽《湘妃怨》時，「怪其鄙野，爲變體三首」〔註206〕。
陳羽詩「二妃怨處雲沉沉，二妃哭處湘水深。商人酒滴廟前草，蕭颯

〔註200〕　張耒《和歸去來辭》，《張耒集》，李逸安等點校，中華書局，1990
　　　　　年，62 頁下同。
〔註201〕　《張耒集》，李逸安等點校，中華書局，1990 年，62～63 頁。
〔註202〕　《後山詩注補箋》，任淵注，冒廣生補箋，中華書局，1995 年，4 頁。
〔註203〕　陳師道《妾薄命》，《後山詩注補箋》，任淵注，冒廣生補箋，中華
　　　　　書局，1995 年，4 頁。
〔註204〕　《後山詩注補箋》，任淵注，冒廣生補箋，中華書局，1995 年，4 頁。
〔註205〕　《後山詩注補箋》，任淵注，冒廣生補箋，中華書局，1995 年，6 頁。
〔註206〕　曹勳《湘妃怨》序，《全宋詩》，北京大學出版社，1998 年，第 33
　　　　　冊，21062 頁。

風生斑竹林」〔註207〕，淺近直白，爲曹勛所不喜，因而他特意追溯
《九歌》，以騷體古辭翻作：「委瓊佩兮重淵，稅鸞車兮深山。望蒼梧
兮不極，與流水而潺湲」、「雨瀟瀟兮洞庭，煙霏霏兮黃陵。望夫君兮
不來，波渺渺而難升」〔註208〕，篇中多以楚地山川名物渲染氛圍，
又化用《楚辭·湘夫人》篇「荒忽兮遠望，觀流水兮潺湲」、「捐余袂
兮江中」〔註209〕等句，以及《湘君》篇「望夫君兮未來」之句，深
追古意，雍容之餘，復有纏綿之致。

此外，宋代文人臧否時人樂府詩篇時，也多以高古爲佳，如「梅聖
俞《一日曲》極佳……大抵聖俞之詞高古」、「東湖《朝容篇》有古樂府
氣象」〔註210〕等。其中《一日曲》寫女子與情人分別，以「不如水中鱗，
雙雙依綠蒲。不如雲間鵠，兩兩下平湖」起興，引出「魚鳥尚有託，妾
今誰與俱」的歎息；其卒章云「去去約春華，終朝怨日睒。一心思杏子，
便擬見梅花。梅花幾時吐，頻捎欄竿數。東風若見郎，重爲歌金縷」〔註
211〕，通篇敘事，蘊藉雅正，不怨不怒，正是古風氣象。

舊題樂府畢竟傳承已久，其本事源流，題目約限，許多都已約定
俗成。宋代文人「以故爲新」的創作態度，是在全面接納了舊題本事、
風格的約束之後，再於這約束下別開生面，馳騁騰挪。因此其舊題樂
府擬作，多數時候在創作自由度方面仍不及即事名篇的新題樂府。

三、新題樂府的因事立題與風格模擬

新題樂府方面，由於文人自騁其意，不拘一格的創作行爲，湧
現出大量新題，其題材兼及即事、詠史、抒情、議論等諸多方面。這

〔註207〕　郭茂倩《樂府詩集》卷五十七·琴曲歌辭一，中華書局，1979年，
　　　　　第3冊，826頁。
〔註208〕　《全宋詩》，北京大學出版社，1998年，第33冊，21062頁。
〔註209〕　《楚辭集注》，蔣立甫校點，上海古籍出版社、安徽教育出版社，
　　　　　2001年，37～38頁。
〔註210〕　曾季狸《艇齋詩話》，清光緒琳琅秘室叢書本。
〔註211〕　梅堯臣《一日曲》，《梅堯臣集編年校注》，朱東潤校注，上海古籍
　　　　　出版社，1980年，146～147頁。

一現象較多地受到唐人自立新題，尤其是新樂府的現實主義精神影響，「至少陵，並不襲舊題，如《三吏》、《三別》等詩，乃眞樂府也。其它如元道州之繫樂府，元微之之樂府新題，香山、張王之新樂府，溫飛卿之樂府倚曲，皮日休之正樂府皆是。微之以下，雖以古詩之體爲樂府，而樂府之眞存」〔註212〕。在樂府徒詩化趨勢的影響下，「感於哀樂，緣事而發」的傳統，也更多地落在宋代新題樂府的題材範圍內。

1、題材拓展與立題傳寫

宋代樂府是繼承了前代「蓋一時文人有所感發，隨世俗容態而有作也」〔註213〕的特點，並將之發揚光大。「補樂府」的實踐，名爲補前代之遺，實則也是隨著宋代文人樂府觀之建構，開拓並試圖確立樂府詩的範疇外延。如蘇軾作《薄薄酒》，「以補東州之樂府」〔註214〕；張耒作《倉前村民輸麥行》，以「補樂府之遺」〔註215〕等；而王炎作《冬雪行》，「其辭如古樂府，其義則主文譎諫，言之可以無罪者也」〔註216〕，都明確表達了繼承與拓展樂府詩題材的創作自覺。

因此，宋代新題樂府的題材更爲發散，出現大量的文人擬題。如《哀扇工歌》、《哀老婦》、《涼州女》、《蓮根有長絲》、《墨染絲》、《君子有所恨》等，或在內容方面具備古樂府即事名篇的特質，或在題名、風格方面都明顯地模擬古樂府的筆法。尤其是因事立題之作，多以樂府詩篇記述當時史實，如王庭珪《廬陵行》寫地方官平定境內，「別駕提兵不閱月，兩巨寇縛致麾下，境內遂安」〔註217〕；鄭剛中

〔註212〕陳僅《竹林答問》，清鏡濱草堂抄本。
〔註213〕銅陽居士《復雅歌詞序》，《新編古今事文類聚》續集卷二十四，文淵閣四庫全書本。
〔註214〕蘇軾《薄薄酒》序，《蘇軾詩集》，王文誥注，孔凡禮點校，中華書局，1982年，第3冊，687頁。
〔註215〕張耒《倉前村民輸麥行》序，《張耒集》，李逸安等點校，中華書局，1990年，965頁。
〔註216〕王炎《冬雪行》序，《全宋詩》，北京大學出版社，1998年，第48冊，29766頁。
〔註217〕王庭珪《廬陵行》序，《全宋詩》，北京大學出版社，1998年，第

《罪回祿》，寫「宣和辛丑，睦州妖賊嘯聚，服絳衣，執兵戈，破郡縣，所至民居無小大焚之」〔註218〕的境況。至靖康年間與南渡後，湧現出更多具有政治意義的紀實之作，如李綱《建炎行》、周麟之《中原民謠》，佚名《靖康小雅》等，均寫當時宋室偏安，生民流離的史實。此外，也不乏書寫時人軼事的篇章，如徐積《淮陰義婦》、張耒《周氏行》、白珽《河南婦》、方回《木棉怨》等，記載當時發生的故事，貼近市民生活。因爲宋代文人對鄉土生活的切近觀察，又生發出以樂府寫風土這一全新的主題，如王禹偁《畬田詞》，梅堯臣、歐陽修《歸田四時樂》，晁補之《豆葉黃》，楊萬里《圩田詞》，范成大《歸州竹枝歌》、《臘月村田樂府》等，或寫農家勞作，或寫民間風俗，生活氣息都極爲濃郁。這些題材的出現與發展，整體而言體現了宋代士大夫更爲廣泛的社會關懷，後文各有章節論述。

　　然而與有本事傳承可依的舊題樂府相比，新題樂府的界限十分模糊，自立題至創作都並無一定之規。即事名篇的特質，令其無法如同舊題樂府一般，同一題目之下傳寫不輟。兩宋文人所創制的樂府新題雖多，然而多是一人一題，一題一事，各自寫意發揮，其傳承性便不及舊題樂府，眞正能達到立題標準的較少。其中以蘇軾所創《薄薄酒》一題的傳寫篇幅較多，淵源亦較彰著，最能反映其從創題至立題之經過，故以之爲例。

　　蘇軾《薄薄酒》二首序云：「膠西先生趙明叔，家貧，好飲，不擇酒而醉。常云：薄薄酒，勝茶湯，醜醜婦，勝空房。其言雖俚，而近乎達，故推而廣之以補東州之樂府；既又以爲未也，復自和一篇，聊以發覽者之一噱云爾」〔註219〕，乃是採時人言語及逸事入樂府詩，作人生理念的自我抒發，其二作如下：

---

　　　　　　25 冊，16733 頁。
〔註218〕鄭剛中《罪回祿》序，《全宋詩》，北京大學出版社，1998 年，第30 冊，19048 頁。
〔註219〕蘇軾《薄薄酒》序，《蘇軾詩集》，王文誥注，孔凡禮點校，中華書局，1982 年，第 3 冊，687 頁。

> 薄薄酒，勝茶湯，麤麤布，勝無裳，醜妻惡妾勝空房。五更待漏靴滿霜，不如三伏日高睡足北窗涼。珠襦玉柙萬人祖送歸北邙，不如懸鶉百結獨坐負朝陽。生前富貴，死後文章，百年瞬息萬世忙。夷齊盜跖俱亡羊，不如眼前一醉是非憂樂兩都忘。

> 薄薄酒，飲兩鍾，麤麤布，著兩重。美惡雖異醉暖同，醜妻惡妾壽乃公。隱居求志義之從，本不計較東華塵土北窗風。百年雖長要有終，富死未必輸生窮。但恐珠玉留君容，千載不朽遭樊崇。文章自足欺盲聾，誰使一朝富貴面發紅。達人自達酒何功，世間是非憂樂本來空。〔註220〕

二章開篇皆從趙明叔之言脫胎，俚俗而曠達。以詼諧之筆，發人生之思，文句不事雕琢，明白曉暢，姿態飛揚，在當時新題樂府中爲一時之佳作。

故蘇軾此題一出，時人如黃庭堅、杜純、晁端仁、李之儀等，皆有唱和，目前僅黃庭堅、李之儀的作品存留。黃庭堅詩序云：「蘇密州爲趙明叔作《薄薄酒》二章，憤世疾邪，其言甚高。以予觀趙君之言，近乎知足不辱，有馬少游之餘風。故代作二章，以終其意」〔註221〕；李之儀和作題爲《蘇子瞻因膠西趙明叔賦薄薄酒，杜孝錫、晁堯民、黃魯直從而有作，孝錫復以屬予，意則同也，聊以廣之》，則是當時已有杜純、晁端仁與黃庭堅和作在先，杜純又請李之儀同預其事，當時創作之盛，可窺一斑。二人之作，雖以蘇詩爲淵源，卻均有別出機杼之筆，如黃庭堅逆寫美物之惡，「美物必甚惡，厚味生五兵。匹夫懷璧死，百鬼瞰高明」〔註222〕，李之儀述藏拙之機，「斷尾

〔註220〕 蘇軾《薄薄酒》，《蘇軾詩集》，王文誥注，孔凡禮點校，中華書局，1982年，第3冊，687頁。

〔註221〕 黃庭堅《薄薄酒二章》序，《黃庭堅全集》，劉琳等校點，四川大學出版社，2001年，第2冊，1044頁。

〔註222〕 黃庭堅《薄薄酒二章》其一，《黃庭堅全集》，劉琳等校點，四川大學出版社，2001年，第2冊，1045頁。

山雞避文章，直木先伐甘井竭，誰將列鼎移黃粱」〔註223〕等，立意皆與原作不同。

　　至南宋，喻良能、陳造、王炎、敖陶孫、張侃、于石等人也都有繼作。與黃、李之作不同，這些擬作中多見對蘇詩的摹仿，如「辛勤著書塞屋椽，何如郭外二頃桑麻田。折腰斂板高鳶肩，何如方床八尺供橫眠」〔註224〕，「得之何榮失何辱，萬物飄忽風中煙。不如眼前一杯酒，憑高舒嘯天地寬」〔註225〕等，句法、句意全效蘇軾。此外，黃庭堅詩開篇云「薄酒可與忘憂，醜婦可與白頭。徐行不必駟馬，稱身不必狐裘」，李之儀詩開篇云「莫厭薄酒薄，莫惡醜婦醜」，皆自成一體，而南宋眾作，絕大多數的開篇體例都與蘇軾之作相同，使用以「薄薄酒」為首句的三言齊言。如喻良能「薄薄酒，勝獨醒。醜醜婦，勝鰥煢」〔註226〕，敖陶孫「薄薄酒，勝齋蔬。黸黸布，勝無襦」〔註227〕，張侃「薄薄酒，解愁顏。醜醜婦，勝居鰥」〔註228〕等，在體裁上表現出對蘇軾之首作的倣仿。喻良能《四月二十九日坐直廬，讀山谷效東坡作薄薄酒二章，慨然有感，追賦一首》，所讀是黃庭堅之作，所效卻是蘇軾之體，更可視作對蘇軾創題的推崇與繼承。而蘇軾首創《薄薄酒》一題之後，時人唱和，後世傳寫，真正可稱「立題」，也是與他作為文壇領袖的凝聚力與創作高度密切相關的。

〔註223〕　李之儀《蘇子瞻因膠西趙明叔賦薄薄酒，杜孝錫、晁堯民、黃魯直從而有作，孝錫復以屬予，意則同也，聊以廣之》，《全宋詩》，北京大學出版社，1998 年，第 17 冊，11235 頁。

〔註224〕　敖陶孫《再賦薄薄酒》，《全宋詩》，北京大學出版社，1998 年，第 51 冊，31905 頁。

〔註225〕　于石《薄薄酒》，《全宋詩》，北京大學出版社，1998 年，第 70 冊，44130 頁。

〔註226〕　喻良能《四月二十九日坐直廬，讀山谷效東坡作薄薄酒二章，慨然有感，追賦一首》，《全宋詩》，北京大學出版社，1998 年，第 43 冊，26939 頁。

〔註227〕　敖陶孫《續薄薄酒》，《全宋詩》，北京大學出版社，1998 年，第 51 冊，31905 頁。

〔註228〕　張侃《薄薄酒三首》其一，《全宋詩》，北京大學出版社，1998 年，第 59 冊，37116 頁。

此外如歐陽修《食糟民》題,有劉敞和作《和永叔食糟民》,周紫芝《次韻伯尹食糟民示趙鵬翔》,更可見此題在當時不止一人擬作,至於洪咨夔《食糟行》,亦是由此題脫胎而出。梅堯臣《莫登樓》、《莫飲酒》二題,在當時有歐陽修《和聖俞莫登樓》、《答聖俞莫飲酒》以及王珪《莫登樓》等篇章酬和,體例相似,多以「莫登樓」、「莫飲酒」三字起句,至南宋陳古遇亦仿傚此體作《莫飲酒》。蘇軾《虛飄飄》,以樂府辭題雪,其後黃庭堅、秦觀、周紫芝、曹勳、王阮等之作,亦並詠雪。又如劉敞《陰山女歌》述出使遼國的軼事見聞,其後有晁說之據其事予以發揮;徐積《舞馬詩》以唐史為鑒,其後有唐庚《舞馬行》、釋居簡《續舞馬行》並述其事等,也可略觀宋代新題樂府立題傳寫的脈絡。

2、對前代風格的模擬與仿傚:以《塵土黃》為例

與舊題樂府的創作觀念一致,宋人新題樂府中也存在相當的崇古傾向,具體表現為形式上模倣古樂府體裁,突出氣象、體例等方面的相似性。如張耒《貽潘邠老》、《醉中雜言》、《代嘲》、《代贈》、《贈人三首次韻道卿》、《登高》諸題,這些詩篇的題目已完全失去樂府的特質,但題材與風格尚與前代樂府十分相近,在宋人編纂《張右史文集》時,仍將之列入古樂府歌辭一類。如《代贈》云:「洞房飛香作春霧,仙人勸酒香中語。明眸第二紫雲娘,鶯學歌聲柳如舞。蹙眉長歌灃有蘭,銀鈎請君春草篇。繁絃高張燭燒夜,玉壺未盡參在天」〔註229〕,寫夜宴冶遊之樂,辭章繁麗,古意盎然,猶是唐樂府一脈。

以新題樂府模擬古風,這方面最有代表的創作為劉次莊所作《塵土黃》並譯、箋各一章。據《能改齋漫錄》所記:「劉次莊元祐中罷官,寄居臨江軍之新淦。嘗往來袁州,時有一倡,為郡官所據,太守

〔註229〕 張耒《代贈》,《張耒集》,李逸安等點校,中華書局,1990 年,32頁。

怒之，逐出境外。中叟感其事，而作樂府《塵土黃》，並譯箋，凡三章」〔註230〕，這一組新題樂府的本事其實相當簡明。歌妓與郡吏交往，而爲太守所逐，劉次莊同情其遭遇，因而成詩。

在劉次莊爲《塵土黃》所作的序中，明確表達了他創作這組樂府詩的目的：「崔徽、霍玉、愛愛等事，昔人歌之，非特爲二三子而作也。然遣語序情，雖爲詩曲，而參比樂府，則失古遠矣。……世異才殊，體隨之變，亦其勢也。余比感宜春事，作《塵土黃》一首，雖不足方駕漢、魏，而討本探源，或庶幾焉。既又爲之譯，爲之箋。其義類雖同，至於淺深遠近，要自以意考之耳。」〔註231〕劉次莊認爲，唐宋之際敘述人事的樂府詩，都並非因人而作，而是緣事見意，有所發揮，然而其筆法與抒情風格，都不足以與古樂府相提並論，崇古之意十分明顯。《塵土黃》及其譯、箋，便是通過份別摹仿前代樂府在不同時期的風格，形成對同一本事的不同書寫，相互比較對照，以明漢魏隋唐之間樂府詩風之高下。

劉次莊自命《塵土黃》爲「討本探源」之作，可見三首之內，對這首最爲推重。其辭云：

> 翠眉連娟舞袖長，春風自對理容妝。染絲繡作雙駕鴦，欲飛不飛在羅裳。耳中明月珠，肘後錦香囊。憑高欲有寄，所寄在遠方。追風還君立路傍，豈不有地能相當，請著一鞭塵土黃。〔註232〕

嚴格來說，這首樂府詩並非在直接地講述一事，而只是在人物的描繪中渲染別離後的愁緒意境，正是詩人感詠「不必盡當其事」之證。詩一開篇，歌妓已經是「春風自對理容妝」的被逐之身，然而詩中並不

〔註230〕吳曾《能改齋漫錄》卷十六，《全宋筆記》第五編，大象出版社，2012年，第4冊，200頁。

〔註231〕吳曾《能改齋漫錄》卷十六，《全宋筆記》第五編，大象出版社，2012年，第4冊，200頁。

〔註232〕劉次莊《塵土黃》，《全宋詩》，北京大學出版社，1998年，第17冊，11324頁。

直書其事始末，而僅以憑高有寄寓別離之意，通篇以渲染歌妓的姿容風儀爲主，至篇末方逆挽其事云「豈不有地能相當」。此句雖是以歌妓的口吻道出，非但不自傷身世，反而仍覺意態從容。僅此一筆，其柔中帶剛的形象便愈覺生動鮮明，亦可謂「怨思雖深，而詞不迫切」之作，深具古風雅正之致。

　　《塵土黃·譯》則是對本篇隱晦敘事的正面敘寫，其詩云：
　　　　妾本倡家子，笄鬟擅容止。名隸倡籍中，生倡即倡死。
　　物勢本從權，情恩亦遂遷。一朝官長怒，獨抱錦衾眠。日
　　暮倚高樓，青絲繫白馬。豈不謝殷勤，汪汪淚盈把。萬感
　　自有因，無容遽相親。請君促金勒，妾願看飛塵。〔註233〕
較之本篇的旨在蘊藉，這篇「譯」詩，顧名思義，便是不假文飾地直敘其事。不同於本篇中的第三人視角，這首詩純是歌妓本人的自述，其一言一行都更爲眞切直白。她提及自己的身世，「名隸倡籍中，生倡即倡死」，口吻坦率異常，言及觸怒太守被逐出境，「一朝官長怒，獨抱錦衾眠」，也直截了當地提及自己與情人的被迫分離。至於別離之時的珠淚盈把，更是她無拘無束的情緒表達。篇末「請君促金勒，妾願看飛塵」，則是本篇中「請著一鞭塵土黃」的再現，自身雖爲離人，猶願遙望情人歸去，其纏綿不盡之情表現得更爲分明。然而正因其敘事直白，便難免失之淺近。

　　《塵土黃·箋》，則是對本篇和《塵土黃·譯》敘事的進一步發揮，其詩云：
　　　　春臺女兒似紅玉，曾奉當筵柘枝曲。舞成早自得癡名，
　　更傍春風情不足。客攜黃金欲有贈，多在鄰家賭雙陸。近
　　從新官作顏面，只得低心隨所欲。自知久去非所安，夜半
　　東門車特礐。秀闕芙蓉潭畔起，每向波間得雙鯉。水流卻
　　上天應難，惟有孤懷似潭水。一騎翩翩錦臂韝，紅羅百丈
　　作纏頭。爲言聞得琵琶怨，當門下馬欲登樓。莫登樓，君

〔註233〕劉次莊《塵土黃·譯》，《全宋詩》，北京大學出版社，1998年，第
　　　17冊，11324頁。

　　馬駿。無限朱簾薰好香，城北城南無一瞬。〔註234〕
若說譯詩是對《塵土黃》本篇的直書其事，箋詩則更進一步，在譯詩的基礎上再演繹成一個有始有終，細節完備的故事，敘事非常完整之餘，筆墨亦多鋪陳，不似譯詩凝練。工於意象的渲染這一點雖與本篇相似，然而本篇雖寫歌妓而並不明言其身份，可謂蘊藉深婉，箋詩則開篇即言「春臺女兒似紅玉，曾奉當筵柘枝曲」，其下備述其經歷，出語亦十分直白。而在描繪了歌妓的形象之後，對她與郡史來往，觸怒太守被逐之事，則都點到為止，其後便宕開筆致，以波間雙鯉，流水不歸等意象，喻她與情人離別後孤寂的情懷。此後篇幅，則順勢想像歌妓被逐之後閉門謝客，高樓遙望的生活，襯托她的心灰意冷。在極盡鋪陳之餘，詩歌的抒情性也更為突出。

　　《塵土黃》至《塵土黃‧譯》再至《塵土黃‧箋》，分別仿傚樂府詩在不同時期的風格，敘寫同一本事。本篇為雜言古風，在人物形象的塑造中展現敘事，其意蘊藉，似漢代古樂府；譯詩通篇五言，無論是文體還是凝練直白的敘事方式，都更近魏晉古詩；箋詩則意象層疊，風格流麗，敘述淺近，整體是對唐人歌行的效法。而三者之中，又以《塵土黃》為重，也符合宋人推崇古樂府蘊藉之風的文學理念。

　　在宋代，無論新舊題樂府的創作，都存在兩極分化的趨勢。一方面，「補樂府」觀念的實踐，令宋人樂府詩的題材越發趨於廣泛，或借古諷今，有所寄託，或直接關注社會現實，反映士大夫淑世情懷，呈現出古中求新與求異的創作傾向。另一方面，由於崇古擬古的觀念盛行，使得一部份文人擬樂府完全以仿傚前人為宗，風格雍容華贍，然而立意趨於平庸，也形成了樂府題材的固化與消解。這些變化，都是與樂府詩整體的徒詩化相關聯的。

〔註234〕劉次莊《塵土黃‧箋》，《全宋詩》，北京大學出版社，1998年，第17冊，11324頁。

四、徒詩化的總體趨勢

古樂府之傳承，或在於樂歌流傳，或在於對同一本事的重複書寫。然而隨著新舊樂代謝與樂府的徒詩化，文人擬樂府成為對前代樂府文本的摹仿與繼承，更加不拘一格。以樂府舊題而言，部份舊題在傳寫過程中本事漫漶，被後世作者多所引申，以至於題目雖在，文人的創作卻已隨心所欲，形成題材的消解；另一部份則成為單純對前朝樂府文本的模擬，流於形式，一題之下，大多辭旨近似，意象雷同，風格趨於固化。這兩種傾向在宋代都已經十分明顯，甚至也影響到新題樂府的創作。

1、舊題摹寫中的本事消解

宋代樂府詩創作具有極意崇古的一面。宋代文人在創作時，不乏見前人作品，有所感發，因而擬題之舉。故無論新題舊題，有時都刻意以「古」、「擬」等為題。這種命題方式唐代即有，至宋代則更為廣泛，如《擬白馬篇》、《擬鮑溶寒宵歎》、《擬桃花歌》、《擬燕趙多佳人》、《擬梁父吟》、《擬津人歌》、《古俠客行》、《古築城曲》、《古相思》、《古斷腸曲》、《古信陵行》等，其目的是強調其得自前人的傳承性，以及風格的高古。此外如楊冠卿《少年樂用李賀韻》、《寄遠曲用唐人張籍韻》等篇，也屬於對前人樂府題材、風格的泛泛倣仿。

在對宋前樂府舊題的接受與擬作方面，部份文人也存在選取無特定本事，或是本事漫漶已久的題目的傾向。如以《離歌辭》寫別離之感，以《秋風詞》寫秋日之思，《有所思》但言懷人之情，《戰城南》但寫兵戈之事，等等。即便本事彰著，擬作也不一定依循本事書寫。如《思歸引》本屬琴曲歌辭舊題，據《琴操》述，衛侯賢女本適邵王，至而王薨，被太子強留，「拘於深宮，思歸不得，心悲憂傷，遂援琴而作歌……曲終，縊而死」〔註235〕。而田錫所作云「何以昇平時，遺民猶未泰。何以在位者，興利不除害。我願罷秩歸，天顏請轉對。

〔註235〕蔡邕《琴操》卷上，清平津館叢書本。

一言如沃心，恩波必霑霈」〔註236〕，寫外放爲官時觀黎民疾苦，意
欲辭歸；釋重顯所作云「常憶在廬山，隨時寄瓶錫」、「猿攀影未回，
鶴望情還失」〔註237〕，則表達對舊居的懷念，兩者都是就題目本身
生發感慨，而與本事無關。

　　而將樂府詩作爲一個整體來看，其本身並不具備特定的題材指
向。樂府詩最初誕生於音樂歌舞的特質，令其容納了眾多截然不同的
題材。於是，在樂府失去明顯能夠區分其主旨的音樂特質之後，單純
靠文人的自由發揮，同樣會導致舊題本事的消解。如《東門行》，古
辭以「出東門，不顧歸」、「拔劍出門去」〔註238〕的感憤意象爲主，
此外又有《驅車上東門行》，曹植舊題之旨則爲感歎生死，及時行樂，
二者的主旨完全不同，界限分明。而歷覽宋代擬作，則沒有明確的界
限，既有張詠「伊余志尙未著調，秋風拔劍東門行」〔註239〕，文同
「拔劍出東門，感憤不顧歸」〔註240〕等承襲古辭之作，也有戴表元
「平原無人金谷散，惆悵東門歸去來」〔註241〕的今古感慨；如李之
儀《古東門行》，則是寫輕身爲國抗禦外侮，然而最後又歸結到「縱
有明珠千丈長，安能保得頭常黑」〔註242〕的生命感懷。許彥國所作
「東門楊柳暗藏鴉，東門行客欲離家」〔註243〕，純是詠離別之情的

〔註236〕田錫《思歸引》，《全宋詩》，北京大學出版社，1998 年，第 1 冊，
　　　　495 頁。
〔註237〕釋重顯《思歸引》其一，《全宋詩》，北京大學出版社，1998 年，第
　　　　3 冊，1641 頁。
〔註238〕《樂府詩集》卷三十七・相和歌辭十二，中華書局，1979 年，第 2
　　　　冊，550 頁。
〔註239〕張詠《東門行》，《全宋詩》，北京大學出版社，1998 年，第 1 冊，
　　　　527 頁。
〔註240〕文同《東門行》，《全宋詩》，北京大學出版社，1998 年，第 8 冊，
　　　　5300 頁。
〔註241〕戴表元《東門行》，《全宋詩》，北京大學出版社，1998 年，第 69
　　　　冊，43666 頁。
〔註242〕李之儀《古東門行》，《全宋詩》，北京大學出版社，1998 年，第 17
　　　　冊，11225 頁。
〔註243〕許彥國《東門行》，《全宋詩》，北京大學出版社，1998 年，第 18

豔詩。整體而言，題材仍呈現發散性。

此外，如《老將行》、《江南曲》、《漁父詞》、《苦熱行》、《苦寒行》等篇，舊題仍在，題材亦大多沒有顯著變化，許多擬作卻已經喪失了樂府獨有的以敘事爲主的表達方式，成爲一般的詩作，這也是與宋代樂府詩的徒詩化傾向密切相關的。如張方平《老將篇》：「聖明天子仁且英，海寰內外歸神靈。辭客相誇鳳凰詔，功臣不貌麒麟形。繡旗塵卷霞紋閣，古劍秋澀銅花青。尙餘舊愛征西馬，待從日仗登雲亭」〔註244〕，純是律詩之體，鋪陳不足；而沈括《江南曲》：「新秋拂水無行跡，夜夜隨潮過江北。西風卷雨上半天，渡口微涼含晚碧。城頭鼓響日腳垂，天際籠煙鎖山色。高樓索莫臨長陌，黃竹一聲無北客。時平田苦少人耕，唯有蘆花滿江白」〔註245〕，則僅以歌行體寫旅途見聞等。這些擬作，在一定程度上拓展了舊題的容納度，卻也進一步促成了舊題本事的消解。

2、擬古傾向與風格趨同

宋人對前代樂府大多重其本事，崇其古風，然而經過歷代傳寫，舊題題材、風格等已經大致定型，單純從創作角度而言，繼續發揮的餘地不大。因而，一部份樂府詩的創作便局限於古題風格，成爲對前人作品的純粹摹仿，從文學價值和思想內涵兩方面，非但都無法超越前代之作，反而形成風格的同化。

對前代樂府文本的熟悉與因襲，令相當一部份宋代樂府詩成爲相當泛泛的擬作，雖然文辭綺豔華贍，意象豐富，卻殊少時代特色。如田錫《江南曲》，「吳豔若芙蓉，乘舟弄湖水。照影不知休，雲鬟墜簪珥。含笑忽回頭，見人羞欲死。歸去入花溪，棹溅鴛鴦起」〔註246〕，

冊，12400 頁。

〔註244〕 張方平《老將篇》，《張方平集》，鄭涵點校，中州古籍出版社，2000年，65 頁。

〔註245〕 沈括《江南曲》，《全宋詩》，北京大學出版社，1998 年，第 12 冊，8009 頁。

〔註246〕 田錫《江南曲》，《全宋詩》，北京大學出版社，1998 年，第 1 冊，479 頁。

以及《春洲謠》:「衣鮫綃兮美人,採白蘋兮水濱。嫋翠翹兮爲飾,步羅襪兮生塵。綿綿兮遠道,萋萋兮芳草,遠山眉兮澹掃」〔註247〕,其風格也與前代的同類舊題十分相似,如芙蓉、雲鬟、花溪、鴛鴦、鮫綃、白蘋、翠翹、羅襪、芳草之類字眼無處不在,意象不可謂不優美豐富,卻與六朝隋唐之作並無明顯的差別。又如曹勛《三婦豔歌》,「大婦織雲錦,中婦繡鴛鴦。小婦獨無事,對鏡理紅妝。良人幸安坐,帳暖自添香」〔註248〕,分敘大婦、中婦、小婦、良人,句法全效古辭之「大婦織綺羅,中婦織流黃。小婦無所爲,挾瑟上高堂。丈人且安坐,調絲方未央」〔註249〕;《美女篇》「被服妖且妍,細泡薔薇香。下有合歡帶,繡作雙鴛鴦。上有雙同心,結作明月璫。珠環垂兩耳,翠鳳翹釵梁。瓊鉤約雙袖,提籠學採桑」〔註250〕,以鋪陳筆法寫女子妝束,亦可看出對曹植原作「攘袖見素手,皓腕約金環。頭上三爵釵,腰佩翠琅玕。明珠交玉體,珊瑚間木難」〔註251〕的傚仿。

再如宇文虛中《烏夜啼》:「汝琴莫作歸鳳鳴,汝曲莫裁白鶴怨。明珠破璧掛高城,上有烏啼人不見。堂中蠟炬紅生花,門前紺幰七香車。博山夜長香爐冷,悠悠蕩子留倡家。妾機尚餘數梭錦,織恨傳情還未忍。城烏爲我盡情啼,知道單棲淚盈枕」〔註252〕,雖然不扣舊題「徙彭城王義康於豫章。義慶時爲江州,至鎮,相見而哭。文帝聞而怪之,徵還,慶大懼。伎妾夜聞烏夜啼聲,扣齋閣云:『明日應有

〔註247〕　田錫《春洲謠》,《全宋詩》,北京大學出版社,1998年,第1冊,486頁。

〔註248〕　曹勛《三婦豔歌》,《全宋詩》,北京大學出版社,1998年,第33冊,21046頁。

〔註249〕　《相逢行》,《樂府詩集》卷三十四・相和歌辭九,中華書局,1979年,第2冊,508頁。

〔註250〕　曹勛《美女篇》,《全宋詩》,北京大學出版社,1998年,第33冊,21056頁。

〔註251〕　曹植《美女篇》,《曹子建詩注》,黃節注,人民文學出版社,1957年,77頁。

〔註252〕　宇文虛中《烏夜啼》,《全宋詩》,北京大學出版社,1998年,第25冊,16503頁。

敔』」〔註253〕之本事，只以豔筆鋪陳，然而寫蕩子不歸，女子獨守深閨，聞棲鳥夜啼而生悲戚之感，風格亦絕類唐人。

上述舊題樂府，內容、風格乃至典故的運用都極似前代舊辭，令人有熟極而流之感。而這種一味以擬古爲事的創作風格也影響到新題樂府的創作。相當一部份詩作都是純以文辭與意象取勝，風格流於華靡雍容。雖爲新題，然而從題目到風格主要是對前代樂府詩的模仿，本質上與「沿襲古題，唱和重複於文」〔註254〕的舊題樂府擬作無異，未能形成新的氣象。如田錫《晚雲曲》、《紫雲曲》，錢易《西遊曲》，張方平《瑤池宴曲》，李新《曉霧行》、《春郊行》，周行己《春閨怨》、《美人曲》，司馬槱《洛春謠》，慕容彥逢《醉歌行次韻》，釋普初《太平曲》，王庭珪《僊人春宴曲》，劉翰《翠屏曲》、《紅窗怨》，陳起《鳳凰曲》，陳允平《秦鸞曲》、《歡鏡辭》之類，大多惟以擬古爲事，著力於鋪陳事象。這些新題樂府，或「深院無人簾幕垂，漫裁白紵作春衣。停針忽憶當年事，羞見梁間燕子飛」〔註255〕，寫閨中情思；或「宴開設此杯中物，意如割炙何勤虔。歡誠感激忘既醉，是日飲興輕金船」〔註256〕，寫歡筵之態；或「無爲而爲，神而化之。灑德雨以霑霈，鼓仁風而雍熙」〔註257〕，粉飾太平；或「高樓玉佩搖春風，銀槽壓雨珍珠紅。天留曉月十分魄，飛光下照僊人宮」〔註258〕，遐想遊仙。題材多泛而近豔，筆墨亦仿傚前人陳辭，整體

〔註253〕《烏夜啼》題解，郭茂倩《樂府詩集》卷四十七·清商曲辭四，中華書局，1979年，第2冊，690頁。

〔註254〕元稹《樂府古題序》，《元稹集》，冀勤點校，中華書局，1982年版，255頁。

〔註255〕周行己《春閨怨》其二，《全宋詩》，北京大學出版社，1998年，第22冊，14378頁。

〔註256〕慕容彥逢《醉歌行次韻》，《全宋詩》，北京大學出版社，1998年，第22冊，14669頁。

〔註257〕釋普初《太平曲》，《全宋詩》，北京大學出版社，1998年，第22冊，14795頁。

〔註258〕王庭珪《僊人春宴曲》，《全宋詩》，北京大學出版社，1998年，第25冊，16726頁。

立意較低。這些題材意象的堆疊與渲染，也令舊題樂府詩的創作呈現出同化性。

宋代樂府詩題材與風格的固化，從根本上來說，是在宋代樂府徒詩化的整體趨勢下，堅持遵循樂府詩這一詩體形式的寫作傳統和美學規範所致。音樂曾經是區別樂府詩體的一個重要標準。樂府詩的分類與類目細化，大多依據其音樂淵源而來，這方面最顯著的例子便是《樂府詩集》。然而隨著時代變遷，古樂不斷亡失，被新樂所取代，新的音樂文學體裁──詞也隨之興起，宋代文人的樂府詩擬作，無論新舊題，便都全面向徒詩轉化。在這一轉型之下，宋代文人區分樂府詩的依據便也不再是其音樂傳統，而是轉向詩歌本身，更加重視其舊題淵源、製題模式、寫作風格、體裁，乃至敘事抒情的特質。下面便對宋代樂府詩的特徵予以大致界定。

舊題樂府方面，其題目承襲自前代樂府。這方面主要是《樂府詩集》中所收錄的舊題；一些《樂府詩集》未錄的唐人歌辭性詩題，也被宋代文人視作唐人新題樂府加以摹寫；此外，甚至還包括對一些有題無辭，其樂亦亡佚已久的古樂曲之題目的傳寫。這都體現出對舊題本身而非其音樂淵源的關注。

新題樂府方面，其制題模式摹仿樂府古題，或以事命名，或以物起興。這反映出對樂府即事立題傳統的繼承，也強化了其敘事功能。此外，大量歌辭性詩題的出現，也深受在唐代就作為徒詩出現的歌行體樂府的影響。

新舊題樂府的共同特點是，它們都受到宋人崇古觀念的影響。一方面，體裁傾向於古體雜言；另一方面，題材、詩風及表達手法也都儘量仿傚前代典範。雖然整體看來難免出現重複與固化的創作傾向，卻也更能體現出樂府文體在拋離音樂之後，在純文本上的層疊傳承之感。

可以說，正是與音樂的分離成就了宋代文人樂府詩的文體意

義。樂府作爲音樂文學的特質雖然被詞取代，其作爲詩之一體的地位卻並未動搖。在上溯《詩》、《騷》，規模魏晉，又確立唐代典範的總結與繼承之中，文人擬樂府在宋代成爲一種越發趨於固定的文體，擁有數量遠超過之前任何一個朝代的作者群。而在宋人將詩風定位於「常」、「實」，重視其旨趣、功能的觀念下，樂府詩的題材得到進一步開拓，詩篇數量也相當可觀。樂府詩於宋人，也成爲一種更加日常化、現實化的廣泛表達。

第二章　宋代樂府詩對古樂府美刺
　　　　　傳統的發揚

　　宋代樂府詩的創作主體是士大夫。士大夫秉承儒學傳統，皆具備
以家國天下爲己任的情懷，重視樂府詩的現實主義傾向。他們在繼承
古樂府「感於哀樂，緣事而發」的風格與其怨刺傳統之外，又格外稱
賞「率以治世爲本，隨事刺美，直在其中」〔註1〕，「其意尊國家，正
人倫，卓然有周詩之風，非徒吟詠情性，呫嗶苟自適而已」〔註2〕的
篇章，重視詩篇內容的寓意美刺，將主旨上承《詩經》的雅頌之音也
納入宋人樂府徒詩的範疇。宋代士大夫作爲政治的參與者，也格外重
視樂府采詩觀風的功能，其樂府詩中頗多對時事，尤其是政治的記述
與議論，反映出他們關注國計民生，有兼濟之志的淑世情懷，這些都
可謂在前代基礎上有所發揮。

　　此外，南宋初期的文人士大夫都親歷了南渡這個獨特的歷史時
段，政局的動蕩與家國的屈辱孕育了激越的時代精神，更進而推動與
凸顯了宋代樂府詩題材與精神的新變。

〔註1〕　張詠《許昌詩集序》，《乖崖集》卷八，文淵閣四庫全書本。
〔註2〕　釋契嵩《書李翰林集後》，《鐔津文集》卷十六，四部叢刊三編影明
　　　　弘治本。

第一節　美刺並重：士大夫之樂府精神

　　樂府詩古題大多以怨刺傳統爲重，至唐代，元白等人雖強調新樂府「刺美見事」〔註3〕的主旨，但其作品也皆傾向於刺時諷喻。而到了宋代，文人將樂府精神上溯於《詩》，強調「天下有道，無憤惋之作」〔註4〕，「周、召沒而王跡衰，幽、厲作而風雅變，然亦褒善刺過，與政相通，蓋所以接神明、察風俗、導和暢、泄憤怒，不獨諷詠而已」〔註5〕，認爲樂府詩在「刺」之外尙有「美」的一面，當以雅頌體爲源流。故而他們提倡「恬愉優柔，無有怨謗，吟詠情性，宣導王澤，其所謂越風騷而追二雅」之作〔註6〕，注重發揚樂府詩「歌詩讚頌」的功能。宋代以頌聖譽時爲主旨的一類詩篇的出現，其作雖不以合樂爲事，卻都貫徹「以待樂府之采焉」〔註7〕，「庶幾采詩之官，尙或有取」〔註8〕的觀風之功能，是廣義上的樂府徒詩。這是由宋代士大夫的政治立場與責任意識所決定的，對當時政治的歌頌，也是參與政治的士大夫對自身立場的肯定。而宋代對古樂府怨刺傳統的繼承，則主要是對唐人新樂府的繼承與發展，不獨具備關懷民生疾苦的諷喻意味，更著重表達作爲參政者的宋代士大夫對自身行爲的反思。整體而言，這類樂府之中士大夫之詩的傾向十分明顯。

一、歌詩讚頌：雅頌傳統的發揚

　　在士大夫政治與儒家思想的影響下，宋人將樂府詩之源流上溯

〔註3〕　元稹《樂府古題序》，《元稹集》，冀勤點校，中華書局，1982年版，254頁。

〔註4〕　范仲淹《唐異詩序》，《范仲淹全集》，李勇先、王蓉貴校點，四川大學出版社，2007年，187頁。

〔註5〕　余靖《孫工部詩集序》，《武溪集》卷三，文淵閣四庫全書本。

〔註6〕　楊億《溫州聶從事雲堂集序》，《武夷新集》卷七，福建人民出版社，2007年，110頁。

〔註7〕　石介《宋頌》序，《徂徠石先生文集》，陳植鍔點校，中華書局，1984年，2頁。

〔註8〕　周紫芝《大宋中興頌》序，《太倉稊米集》卷四十三，清文淵閣四庫全書補配清文津閣四庫全書本。

《詩經》，主要體現在對雅、頌二體政治意義的重視。如余靖所論，「姜嫄、后稷配天之基，公劉、亶父艱難之業，任、姒思齊之化，文、武太平之功，莫不發爲聲詩，薦於郊廟，被於絃歌，協於鍾石者矣」〔註9〕，主要關注《詩經》中雅頌部份描述的教化功業等內容，以及其「薦於郊廟，被於絃歌」的功能。而周紫芝《大宋中興頌》序云：「竊惟《毛詩》一經三百六篇，其間詠盛德而贊成功者，殆居其半；聖經所載寧有愧辭。將上以昭格於神靈，下以垂芳於奕世。俾誦其言者信其事，爲萬世之龜鑒，豈曰小補之哉！」更是明顯體現出對《詩經》的追溯。在宋代，這類仿傚雅頌之體，頌時政清平之作，其作者較多，作品數量也大大超越前代，形成一代之風氣。

如北宋趙湘《宋頌》序中，開章明義，點出以雅頌體創制樂府的意義：「紀聖人之績，述其行道敷德，演教暢化，使後世君臣父子夫婦之道，治而弗忒焉」〔註10〕。此外，尚有趙湘《聖號雅》，尹洙《皇雅》，石介《宋頌》、《慶曆聖德頌》，夏竦《景德五頌》、《大中祥符頌》，楊億《承天節頌》、張方平《宋頌》、司馬光《瞻彼南山》等篇章〔註11〕。至南渡之後，頌聖之作更成爲穩固國本，褒揚中興的政治需求。如周紫芝《大宋中興頌》序，首先描繪「國步中艱，篤生聖神，克紹遠烈，尊用元臣，以扶昌運。寢兵以來，海內清平，文章華煥」〔註12〕的中興之政，而後又突出強調高宗個人「自其纖悉，馴致大功，方之舜禹，未或遠過。顧惟寒生均與斯民蒙被聖澤」的功績。南宋的主要作品尚有李正民《大宋中興雅》，吳棫《皇太后回鑾頌》，崔敦禮《太祖皇帝師次陳橋，受天命，協人情，爲〈聖皇武〉》、《劉

〔註 9〕　余靖《孫工部詩集序》，《武溪集》卷三，文淵閣四庫全書本。
〔註10〕　趙湘《宋頌》序，《南陽集》卷一，叢書集成初編本，6頁。
〔註11〕　此外，《玉海》載楊備「別爲《宋頌》四章」，又據劉克莊《龍隱洞》詩注：「李師中侍製《宋頌》在焉」，可知李師中亦有《宋頌》，皆在北宋之時。然楊、李二人之作今已不傳。
〔註12〕　周紫芝《大宋中興頌》序，《太倉稊米集》卷四十三，清文淵閣四庫全書補配清文津閣四庫全書本。

銀僭號嶺南，虐其民，潘美伐之，俘以獻，為〈猛虎攫〉》、《李煜不朝，伐之，煜降，江南平，為〈震雷薄矣〉》等。而姜夔《聖宋鐃歌鼓吹曲》十四章、謝翱《宋鐃歌鼓吹曲》等，雖然按總題淵源當屬鼓吹曲辭，但由於其作俱是不入樂的文人詩，也均以頌聖為主旨，故一併置於其列。

1、頌聖主旨的前代淵源

雅頌體之興，和政治的清明密切相關。趙湘作《宋頌》序，即歷述古史，由三代乃至隋唐，梳理頌體詩文在前代的興衰過程。三代之時，「大聖大賢，裙攄雅頌，唱聖君賢臣之大業，發五聲八音，風騰四方，治則頌，亂則刺。聖人之道，不為岩穴之人而拾遺，是以尹吉甫、召、穆公等，皆極宣王之頌」〔註13〕；至兩漢，文人「頗能頌皇王之風，若相如、揚雄、班固、司馬遷，尤篤是事，凡炎漢之事跡，罔不研極」；其下晉宋齊梁，雖也繼承此道，「然其時君之道，或沿襲之不至，故厥頌之風亦漸微弱。陳隋雖有文學之士，頌為淫哇，雅正之風，遂息蘋末」；至唐代由前期的「斯文既盛，頌聲甚聞」，到季世的「草草後君，文勢頗僻，巫詞淫唱，不生清風，頌源蕪污，流失其暢」，經歷了一個先盛後衰的過程。

趙湘此論，點明三代、漢、唐乃是頌體較盛的時期，而石介《宋頌》序中，則進一步羅列前代以頌聖為主旨的詩篇。「故周有《清廟》、《生民》，《臣工》、《天作》、《雝潛》、《勺武》，漢有《中和》、《樂職》、《聖主得賢臣》，唐有《晉陽武》、《獸之窮》、《涇水黃》、《奔鯨沛》、《淮夷》、《方城》、《元和聖德》諸篇」〔註14〕，分別列舉周、漢、唐三個朝代的歌詩雅頌篇章，以明其創作作為樂府的《宋頌》乃是對前代傳統的繼承。所列舉的三朝，都是公認盛德煊赫，威儀具足的時代，於雅頌體之類詩歌的興盛十分相宜。

〔註13〕 趙湘《宋頌》序，《南陽集》卷一，叢書集成初編本，6頁下同。
〔註14〕 石介《宋頌》序，《徂徠石先生文集》，陳植鍔點校，中華書局，1984年，2頁。

從石介列舉的詩篇中，也可看出宋代文人士大夫對前代頌詩變遷的總結。周之《清廟》、《生民》，都是當時的祭祀樂歌，著重敍寫周代先王的個人功績〔註15〕。漢之《中和》、《樂職》、《聖主得賢臣》，則是時臣歌頌帝德之作，且其題材傾向於文治方面，所述較為寬泛〔註16〕。唐之《晉陽武》、《獸之窮》、《涇水黃》、《奔鯨沛》篇，都為柳宗元《唐鼓吹鐃歌》之題〔註17〕，《淮夷》、《方城》篇，亦是柳宗元歌頌當時戰事大捷之作〔註18〕。這些詩篇大多已並非古之頌體，而是淵源於「建威揚德、風敵勸士」的鼓吹鐃歌，題材也傾向於歌頌武功。韓愈《元和聖德詩》則「指事實錄，具載明天子文武神聖」〔註19〕，是文武並重的篇章。而直至南宋，周紫芝《大宋中興頌》序也提到「不能遠追王褒《樂職》之詩，近配宗元《淮西》之雅」〔註20〕，上述篇章也仍被作為歌詩雅頌的典範。

宋人既以古之歌詩雅頌為宗，在對待本朝的雅頌諸體時，也有意識地傳承前代淵源。如石介《宋頌》卒章言：「明道之政，可以歌舞。

〔註15〕　《清廟》為《詩經・周頌》篇章，通常認為是祭祀文王之作，《生民》為《詩經・大雅》篇章，述周之始祖后稷之事跡。

〔註16〕　據《玉海》所記，漢代「益州刺史王襄欲寧風化於眾庶，聞王褒有俊才，請與相見，使褒作《中和》、《樂職》、《宣佈》詩，選好事者，令依《鹿鳴》之詩習而歌之」，而王褒《四子講德論》言：「所謂《中和》、《樂職》、《宣佈》之詩，益州刺史之所作也。刺史見太上聖明，股肱竭力，德澤洪茂，黎庶和睦，天人並應，屢降瑞福，故作三篇之詩，以歌詠之也」；《聖主得賢臣》則是指王褒《聖主得賢臣頌》。

〔註17〕　《樂府詩集》云：「唐鼓吹鐃歌十二曲，柳宗元作以紀高祖、太宗功德及征伐勤勞之事：一曰《晉陽武》，二曰《獸之窮》，三曰《戰武牢》，四曰《涇水黃》，五曰《奔鯨沛》，六曰《苞枿》，七曰《河右平》，八曰《鐵山碎》，九曰《靖本邦》，十曰《吐谷渾》，十一曰《高昌》，十二曰《東蠻》。」

〔註18〕　柳宗元詩《奉平淮夷雅表・皇武命丞相度董師集大功也》、《奉平淮夷雅表・方城命愬守也卒入蔡得其大醜以平淮右》二篇。

〔註19〕　韓愈《韓昌黎詩繫年集釋》，錢仲聯集釋，上海古籍出版社，1984年，627頁。

〔註20〕　周紫芝《大宋中興頌》序，《太倉稊米集》卷四十三，清文淵閣四庫全書補配清文津閣四庫全書本。

小臣作頌，實慚吉甫」〔註21〕，即是援引《詩·大雅·崧高》篇中「吉甫作頌，其詩孔碩。其風肆好，以贈申伯」〔註22〕之句以爲先例，口吻雖然謙抑，其祝頌之意卻非常純正。此外如林駉所論：「石介之《宋頌》九篇，眾謂《猗》、《那》、《清廟》之詩無以加。劉禹錫《三閣》四章，魯直且以《黍離》配之，《宋頌》之無愧《猗》、《那》、也，宜矣。尹洙之《皇雅》十篇，人謂堯典舜歌而下所未聞。嗚呼！韓退之淮西之碑，孫覺且歎其敘如《書》，則《皇雅》之可軋舜歌也，亦宜矣」〔註23〕，對這些雅頌體的譽美，也都是在與前代典範的比較觀照中進行的，以明其一脈相承。

2、崇尚文治的宋代特色

　　兩宋的雅頌體樂府詩，其譽美政事的傳統雖與前代一致，然而在文治武功之間，更加重視文治，此爲宋代士大夫之政所獨有的特色。如石介《宋頌》之下設九題，其中《皇祖》六章、《聖神》四章、《湯湯》三章、《莫醜》四章、《金陵》二章、《聖文》三章、《六合雷聲》六章、《聖武》三章、《明道》十一章，共計四十二章。雖然前八題全寫宋初三朝之武功，如《皇祖》寫「太祖皇帝初用師，伐潞州，滅李筠；伐揚州，滅李重進也」，其下直至《金陵》寫「太祖皇帝命師取李煜也」，都是述太祖之功業，而《六合雷聲》寫「太宗皇帝親征太原，取劉繼元也」，《聖武》寫澶淵之戰「眞宗皇帝親臨六師，射煞戎酋，軍不得歸，乞盟請和也」；然而在此同時，亦著力於頌揚仁宗一朝的政績，《明道》雖僅一題，卻佔據全篇的四分之一篇幅，「今皇帝陛下獨臨軒墀，聽決萬機，睿謨聖政，赫然日新也」〔註24〕，其內容都是對仁宗朝「洗刷敝風，宮闕清明」的文治之盛，尤其是仁宗本人

〔註21〕　石介《宋頌·明道》，《徂徠石先生文集》，陳植鍔點校，中華書局，1984年，6頁。

〔註22〕　孔穎達《毛詩正義》卷十八，北京大學出版社，1999年，1217頁。

〔註23〕　林駉《源流至論》前集卷六，文淵閣四庫全書本。

〔註24〕　以上並見石介《宋頌》諸小序，《徂徠石先生文集》，陳植鍔點校，中華書局，1984年，2、3、4、5、6頁。

「不怒而威，不疾而速」、「進退大臣，顏色和平」的施政御下之風的讚美。至篇末則云：「宋承大紀，八十年矣。明道之政，獨爲粹美」〔註25〕，這種溫粹純正的美好，正是宋代崇文德之風的特質。

又如其《慶曆聖德頌》，則是因仁宗整頓朝綱之舉有感而發。慶曆三年三月二十一日之四月十三日，不足一月之間，權臣呂夷簡罷相，夏竦亦遭追敕，而富弼、杜衍、范仲淹、韓琦等賢臣獲得重用。石介時任國子監直講，身歷其事，欣喜之下乃賦頌詩云：「聖人不測，其動如天。賞罰在予，不失其權。恭己南面，退奸進賢……明則不貳，斷則不惑。既明且斷，惟皇之德」。詩中所敘，正與其序相合：「皇帝退奸進賢，發於至聰，動於至誠，奮於睿斷，見於剛克，陟黜之明，賞罰之公也。上視漢、魏、隋、唐、五代，凡千五百年，其間非無聖神之主、盛明之時，未有如此選人之精，得人之多，進人之速，用人之盡，實爲希闊殊尤，曠絕盛事。在皇帝之德之功，爲卓犖瑰偉、神明魁大」〔註26〕，通篇是對仁宗施政的讚美。一朝之內，帝王明睿，群賢畢集，實可謂文治清明的盛世。

而張方平《宋頌》分爲上下二什，「《天假》之什八篇，繫之先帝（眞宗）。《初升》之什七篇，繫之今上（仁宗）」，主要寫眞仁二朝奠定禮樂，重視民生的政治措施。如「《天假》，先帝封岱，薦諡告祖宗也」、「《報成》，告上帝上岱宗封也」、「《有諶》，上帝天錫寶書也」、「《祈汾陰》，祀后土也」，均寫眞宗朝禮樂制度的完善，如始行封禪禮、祀汾陰后土等；而「《日之初升》，上始即政也」、「《載耜》，修千畝也」、「《成》，重民政也」〔註27〕，則寫仁宗關注民生的施政之道。

至周紫芝《大宋中興頌》描敘高宗中興的功績，也主要強調文治

〔註25〕　石介《宋頌‧明道》，《徂徠石先生文集》，陳植鍔點校，中華書局，1984年，6頁。
〔註26〕　以上並見石介《慶曆聖德頌》序，《徂徠石先生文集》，陳植鍔點校，中華書局，1984年，7頁。
〔註27〕　以上並見《張方平集》，鄭涵點校，中州古籍出版社，2000年，78～83頁。

之功。如其序所言：「今皇帝殄攘浮議，剪剔奸雄，和附乖離，敉寧區夏。至於迎母后於遐方，禮天神於圓陛，拜原廟之衣冠，納春朝之圖籍，以至《靈臺》歌闢廱之樂，《載芟》草籍田之頌，凡一禮一樂有所未備，必搜訂遺文以補罅漏」〔註28〕，大多都是禮樂教化之功。而通觀全詩，在以「皇帝曰吁，黷武無烈。麋我赤子，膏我斧鉞。孰與休師，一戟不折。因壘而降，舞干而悅。閉我玉關，歸師解甲。犂我春田，銷兵鑄鐵」〔註29〕帶過宋金之間的戰事和議之後，便鋪陳筆墨，——寫迎回太后、重建禮樂、躬耕籍田、親製樂章等諸事：「皇帝孝思，上與天合。冀獲一眞，如響必答。翠輿南旋，紅鸞秉翣。長樂鍾聞，皇情允愜。……皇帝之祀，咸秩罔缺。合祭於郊，爰戴繭栗。蒼璧前陳，大裘始挈。我歌思文，以告豐潔。……農流於兵，病不生活。茫茫千塍，蒿藜是沒。皇帝慨然，親耕隴畷。耕根之車，飛簷轠轠」，主要涉及禮樂制度的建設完善、對民生的關注。

3、士大夫的自發創作

宋代的雅頌體篇章雖具歌詩讚頌之旨，卻與郊廟朝會歌辭不同。郊廟朝會歌辭是自上而下的，規模化的製作，體例題材均有一定之規，其用途是在重大典禮上合樂歌唱；而這些雅頌體篇章則是士大夫對時政的自發讚頌，是自下而上，「以待樂府之采」的篇章，創作時並沒有入樂的意圖。如尹洙《皇雅》，雖然承襲隋代郊廟歌辭的題目〔註30〕，其內容卻並非爲了用於郊廟儀式；如「皇有徵兮吾民以嬉，皇有祈兮吾民是私。天敷祐兮俾皇之釐，永世億寧兮無疆之基」〔註31〕等，皆是借題發揮，讚頌帝德之筆。

〔註28〕 周紫芝《大宋中興頌》序，《太倉稊米集》卷四十三，清文淵閣四庫全書補配清文津閣四庫全書本。

〔註29〕 周紫芝《大宋中興頌》，《太倉稊米集》卷四十三，清文淵閣四庫全書補配清文津閣四庫全書本。下同。

〔註30〕 《隋書・樂志》曰：「皇帝出入奏《皇雅》，取《詩・大雅》云『皇矣上帝，臨下有赫』也。二郊、太廟同用。」

〔註31〕 尹洙《皇雅・太平》，《全宋詩》，北京大學出版社，1998 年，第 4

　　頌聖的徒詩，宋前已有先例。如《樂府詩集》引《宋書·樂志》：
「鼓吹鐃歌十五篇，何承天晉義熙末私造」〔註32〕，認爲「按此諸曲
皆承天私作，疑未嘗被於歌也」〔註33〕；又認爲柳宗元《唐鼓吹鐃歌》，
「按此諸曲，史書不載，疑宗元私作而未嘗奏，或雖奏而未嘗用，故
不被於歌，如何承天之造宋曲云」〔註34〕。上述兩者皆是文人自發的
寫作。又如韓愈作《元和聖德詩》，其序中自言「而其職業，又在以
經籍教導國子，誠宜率先作歌詩以稱道盛德，不可以辭語淺薄，不足
以自效爲解」〔註35〕，這種居其位而謀其事的態度，正是儒家精神的
體現，也是宋代士大夫的重要仿傚對象。如石介《慶曆聖德頌》序言：
「臣嘗愛慕唐大儒韓愈爲博士日作《元和聖德頌》千二百言，使憲宗
功德赫奕煒燁，昭於千古，至今觀之，如在當日」〔註36〕，即明確表
達對韓愈此舉的推崇。

　　在以韓愈爲典範之餘，石介亦進行了一番自我剖白：「臣文學雖
不逮韓愈，而亦官於太學，領博士職，歌詩讚頌，乃其職業。竊擬於
愈，輒作《慶曆聖德頌》一首……文辭鄙俚，固不足以發揚臣子之心，
亦欲使陛下功德赫奕煒燁，昭於千古」，這番話語可視作宋代士大夫
群體的心聲。儒家講求成德居位，在其位而必司其職，而撰寫文章、
歌詠詩篇以頌清明之時，正被士大夫視爲職責之一部。此外如楊億所
言：「若乃賦頌之作，臣之職也」〔註37〕，趙湘更認爲「生其時，爲

　　　　　　　冊，2699 頁。
〔註32〕　《宋書》卷二十二·樂志四，中華書局，1974 年，661 頁。
〔註33〕　郭茂倩《樂府詩集》卷十九·鼓吹曲辭四，中華書局，1979 年，第
　　　　　1 冊，287 頁。
〔註34〕　郭茂倩《樂府詩集》卷二十·鼓吹曲辭五，中華書局，1979 年，第
　　　　　1 冊，303 頁。
〔註35〕　韓愈《元和聖德詩》序，《韓昌黎詩繫年集釋》，錢仲聯集釋，上海
　　　　　古籍出版社，1984 年，627 頁。
〔註36〕　石介《慶曆聖德頌》序，《徂徠石先生文集》，陳植鍔點校，中華書
　　　　　局，1984 年，8 頁下同。
〔註37〕　楊億《承天節頌》序，《武夷新集》卷六，福建人民出版社，2007
　　　　　年，94 頁。

儒冠，而不能薄頌仁聖之業，亦負笑於樵夫爾」〔註38〕，也都是士大夫當仁不讓心態的體現。

宋代士大夫秉承儒學傳統，治平事功之道，對國家的歸屬感十分強烈。「宗廟既清，郊社甚莊。品物爭瑞，史載交相。未誥俗化，將時合蒼。盈耳四海，但聞洋洋。其雍其熙，無施無為。乾坤法之，治於垂衣」〔註39〕，他們生當盛世，得逢明君，一方面因此而心存感激，另一方面也以此為自豪，以讚頌、維護這個清平天下為己任。其作頌時「謹清淨心意，盥沐舌髮，稽首穹昊，拜手皎日」〔註40〕的姿態，更顯示出對此事的尊崇。

二、體貼民生：對唐代新樂府的傳承

宋代樂府詩中，士大夫普遍關注民生的部份，是對古樂府怨刺諷喻傳統的繼承與發揚。這一題材直接上承唐代新樂府而來，而又超越了新樂府的範疇。唐代文人對民生的關注畢竟較窄，其創作未能形成普遍的氣候，以深具現實主義之風的杜甫而言，「撮其《新安》、《石壕》、《潼關吏》、《蘆子關》、《花門》之章，『朱門酒肉臭，路有凍死骨』之句，亦不過三四十首。杜尚如此，況不逮杜者乎？」〔註41〕杜甫之外，元白新樂府，以及張籍王建的部份樂府詩都體現了對民生的關懷，但是此外的唐人作品在這方面就並不突出。這種創作情況至宋代而為之改觀。

士大夫的淑世情懷充盈著整個宋代的政壇與詩壇，關懷民生的樂府詩數量大增，關注面也越發廣闊。在這樣的時代氛圍下，兼之對杜甫、元白等唐代創作典範的有意識的繼承，本就注重即事名篇，諷興時事的樂府詩風氣再度為之一振，形成了士大夫作者群對社會民

〔註38〕 趙湘《宋頌》序，《南陽集》卷一，叢書集成初編本，7頁。
〔註39〕 趙湘《宋頌》，《南陽集》卷一，叢書集成初編本，8頁。
〔註40〕 趙湘《宋頌》序，《南陽集》卷一，叢書集成初編本，7頁。
〔註41〕 白居易《與元九書》，《白居易集箋校》，朱金城箋校，上海古籍出版社，1988年，2791頁。

生的普遍關懷。代表作品如田錫《苦寒行》,梅堯臣《汝墳貧女》、《甘陵亂》,歐陽修《食糟民》,李覯《哀老婦》,劉敞《和永叔食糟民》、《田家行》、《荒田行》,司馬光《憫獄謠》,呂南公《貧婦歎》、《賣帚翁》,李復《兵饋行》、《夔州旱》,吳泳《促促詞》,洪芻《田家謠》等,都是體貼民生疾苦之作。

　　一方面,宋代樂府詩繼承前代怨刺傳統,注重對人民苦難的描繪刻畫,兼及天災與人禍兩方面。如北宋初田錫《苦寒行》,描敘隆冬大寒之際南方人民的苦難生活,「越人輕活計,春稅供膏血。及至風雪時,日給多空竭。樵蘇與綱捕,負薪冰路滑。口噤無言語,股栗衣疏葛。藜藿不充饑,凍餓多不活」〔註42〕,筆致平實,刻畫真切,已具備唐代新樂府之風。

　　同樣因自然災害有感而發的篇章,如徐積《閔災詞》,記錄了他的家鄉楚州的一次水患:

　　　　神地出淵泉,商羊向天舞。電火燒黑空,雷車震金鼓。
　　大塊噫風吹黃沙,黃沙須臾化爲霧。此時陰氣一何盛,蚖
　　噓雲兮鬼嘯雨。雨繩繩兮雲蒸蒸,天慘慘兮朝復莫。嗟爾
　　長淮之民,何生而苦。方饉而饑,方疫而愈。乃有此患,
　　普及於汝。地湧水泉,天降淫雨。浩浩之勢,包山逾阜。
　　汝居無廬,汝耕無土。汝口嗷嗷,其誰安訴。吾聞堯水凡
　　九年,民雖昏墊不失所。願我君王發德音,一變悲號作歌
　　舞。〔註43〕

開篇多費筆墨,以馳騁不拘的歌行體鋪陳風雨大作,天愁地慘之況,雖無一字提及淮上受災情況,但水災的嚴重程度已經可想而知。而述及淮上民生時,體裁一變而爲四言爲主,節奏緩慢,意態低沉,正是久居此鄉者對家鄉受難的歷歷訴說,十分真切可憫。篇末則援引古

〔註42〕　田錫《苦寒行》,《全宋詩》,北京大學出版社,1998年,第1冊,490頁。
〔註43〕　徐積《閔災詞》,《全宋詩》,北京大學出版社,1998年,第11冊,7635頁。

事，以堯時之民雖遭水患所苦，猶不流離失所為例，希望北宋統治者追上古帝王之德，施行善政，使得災荒之年民眾仍有所安。此外，這首詩的小序「《春秋》大雨大水震電皆書，今淮南不幸有此變故，故作《閔災詞》以弔之」〔註44〕，更是用《春秋》故典，認為災異與人事相關聯，因此，「願我君王發德音，一變悲號作歌舞」的祈願，已經雜入了士大夫的政治寄託。

　　天災之外，尚有人禍。徭役之苦與兵災戰亂也時常困擾著北宋人民，以此為題材的樂府詩，是仿傚老杜、元白之體，對社會現實的深刻揭示。如李復《兵饋行》寫在出征西夏的軍中隨軍運糧的民夫，對他們在軍中的處境刻畫得十分詳盡。寫民夫與親人離別之時「兒妻牽衣父抱哭，淚出流泉血滿身」〔註45〕，極盡慘痛。而徵募民夫為的是運送兵糧，「人負六斗兼蓑笠，米供兩兵更自食。高卑日糗給二升，六斗才可供十日。大軍夜泊須擇地，地非安行有程驛。更遠不過三十里，或有攻圍或鏖擊。十日未便行十程，所負一空無可索」，每個民夫都需要背負三個人十天份的糧食，行軍路途中還會不時發生零星戰鬥，令行進愈發緩慢艱困。於是詩人不禁感歎「古師遠行不裹糧，因糧於敵吾必得。不知何人畫此計，徒困生靈甚非策」，直指朝廷對戰事謀劃不當，不能通過擊破敵人獲得補給，徒然使隨軍民夫長途勞困，不得歸家，甚至大半死於途中。「征人白骨浸河水，水聲嗚咽傷人耳。來時一十五萬人，雕沒經時存者幾」，即是在控訴沉重的兵役對人民的損傷。因詩歌篇幅極長，節錄後半首如下：

　　……運糧懼恐乏軍興，再符差點催饋軍。比戶追索丁口絕，縣官不敢言無人。盡將婦妻作男子，數少更及羸老身。尪殘病疾不堪役，室中長女將問親。暴吏入門便驅去，脫爾恐為官怒嗔。紐麻纏腰袍印字，兩脛束布頭裹巾。冥

〔註44〕　徐積《閔災詞》序，《全宋詩》，北京大學出版社，1998 年，第 11
　　　　冊，7635 頁。

〔註45〕　李復《兵饋行》，《全宋詩》，北京大學出版社，1998 年，第 19 冊，
　　　　12433 頁下同。

> 冥東西不能辨，被驅不異犬豕群。到官未定已催發，哭聲
> 不出心酸辛。負米出門時相語，妻求見夫女見父。在家孤
> 苦恨岭嶍，軍前死生或同處。冰雪皸瘃徧兩腳，懸淚尋親
> 望沙漠。將軍帳下鼓無聲，婦人在軍軍氣弱。星使奔問來
> 幾時，下令倉黃皆遣歸。聞歸南欲奔漢界，中途又為西賊
> 窺。淒惻自歎生意促，不見父夫不得哭。一身去住兩茫然，
> 欲向南歸卻望北。〔註46〕

繼敘述民夫的苦難之後，詩歌的後半部份進一步書寫他們的家人的痛苦。因運糧民夫多死於途中，需要再度徵募勞力，就連他們家中的女子和老弱都不能幸免，被迫拋下家人，被驅趕到軍中。絕望之中，這些女子只希望能與親人死在一起，不致孤苦伶仃。然而女子在軍中被視作搖動軍心的不祥之人，被下令遣歸。邊疆廣闊，她們又被敵軍窺伺，命運堪虞，欲哭無淚。通觀全篇，極寫兵役害民，既是對沉重徭役的控訴，也可視作對罔顧民生，對外用兵政策的責難。

周紫芝《輸粟行》則鮮明地闡述了養兵貽害的觀點。先描寫「燎薪炊黍呼婦子，夜半春粟輸官倉。大兒擔囊小負橐，掃廩傾囷不須惡」〔註47〕的農家交納賦稅之景，雖然辛苦忙碌，然而倉有盈餘，催租的官吏亦不登門，尚是一片其樂融融，甚至於「路傍老人拍手笑，盡道官軍嫌米粗」，還有餘暇用納稅一事開玩笑。然而詩篇立即筆鋒一轉，寫兵亂對民間造成的困境：「良農養兵與胡競，胡騎不來自亡命。田家終歲負耕麋，十農養得一兵肥。」北宋統治者為避免晚唐五代藩鎮擁兵為亂之禍，在將兵權集中於朝廷的同時奉行養兵政策。養兵費用占北宋財政開支之大半，久而久之，國家財政難以支撐，成為北宋王朝的一大負擔。因此北宋冗兵一直為士大夫所抨擊。非但如此，驕兵冗兵難於管理，「一兵唱亂千兵隨，千家一炬無孑遺」，普通農家終年

〔註46〕　李復《兵饋行》，《全宋詩》，北京大學出版社，1998 年，第 19 冊，
　　　　　12433〜12434 頁。
〔註47〕　周紫芝《輸粟行》，《全宋詩》，北京大學出版社，1998 年，第 26 冊，
　　　　　17088 頁下同。

辛苦勞作,交納賦稅,本是爲了供養保家衛國的軍隊,然而這些軍隊打不過敵人,亡命之餘,更反過來爲害農家,令詩人不禁發出「莫養兵,養兵殺人人不知」的慨歎。

另一方面,宋代士大夫身爲參政者,在面對凋敝民生之際,除了描寫民生之苦以爲諷喻,上達天聽之外,他們更加重視對自身行爲的反思,並身體力行地紓解民難。不僅有悲憫之心,而且有責任擔當的這種情懷,令他們的樂府詩創作在新樂府理念的基礎上更進一步,形成淑世精神方面的超越。

如歐陽修《食糟民》:

> 田家種糯官釀酒,榷利秋毫升與斗。酒沽得錢糟棄物,大屋經年堆欲朽。酒醅瀺灂如沸湯,東風來吹酒甕香。累累甖與瓶,惟恐不得嘗。官沽味釀村酒薄,日飲官酒誠可樂。不見田中種糯人,釜無糜粥度冬春。還來就官買糟食,官吏散糟以爲德。嗟彼官吏者,其職稱長民。衣食不蠶耕,所學義與仁。仁當養人義適宜,言可聞達力可施。上不能寬國之利,下不能飽爾之飢。我飲酒,爾食糟。爾雖不我責,我責何由逃。〔註48〕

詩篇前半首分別描寫官府與農人的不同生活,官府在釀酒專賣的行爲中大獲其利,錢滿屋,酒滿窖;而辛苦勞作,種植釀酒所需的糯稻的農人卻忍饑挨餓,只能購買官府釀酒剩下的酒糟,以此爲食,在二者的鮮明對比下,農人遭受盤剝的悲慘境遇愈發引人深思。詩篇的後半首即是歐陽修對此進行的反思,他認爲,官吏身居民眾之上,享有不耕不織,無需勞作的權利,與之相應地也必須承擔愛護民生,普施仁義的職責,成爲民眾與帝王的溝通中介,令「物情上達,王澤下流」〔註49〕。這也是儒家成德居位思想的體現。在這樣的反思之中,歐陽修發出「我飲酒,爾食糟。爾雖不我責,我責何由逃」的感歎,認爲

〔註48〕 歐陽修《食糟民》,《歐陽修詩文集校箋》,洪本健校箋,上海古籍出版社,2009年,上冊,120頁。

〔註49〕 徐鉉《成氏詩集序》,《徐公文集》卷十八,四部叢刊影宋本。

非但那些貪官污吏，連自身也愧對「其職稱長民」的地位，無論是對民眾苦難的同情還是對自身作爲的反思都十分深刻。此外，詩中表達的上爲國家謀利，下爲百姓謀福的施政理念，也是歐陽修爲政的重要準則。

李復《夔州旱》也是一篇以士大夫身份體貼民生的作品，此詩作於紹聖年間李復知夔州期間，詩中描繪夔州當時的旱情，其景象十分慘烈：「七月八月旱天紅，日腳散血龍似鼠。污邪甌窶高下荒，草根木皮何甘苦」〔註50〕，人民的苦難可想而知。而李復身爲地方官，面對天災，濟民勸農之事，亦是責無旁貸。「太守身作勸農官，子粒今朝多貸汝。春種須作三年計，上滿隆原下水滸。他時更勉後來人，老去子孫無莽鹵」，在賑濟災民之餘，也盡力教導原本「春日不知秋有饑，下種計粒手中數」的夔州山民以農耕之道，令之代代相傳，造福後世。在悲憫民生之餘，亦力圖有所作爲，體現出宋代士大夫的社會責任感。

在宋代，繼承新樂府理念的一類樂府詩成爲士大夫主動的，自下而上的表達，詩篇內容大多鋪陳刻畫眼前之民生凋敝，播於朝野，形成普遍的刺時之風氣；而其中基於自身地位、職能的反思與行動，也體現了士大夫群體的責任感與使命意識。

第二節　諷詠政事：士大夫的主體意識

宋代開國後一統江南，崇文抑武，初現昇平，士大夫們便有承繼儒家道統的自覺，更加關注如何匡正時弊，以達到他們心目中典範的三代之治。士大夫、文人、學者三位一體的創作主體特質，令他們都具有強烈的家國情懷與濟世抱負，因此在其樂府詩創作中，對政治主題傾注了更多的關注，出現許多就當時的施政措施加以諷詠的作品，

〔註50〕　李復《夔州旱》，《全宋詩》，北京大學出版社，1998年，第19冊，12433頁下同。

也不乏託古喻今，寄託政治理想之作。士大夫們站在不同的政治立場上，各自書寫華章，舒張抱負，使宋代政壇異彩紛呈。

一、針砭時政：空前的政治關懷

由於宋代士大夫自身的責任感，以及認為統治者當「與士大夫治天下」〔註51〕的政治自覺，他們的主體意識與個性都前所未有地增強。在許多觸事寓興，即事立題的樂府詩中，他們在關注民生疾苦的基礎上，又以參政者的身份針砭時弊，寄寓自身的政治觀點。

宋代士大夫都自覺繼承了儒家道統，都具有濟世抱負，希冀消除弊政，甚至於熱衷實現更革。然則因個人地位、身份、視角等方面的不同，他們對於歷史與儒家經典的理解，乃至稟賦與性格也都有差異，這就導致了不同的施政方案與治理措施之間的衝突，從而引發政治方面的深刻矛盾。這類作品主要圍繞著王安石新法的實施而展開。

王安石早年就非常關注民生，寫了不少針砭時弊的詩作，隱然展現出他的政治抱負。其中的樂府詩雖然不多，然而頗具代表性。如《河北民》作於慶曆六年（1046），記述黃河以北一帶人民的生活狀況：

> 河北民，生近二邊長苦辛。家家養子學耕織，輸與官家事夷狄。今年大旱千里赤，州縣仍催給河役。老小相攜來就南，南人豐年自無食。悲愁白日天地昏，路旁過者無顏色。汝生不及貞觀中，斗粟數錢無兵戎。〔註52〕

二邊，是指遼和西夏的邊陲。黃河以北一帶的人民在地理位置上鄰近邊關，不獨受到異族侵擾，還長受賦稅、徭役之苦，而朝廷所收取的賦稅，卻用來「輸與官家事夷狄」。河北人民在壓榨之下流離失所，

〔註51〕 李燾《續資治通鑒長編》卷二百二十一，中華書局，2004年，第9冊，5370頁。

〔註52〕 王安石《河北民》，《王文公文集》，上海人民出版社，1974年，579頁。

逃難南方，然而「南人豐年自無食」，何況天災之時。放眼全國，民生困苦乃是普遍的現象，至此筆墨宕開，顯示出王安石對北宋時政的關注與憂慮。他感慨「汝生不及貞觀中」，是指貞觀十五年唐太宗曾謂自己有二喜：「比年豐稔，長安斗粟直三四錢，一喜也。北虜久服，邊鄙無虞，二喜也」〔註53〕，可謂國富民強，太平之治，以此反襯北宋當時的邊患未平，民生困苦，令詩篇更形沉鬱。在王安石看來，以中原的民脂民膏輸與夷狄，不僅使得河北河南乃至江北江南民不聊生，且是朝廷的恥辱，此種感觸便是王安石日後強力推行強國之策的根由。

　　此外如他的《歎息行》，揭露政令不當，驅良民為盜賊的時弊：「官驅群囚入市門，妻子慟哭白日昏。市人相與說囚事，破家劫錢何處村。朝廷法令亦寬大，汝罪當死誰云冤。路旁年少歎息汝，貞觀元元之子孫。」〔註54〕因生活艱困，良民被迫為盜，又遭官府抓捕，按律量刑，除了他們的家人，無人為他們歎息。篇末仍是以貞觀盛世與當今時世相對比，字裏行間，流露出一種深沉的無奈。

　　對生民疾苦的關注，在王安石心中埋下了富國強國的夙願。他認為北宋之國力，「內則不能無以社稷為憂，外則不能無懼於夷狄，天下之財力日以困窮，風俗日以衰壞」〔註55〕，故而全面推行新法，期冀扭轉積貧積弱的現象，擺脫衰微困境。殊不料新法的施行，又在另外的層面上導致民生愈發困苦，當時士大夫對此多有抨擊，也反映在樂府詩中。

　　如孔平仲《鑄錢行》，即是寫熙寧年間施行新法，導致錢荒，殃及人民生活。葉世昌認為，新法中的青苗法和免役法與貨幣流通關係

〔註53〕　司馬光《資治通鑑》卷一百九十六・唐紀十二，中華書局，1956年，第 13 冊，6170 頁。
〔註54〕　王安石《歎息行》，《王文公文集》，上海人民出版社，1974 年，441 頁。
〔註55〕　王安石《上皇帝萬言書》，《王文公文集》，上海人民出版社，1974 年，1 頁。

密切。青苗法「以錢貸民，使出息二分」〔註56〕，免役法「應昔於鄉
戶差役內，悉計產賦錢，募民代役」〔註57〕，大大地增加了錢幣的需
要量，導致宋神宗時的鑄錢額度大增。熙寧六年後，每年鑄銅鐵錢
600 餘萬貫，約是天聖年間的 6 倍〔註58〕。據蘇轍記載，當時的鑄錢
數目，「舊一日鑄八九百耳，今歲務多以求利，今一日千三四百矣。
熙寧初止此，間後又增二千矣」〔註59〕。然而即便鑄錢是之前的數倍，
熙寧年間也仍然發生了大規模的錢荒。孔平仲詩云：

　　　三更趨役抵昏休，寒呻暑吟神鬼愁。從來鼓鑄知多少，
　銅沙疊就城南道。錢成水運入京師，朝輸暮給苦不支。海
　內如今半爲盜，農持斗粟卻空歸。〔註60〕

當時的鑄錢工作從早到晚，無論寒暑，持續大規模地施行。「銅沙疊
就城南道」，在鑄錢過程中落下的銅屑都足以鋪滿一條大路，可見鑄
錢之多已經難以勝計。然而即便是這樣朝輸暮給，鑄造不休，也無法
滿足整個宋代社會對錢幣的需求。大規模的錢荒導致錢貴米賤，作物
賣不到合理的價錢，「農民可以通過出賣農產品得到部份貨幣，但不
夠支付免役錢和青苗錢」〔註61〕，更加劇了農民的貧困。「海內如今
半爲盜」，即是對推行新法，導致民不聊生，只能淪爲盜賊的那些官
吏的直斥，對新法的批評十分尖銳。

　　此外，劉攽《關西行》也是因此弊而作：

　　　關西居人多閉屋，屋底老翁相向哭。縣官禁錢錢益輕，

〔註56〕　《宋史》卷一百七十六・食貨上四，中華書局，1985 年，第 13 冊，
　　　　4281 頁。

〔註57〕　李燾《續資治通鑒長編》，卷二百二十七，中華書局，2004 年，第 9
　　　　冊，5521 頁。

〔註58〕　葉世昌《王安石變法後的錢荒》，忻州師範學院學報，2002 年 03 期，
　　　　36～37 頁。

〔註59〕　蘇轍《龍川略志》，卷三，中華書局，1982 年版，14 頁。

〔註60〕　孔平仲《鑄錢行》，《全宋詩》，北京大學出版社，1998 年，第 16 冊，
　　　　10862 頁。

〔註61〕　葉世昌《王安石變法後的錢荒》，忻州師範學院學報，2002 年 03 期，
　　　　37 頁。

百姓無錢食不足。平時斗粟錢百數，今者千錢人不顧。大
家蕭條無十金，小家流離半途路。憶初鑄錢爲強國，盜賊
無端皆得職。邇來救弊因寬民，盜賊自苦民逾貧。安得萬
物皆爲銅，陰陽熾炭造化工。鑄錢萬萬大似尺，官定足用
民家豐。〔註62〕

詩中較《鑄錢行》更爲詳細地敘寫了新法的流弊。官府大舉鑄錢，令
「平時斗粟錢百數，今者千錢人不顧」；農民有收成卻沒有收入，只
能「伐桑棗，賣田宅，鬻牛畜」來交納賦稅，甚至大舉逃荒，「比年
稍荒歉處，民流散多矣」〔註63〕。「關西居人多閉屋」，即是對這種流
離失所之況的記述。這是鑄錢之政的弊端，更是新法的弊端。王安石
推行新法的本意是「理天下之財」，然而新法實行中的諸多弊端，使
得「盜賊無端皆得職」，對人民的盤剝愈發沉重。和孔平仲一樣，劉
攽也直斥官吏爲盜賊，這代表了當時士大夫的普遍觀點，如司馬光熙
寧三年（1070）上疏指責王安石「學非言僞，王制所誅，非曰良臣，
是爲民賊」〔註64〕，即是對王安石新法的鋒利抨擊。

再如蘇軾《吳中田婦歎》，則是爲指斥青苗法之弊而作：

今年粳稻熟苦遲，庶見霜風來幾時。霜風來時雨如瀉，
杷頭出菌鐮生衣。眼枯淚盡雨不盡，忍見黃穗臥青泥。茅
苫一月壟上宿，天晴獲稻隨車歸。汗流肩頳載入市，價賤
乞與如糠粞。賣牛納稅拆屋炊，慮淺不及明年飢。官今要
錢不要米，西北萬里招羌兒。龔黃滿朝人更苦，不如卻作
河伯婦。〔註65〕

這首詩於熙寧五年（1072）冬作於湖州，正值王安石新法施行之際。

〔註62〕　劉攽《關西行》，《全宋詩》，北京大學出版社，1998 年，第 11 冊，
　　　　7152 頁。
〔註63〕　張方平《論率錢募役事》，《張方平集》，鄭涵點校，中州古籍出版社，
　　　　2000 年，417 頁。
〔註64〕　《歷代名臣奏議》卷一百七十六，臺灣國立中央圖書館，1964 年影
　　　　印本，2320 頁。
〔註65〕　蘇軾《吳中田婦歎》，《蘇軾詩集》，王文誥注，孔凡禮點校，中華書
　　　　局，1982 年，第 2 冊，404 頁。

篇中並不直言新法的弊端，而是以江南農婦的視角，生動真切地刻畫農家生計之艱難，詩人的感慨也全從農婦之口而出。江南秋雨成災，粳稻晚熟，搶收不及，只能「忍見黃穗臥青泥」，眼睜睜地看著一年心血大牛付諸東流。然而天災之餘，又逢人禍。農人風餐露宿，終於辛苦收下稻米，背去出售，卻由於青苗法規定賦稅需用現錢，導致錢荒米賤，「價賤乞與如糠秕」。這更加劇了農民的貧困，逼得他們只得「賣牛納稅拆屋炊」，且顧眼下，全然無法慮及賣了牛，明年該以何為生，拆了屋，又該住在哪裏。在絕望之中，農婦惟有發出「不如卻作河伯婦」的摧心之歎。而這也正是蘇軾的痛心疾首之處：號稱有大批循吏在朝，其政卻令民不聊生。詩歌通篇無一字表達蘇軾自己的政治傾向，然而其針砭時弊之旨已表達得淋漓盡致。

蘇軾等人對王安石新法的抨擊，雖不乏事實，卻也不免誇張。他們本與王安石一樣，都有憂國憂民之心，有經邦濟世之志，且都不是趨炎附勢、追逐名利之徒，然而因政見分歧，更因文人氣質，他們的這種抨擊也難免有意氣之爭的色彩。

在集中批評新法之外，宋代樂府詩中也不乏對世俗官場弊政的斥責。放眼北宋中後期，無良官吏窮取民間珍奇，諂媚皇家之舉可謂相當普遍，有些甚至釀成當地的莫大禍患。如李光《海外謠》序所言：「瓊、崖、儋、萬四州，限在海外，地裏險遠，輸賦科徭率不以法。所出沉香翠羽怪珍之物，徵取無藝。百姓無所赴訴，不勝其忿，則相煽剽奪。歲在己巳，盜起瓊山……明年春三月，渠魁授首，而紫羅諸村焚蕩一空」〔註66〕，官逼民反，揭竿而起的百姓又遭到當地官府的鎮壓，十分慘痛。詩人記述此事，是為了揭露造成這種現象的關鍵，即當時地方官吏搜刮黎民的弊政：「然致寇之因實緣贓吏。予懼叛民雖熄而贓吏愈熾，因摭其起事之因，作《海外謠》一篇」。

《海外謠》開篇即云「嗟爾海南民，遭此贓吏阨。銜冤無所訴，

〔註66〕 李光《海外謠》序，《全宋詩》，北京大學出版社，1998 年，第 25 冊，16391 頁下同。

相熾起爲賊。爲賊計誠拙，尚可活朝夕」〔註67〕，點明主旨。在對此事的處理上，也表達了對贓吏的斥責以及對民眾的同情體貼：「祖宗有成法，贓吏盡杖脊。疲民正憔悴，使者宜憫惻」。而他作這首詩的目的，是爲了「庶幾采詩者達之諸司，稍更舊法，精擇廉吏，使吾赤子咸被恩澤，不甚幸歟」〔註68〕，希望以此上達天聽，造福黎庶，既是對樂府詩觀民風功能的發揚，也顯示了士大夫作爲政治參與者的身份。

又如蘇軾《荔支歎》，也表達了對此類官吏的斥責：

> 十里一置飛塵灰，五里一堠兵火催。顛坑仆谷相枕藉，知是荔支龍眼來。飛車跨山鶻橫海，風枝露葉如新採。宮中美人一破顏，驚塵濺血流千載。永元荔支來交州，天寶歲貢取之涪。至今欲食林甫肉，無人舉觴酹伯游。我願天公憐赤子，莫生尤物爲瘡痏。雨順風調百穀登，民不飢寒爲上瑞。君不見武夷溪邊粟粒芽，前丁後蔡相籠加。爭新買寵各出意，今年鬥品充官茶。吾君所乏豈此物，致養口體何陋耶。洛陽相君忠孝家，可憐亦進姚黃花。〔註69〕

這首詩作於蘇軾謫居嶺南之時。開篇由嶺南特產荔枝立題，反思漢唐兩代貢荔的勞民傷財，漢代「舊獻龍眼、荔支，十里一置，五里一候，奔騰阻險，死者繼路」〔註70〕，唐代則因楊貴妃嗜荔枝，「必欲生致之，乃置騎傳送，走數千里，味未變，已至京師」〔註71〕，而漢代尚有唐羌上書諫罷貢荔，唐代李林甫則以貢荔弊政媚上，終至敗壞時政，二者忠佞不同。

〔註67〕　李光《海外謠》，《全宋詩》，北京大學出版社，1998 年，第 25 冊，16391 頁。

〔註68〕　李光《海外謠》序，《全宋詩》，北京大學出版社，1998 年，第 25 冊，16391 頁。

〔註69〕　蘇軾《荔支歎》，《蘇軾詩集》，王文誥注，孔凡禮點校，中華書局，1982 年，第 7 冊，2126～2127 頁。

〔註70〕　《後漢書》卷五·和帝紀，中華書局，1995 年精裝版，194 頁。

〔註71〕　《新唐書》卷七十六·后妃傳上，中華書局，1975 年，第 11 冊，3494 頁。

　　在援引史實故事鋪陳之後，蘇軾將筆鋒轉向對宋代朝臣媚上之舉的抨擊，「前丁後蔡」，丁即丁謂，蔡即蔡襄，先後任福建漕使，督造大小龍團貢茶，爭奇鬥品；「洛陽相君」則是指曾任西京留守的錢惟演，蘇軾自注「洛下貢花，自錢惟演始」，他們以天生之珍奇「爭新買寵」，令「尤物爲瘡痏」，成爲民之禍害。在抨擊時弊之餘，蘇軾亦抒發了他的政治理想：身爲官員，理當致力於民生，「民不飢寒爲上瑞」，而非窮奢極欲地討好帝王。這也是身爲士大夫群體之一員，對執政之道的闡釋與反思。

　　以樂府詩記述當時的政治事實，繼承了古樂府固有的即事特質，並進而使之成爲士大夫之情志的寄託。此外，宋代文人擬樂府習用古風、歌行之體，篇幅較爲自由，敘事抒情都十分靈活，也合於這一新主題的寫作風格。

二、題材翻新：政治諷喻的發展

　　樂府詩的立題方式本身即有以事諷興的功能，這一傳統，符合宋代士大夫關注政治的志趣。他們或以舊題寫新事，自出機杼，或即事命意，自立新題，其樂府詩都是有感而發，抒寫其胸臆、見識的議政之詩。

　　宋代士大夫身上多有作爲文人的氣質，他們往往或因相互欣賞而同氣相求，或因所論不合而文人相輕，更容易造成或同聲相援、或黨同伐異的政治鬥爭。部份樂府詩也因此託物言事，帶上了鮮明的政治諷刺意味。如梅堯臣《猛虎行》：

> 山木暮蒼蒼，風淒茆葉黃。有虎始離穴，熊羆安敢當。掉尾爲旗纛，磨牙爲劍鋩。猛氣吞赤豹，雄威讋封狼。不貪犬與豕，不窺藩與牆。當途食人肉，所獲乃堂堂。食人既我分，安得爲不祥。麋鹿豈非命，其類寧不傷。滿野設置網，競以充圓方。而欲我無殺，奈何饑餒腸。〔註72〕

〔註72〕　梅堯臣《猛虎行》，《梅堯臣集編年箋注》，朱東潤校注，上海古籍出版社，1980年，96頁。

這首詩作於景祐三年。在當時的政治鬥爭中，宰臣呂夷簡中傷范仲淹「越職言事，薦引朋黨，離間君臣」〔註73〕，十日之內，范仲淹、尹洙、余靖相繼落職，歐陽修致書右司諫高若訥責其不能直言，亦遭高若訥上書，貶斥夷陵。故朱東潤認為：「此詩當是譏司諫高若訥」，後又提出「此詩疑當指呂夷簡」〔註74〕。蓋因高若訥依附呂夷簡，比成朋黨，這篇《猛虎行》當可視作對此輩弄權之臣的一概譏刺。

因此詩是託於樂府古題，以物寓諷，故篇中多用隱喻。詩篇起首描繪暮色中山風淒然，茅葉蕭黃之景，襯托猛虎「熊羆安敢當」的威風。其後「掉尾為旗纛，磨牙為劍鋣」的描繪，則是從李賀《猛虎行》「舉頭為城，掉尾為旌」〔註75〕之句化出，寫猛虎磨牙森森的凶態，越發獰厲。極盡渲染之後，方以猛虎的作為喻權臣之行徑。先是「猛氣吞赤豹，雄威躡封狼」，寫呂夷簡以權勢壓服高若訥之流為己所用；而「不貪犬與豕，不窺藩與牆，當途食人肉，所獲乃堂堂」，則是喻其身在廟堂，肆意橫行之況。篇末尚以猛虎的口吻，理直氣壯地道出「食人既我分，安得為不祥」，自我申辯，令權臣的面目愈發可憎。雖是隱喻，然而筆鋒銳利辛辣已臻極致。

歐陽修亦有《猛虎》詩作於同時，也是承襲《猛虎行》舊題而來：「猛虎白日行，心閒貌揚揚。當路擇人肉，羆豬不形相。頭垂尾不掉，百獸自然降」〔註76〕，極喻呂夷簡權傾朝野，陷害忠直之貌。若與他同樣作於景祐三年的《讀李翱文》中「在位而不肯自憂，又禁他人使皆不得憂」〔註77〕之句相觀照，對權臣的指斥越發分明。

〔註73〕李燾《續資治通鑑長編》，卷一百十八，中華書局，2004 年，第 5冊，2784 頁。

〔註74〕《梅堯臣集編年箋注》，朱東潤校注，上海古籍出版社，1980 年，96 頁。

〔註75〕李賀《猛虎行》，《李賀詩歌集注》，王琦等注，上海人民出版社，1977年，252 頁。

〔註76〕歐陽修《猛虎行》，《歐陽修詩文集校箋》，洪本健校箋，中華書局，2009 年，2～3 頁。

〔註77〕歐陽修《讀李翱文》，《歐陽修詩文集校箋》，洪本健校箋，中華書局，

　　也有一部份樂府詩以史爲鑒，表達對當權者的勸諫。這類詩篇，風格上仍是對元白新樂府刺美見事特徵的摹仿，然而因其內容純述古事，不及現實，意態便較爲中正平和。如徐積《舞馬詩》：「開元天子太平時，夜舞朝歌意轉迷。繡榻盡容騏驥足，錦衣渾蓋渥窪泥。才敲畫鼓頭先奮，不假金鞭勢自齊。明日梨園翻舊曲，范陽戈甲滿西來」〔註78〕，便是以開元盛世的隕落，作爲對北宋王朝的一記警鐘。其序云：

> 唐明皇時，嘗令教舞馬四百蹄，爲左右部，因謂之某家驕。其曲謂之《傾杯樂》者凡數十曲，奮首鼓尾，縱橫應節。樂工數十人，衣淡黃衫、文玉帶，立於馬左右前後。或施榻一層，或令壯士舉一榻，而馬舞於其上。又飾其鬃鬣，衣以文繡，絡以金鈴，雜以珠玉之類，其窮歡極侈如此。余讀《唐書》，感天寶之亂，於是作《舞馬詩》云。

序中十分詳細地描寫開元舞馬披掛錦繡的奢華，而後卒章顯志，道出其主旨「感天寶之亂」，以盛唐時「窮歡極侈」，終致禍亂的前車之鑒，諷諫當時的統治者需崇簡尚德，勵精圖治，方能長保四海昇平。其詩亦通篇著力鋪陳行樂之際「夜舞朝歌意轉迷」的盛極一時，乃至「繡榻盡容騏驥足，錦衣渾蓋渥窪泥」的奢靡無度，而卒以「明日梨園翻舊曲，范陽戈甲滿西來」二句平淡收束，雖未詳述安史之亂，然而不盡之意皆在言外，深得古樂府風人之旨。此外，唐庚《舞馬行》、南宋釋居簡《續舞馬行》，也都述此事，如釋居簡之作「於戲唐虞全盛時，百獸率舞鳳鳥儀。雍熙之和乃其效，何用區區教坊教」〔註79〕，乃是反用此典，讚頌北宋立國之初的政通人和。其政治立意雖不同，然而形成了對同一本事的重複書寫，也值得加以關注。

　　　　2009 年，1050 頁。

〔註78〕　徐積《舞馬詩》，《全宋詩》，北京大學出版社，1998 年，第 11 冊，7691 頁。序同。

〔註79〕　釋居簡《續舞馬行》，《全宋詩》，北京大學出版社，1998 年，第 53 冊，33102 頁。

　　此外，如郭祥正《白玉笙》，則是託物立意，通過寫一具「咸通十三年琢成」〔註80〕的白玉笙的流傳，諷刺前朝奢侈誤國之舉。咸通是唐懿宗的年號，唐懿宗「以蠱惑之侈言，亂驕淫之方寸」〔註81〕，乃是驕奢無度之主，令唐朝政局更加風雨飄搖。唐亡後，白玉笙落到南唐後主李煜手中，李煜亦耽於安樂，「高堂日日聽吹笙，不知國內非和平」，終至亡國，從此白玉笙「卻落人間為寶器」，在北宋民間流傳。於是郭祥正感慨道：「昔時禍亂曲，今日太平歌。興亡不繫白玉笙，但看君王政若何」，通過前代今朝的對舉，表達了施行仁政才能使國家長久的觀點，雖不乏頌聖之意，然而託古寓今，對北宋王朝的統治者也是一種警醒。

第三節　南渡、中興時代精神的凸顯

　　在兩宋的樂府詩中，寓意美刺、關懷時政的精神雖然貫穿終始，然而其題材至南渡而為一變，形成獨特的時代性。「國家不幸詩家幸，賦到滄桑句便工」，靖康之難直至中興年間，無論新舊題樂府，其主流都是憂國傷時、抗敵禦侮的家國悲音，更著重關注政治軍事的時局，筆墨鮮明沉痛，堪稱「詩史」。

　　南渡、中興之際的重要樂府詩作者，如李綱、曹勛、薛季宣、陸游等，或是堅決的對金主戰派，或者自身就有抗金經歷。李綱自宣和年間就力主抗金，曾率兵勤王，南渡後因反對避地東南而先貶鄂州，後又流放海南，但抗金之志始終不變；曹勛曾從徽宗被虜北去，又攜徽宗手書自燕山遁歸南方，這段經歷奠定了他對金主戰的積極態度，甚至大膽地「建議募死士航海入金國東京，奉徽宗由海道歸」，因此也受到非難，遭外放，「凡九年不得遷秩」〔註82〕；薛季宣伯父薛弼

〔註80〕　郭祥正《白玉笙》，《全宋詩》，北京大學出版社，1998年，第13冊，8785頁下同。
〔註81〕　《舊唐書》卷十九‧懿宗上，中華書局，1975年，第3冊，685頁。
〔註82〕　《宋史》卷三百七十九‧曹勛傳，中華書局，1985年，第33冊，

是岳飛重要幕僚，薛季宣幼年失怙，由伯父撫養，亦秉承了抗金之志，「時江、淮仕者聞金兵且至，皆預遣其奴而繫馬於庭以待。季宣獨留家，與民期曰：『吾家即汝家，即有急，吾與汝偕死。』民亦自奮」〔註83〕，也反映出臨危不屈的志節。

　　這些愛國詩人身當亂世，對金人的跋扈、遺民的苦難，皆是觸目驚心，悲憤不平。這股有心報國卻志不得伸的抑鬱激烈之氣，在他們的樂府詩創作中便表現爲大量即事性和諷喻性極強的詩篇，或寫生民塗炭，或歎夙志難酬，或暗諷統治者耽於逸樂，寄託之旨極爲深沉，在山河破碎之際，吟響了一闋闋激烈長歌。

一、新題樂府的詩史合一

　　南渡至中興之際的樂府詩作者，皆是那段屈辱歷史的親歷者與記錄者。此時此刻，僅憑藉樂府舊題的傳承與本事的發揮，已經不能滿足即事性的需求，他們紛紛選擇就眼前之事自立新題，無所依傍地直書其事。其樂府詩篇皆細節鮮明，筆觸沉痛。稱之爲「詩史」，絕不爲過。

　　對南渡史實的記述，首推靖康之難前後家國崩離，生靈塗炭的慘痛景象。如欽宗朝著作郎胡處晦《上元行》，作於靖康二年風雨飄搖的上元節。此時，宋欽宗已被迫於正月十日去往金人軍中，成爲金人勒索錢財的人質。至十五日黎明，城中張榜云：「駕前人回，傳到聖旨……只緣金銀衣段數少，商議未定。仰疾速催促，務要日下盡數交納。不出一兩日，決定駕回，保無它事。恐軍民士庶憂慮，今多出文榜曉諭。」〔註84〕於是汴京民情愈發動搖，「士大夫憂愁，作爲歌詩者甚眾」，胡處晦此作便是其中流傳最廣者：

　　　　　11700 頁。
〔註83〕　《宋史》卷四百三十四·薛季宣傳，中華書局，1985 年，第 37 冊，12883 頁。
〔註84〕　《靖炎兩朝見聞錄》上卷，《全宋筆記》第三編，大象出版社，2008年，第 3 冊，172 頁。

上元愁雲在九重，哀笳落日吹腥風。六龍駐蹕在草莽，孽胡歌舞蒲萄宮。抽釵脫釧到編戶，竭澤枯魚充寶賂。聖主憂民民更憂，驕子嬌媟天不怒。向來艱難傳大寶，父老談言似仁廟。元年二月城下盟，未睹名臣繼嘉祐。哀痛今年麈再蒙，冠劍夾道趨辭公。神龍今在九淵臥，安得屢困蛟蛇中。朝廷中興無柱石，薄物細故昭帝力。毛遂不得處囊中，遠慚趙氏厮養卒。今日君王歸不得，傾城回首歌悲啼。會有山呼間動地，萬家香霧燒天衣。胡兒胡兒莫耽樂，君不見夕月常虧東北角。〔註85〕

靖康二年上元，「是日陰雲四垂，家家愁苦」〔註86〕，再不復以往火樹銀花，燈彩爭華的勝景。金人兵臨城下，扣押欽宗，需索無度，大宋皇帝「駐蹕在草莽」，侵略者反而歌舞歡慶，對比之下，眞有天翻地覆之感。而「孽胡歌舞蒲萄宮」之句，亦是反用漢哀帝「元壽二年，單于來朝，上以太歲厭勝所在，舍之上林苑蒲陶宮」〔註87〕之典，敘述北宋非但無力令金人來朝，反受其辱的現況，也暗示了當時「金人索元宵燈燭，欲於城外作元宵」〔註88〕的猖獗欺人，反觀城內的愁雲慘霧，其情更爲悽愴。爲籌集鉅款，惟有搜刮民家，但「抽釵脫釧到編戶，竭澤枯魚充寶賂」之舉，亦只如飮鴆止渴，不能挽國勢於將傾，宋欽宗本人在此時的身陷金營，不得回歸，便是實證。

回想欽宗即位之初，因他在東宮時不見失德之舉，汴京百姓對他還是有相當期望的，「父老談言似仁廟」，竟至將他與恭儉仁恕，爲政仁厚，「有以培壅宋三百年之基」〔註89〕的宋仁宗相提並論。然而

〔註85〕　胡處晦《上元行》，《全宋詩》，北京大學出版社，1998 年，第 32 冊，20573 頁。

〔註86〕　《靖炎兩朝見聞錄》上卷，《全宋筆記》第三編，大象出版社，2008 年，第 3 冊，172 頁。

〔註87〕　《漢書》卷九十四·匈奴傳下，中華書局，1995 年精裝版，3817 頁。

〔註88〕　《靖炎兩朝見聞錄》上卷，《全宋筆記》第三編，大象出版社，2008 年，第 3 冊，170 頁。

〔註89〕　《宋史》卷十二·仁宗四，中華書局，1985 年，第 1 冊，251 頁。

亂勢已成，無可迴天，欽宗與諸臣惟「惶惶然講和之不暇」〔註90〕。
詩中「元年二月城下盟」，便是指靖康元年正月「金人犯京師……邀
親王、宰臣議和軍中」〔註91〕，其要求是「索金帛數千萬，且求割太
原、中山、河間三鎮，並宰相、親王為質」〔註92〕，至二月，「肅王
至軍中，許割三鎮地」〔註93〕而和議方成，金人退軍。這種屈辱的城
下之盟，再無以與嘉祐年間的明君賢臣相比。而宋欽宗受辱於敵，也
非止這一次，「哀痛今年塵再蒙」句，即是指靖康元年十一月三十日，
欽宗曾下詔「大金和議已定，朕以宗廟社稷生靈之故，躬往致謝」
〔註94〕。十二月初二自金營歸還時，一城士庶「遙認黃蓋，歡呼喧
騰……山呼之聲，震動天地……焚香致謝者家至戶到」〔註95〕，正是
詩中所述「會有山呼間動地，萬家香霧燒天衣」之況。與欽宗一去不
歸，「傾城回首歌悲啼」的景象相比，雖然愈顯今日之哀涼，然而在
詩篇結尾著力敘寫民眾對皇帝的愛戴傾慕，正反映出民心所向，同仇
敵愾之況，「胡兒胡兒莫耽樂，君不見夕月常虧東北角」，便是對猖狂
的侵略者的警告。

　　詩中除了記述大量史實細節之外，在運用前代故實以渲染情緒
方面，也格外用心。除前述漢蒲萄宮之典外，趙廝養卒本出《史記》
趙王武臣之事：「趙王間出，為燕軍所得。燕將囚之，欲與分趙地半，
乃歸王。……有廝養卒謝其舍中曰：『吾為公說燕，與趙王載歸。』」
然後廝養卒至燕軍中，以利害說之，「燕將以為然，乃歸趙王。養卒
為御而歸」〔註96〕，詩中用此典故，則是在感歎自身無力，不能效法

〔註90〕　《宋史》卷二十三·欽宗，中華書局，1985 年，第 2 冊，436 頁。
〔註91〕　《宋史》卷二十四·高宗一，中華書局，1985 年，第 2 冊，439 頁。
〔註92〕　《宋史》卷二十三·欽宗，中華書局，1985 年，第 2 冊，423 頁。
〔註93〕　《宋史》卷二十四·高宗一，中華書局，1985 年，第 2 冊，440 頁。
〔註94〕　《靖炎兩朝見聞錄》上卷，《全宋筆記》第三編，大象出版社，2008
　　　　　年，第 3 冊，159 頁。
〔註95〕　《靖炎兩朝見聞錄》上卷，《全宋筆記》第三編，大象出版社，2008
　　　　　年，第 3 冊，160 頁。
〔註96〕　《史記》卷八十九·張耳陳餘列傳，中華書局，1995 年精裝版，2576

趙廝養卒，親入金營迎回欽宗。又，前句提及的毛遂，乃是平原君趙勝的得力家臣，上下句中兩個典故都扣趙字，更顯示出當時士大夫對不能為國家柱石，中興趙宋王朝的無限愧恨之情。

　　至靖康難後，一統江山分割南北。這一時期的新題樂府，其主旨大多是直接描寫戰亂之後的殘破山河，流離民生，最重要的作者當屬曹勳。置諸兩宋諸大家之間，曹勳的詩名算不得顯著，然而在以樂府詩直白敘述南渡後民生疾苦的方面，則非他莫屬。

　　曹勳曾隨徽宗被虜北去，後又逃歸南方，他所著的《北狩聞見錄》中，都是對這段屈辱經歷、飄零之劫的記載。那些深刻的見聞鬱積於心，不得不發為詩。如其《春風引》：先是描寫北宋「太平一百六十載，四夷面內無征誅」〔註97〕的安寧與「歌聲未斷霓裳舞」的繁華，而在金兵南下後，這片「憶昔上國宣和初，時平比屋驩唐虞」的太平景象倏忽淪為一片慘淡悲涼：「陰虹當天變白晝，中原化作羊犬區。黃旗悠悠渡江漢，百僚竄伏天一隅。南極三吳北燕薊，西秦東魯殘羌胡。至今甲歷遍三四，生民散盡悲巢烏」，與靖康難後，「敵既不能下南京，乃自寧陵而上，盡偽置官屬，安撫士民。至是，悉驅而北，舍屋焚爇殆盡。東至柳子，西至西京，南至漢上，北至河朔，皆被其毒，墳冢無大小，啟掘略遍，郡縣為之一空」〔註98〕的史實相映襯，更突出了金人掠奪屠殺無度的慘景。再如其《京口有歸燕》：「吳宮梁苑盡灰飛，胡馬驕嘶銜苜蓿。蕭條南國閟春愁，章臺瑤室今茅屋……感君為君思建章，萬戶朱門綴珠玉。當時天下尚無為，今日悲涼變何速」〔註99〕，則在抒發對北宋太平盛世的懷念之情的同時，也道盡了家國

　　　　　～2577 頁。

〔註97〕　曹勳《春風引》，《全宋詩》，北京大學出版社，1998 年，第 33 冊，21049 頁下同。

〔註98〕　徐夢莘《三朝北盟會編》靖康中帙六十二，臺北大化書局，1979 年，乙編 294 頁。

〔註99〕　曹勳《京口有歸燕》，《全宋詩》，北京大學出版社，1998 年，第 33 冊，21066 頁。

淪亡之恨，偏安一隅之辱，生民子零之悲，筆力沉痛而悲涼。

在南宋定都臨安，與金締盟之後，偏安一隅。因與金交好的政治需要，當朝的士大夫時常出使金國，眼見北宋舊地遺民的苦難，其家國之恨愈發深沉刻骨。如周麟之《中原民謠》十首。紹興二十九年（1159），「翰林學士周麟之爲大金奉表哀謝使」〔註100〕，這組樂府詩即是寫他使金途中的見聞，分爲《燕京小》、《迎送亭》、《金瀾酒》、《歸德府》、《過沃州》、《造海船》、《渡浮橋》、《金臺硯》、《任契丹》、《雨木冰》十題，一題一事，各以小序詳述其創作之由。這些小序也承擔了一定的敘事功能，令樂府詩篇自身的表達得以不拘泥於直敘其事，筆觸更加自由。此處以其首篇《燕京小》爲例。

《燕京小》序云：「予次汴京，聞虜欲遷都於汴，起諸路夫八十萬增築城闕，肸飾宮殿，至以宣德門爲小而易之，展東御廊，侵民居五十步。令下之日，老壯悲憤，至有號泣者。及渡河而北，見遊童歌曰：『燕京小，南京大，修蓋了，康王坐。』（周麟之自注：虜以汴爲南京。）所過諸郡不謀同辭。洎至燕，則其宮闕壯麗，延亙阡陌，上接霄漢，雖秦阿房、漢建章不過如是。」〔註101〕乃是寫正隆三年（1158），金主完顏亮下令營建南京宮室，意圖遷都北宋舊京之事。金人此舉不獨窮奢極欲，爲害民生，令人憤慨，對於宋臣而言，眼見舊京「盡毀前模變新飾」，淪爲侵略者的國都，更是難以言喻的沉痛與屈辱。序中特地提及流傳極廣的「修蓋了，康王坐」的童謠，即是表達遺民對故國的思念，由此生發對南宋渡江光復的祈願。其詩云：

> 燕京小，巨防絡野長蛇繞。展闕城池數倍寬，帝居占盡民居少。通天百尋殿十重，金爵舣稜在半空。萬戶千門歌舞窄，不知九市人聲寂。時時日瞳盲風來，殺氣冥蒙胡

〔註100〕 李心傳《建炎以來繫年要錄》卷一百八十三，上海古籍出版社，1956年，3056頁。

〔註101〕 周麟之《中原民謠·燕京小》序，《全宋詩》，北京大學出版社，1998年，第38冊，23559頁。

舞塞。舊來寢處穹廬中，今乃燕坐阿房宮。猶嫌北方地寒苦，又欲南向觀華風。汴都我宋興王宅，二百年來立宗祜。一朝飛瓦下雲端，盡毀前模變新飾。故老慟哭壯士歡，吾寧忍死不忍觀。只恐金碧塗未乾，死胡濺血川原丹。群兒拍手歌相和，此地寧容犬羊涴。旄頭夜落五雲開，還與吾皇泰微坐。〔註102〕

開篇寫金人嫌燕京狹小，在遷都之前對北宋舊京進行大肆改造，建造高聳通天的宮殿。史載金主完顏亮「營南京宮殿，運一木之費至二千萬，率一車之力至五百人。宮殿之飾，遍傅黃金，而後間以五彩，金屑飛空如落雪。一殿之費以億萬計，成而復毀，務極華麗」〔註103〕，可知其驕奢無度。「帝居占盡民居少」、「不知九市人聲寂」、「殺氣冥蒙胡舞塞」等描寫，正是金人侵吞民宅，大耗民力，橫暴威壓的寫照。目睹此景，周麟之不禁回顧靖康國難之際，金人「舊來寢處穹廬中，今乃燕坐阿房宮」，既是對金人貪婪之性的諷刺，也隱含著對他們虎狼之心的憂慮。完顏亮野心勃勃，「猶嫌北方地寒苦，又欲南向觀華風」，正隆三年正是他調集軍隊，準備南侵之際，危難警醒之下，愈發激起了詩人的愛國之心，「此地寧容犬羊涴」、「只恐金碧塗未乾，死胡濺血川原丹」，出語鏗鏘，表達了誓與敵虜決一死戰，收復故都的信念，全詩亦在這種高昂的情緒中收束。

此外如《迎送亭》篇序中錄泗州父老之言「迎送者，迎宋也。此地殆將迎宋乎」〔註104〕，直白地表述對光復故地的期冀。詩中「莫折亭前百年柳，曾經宋德栽培久。只期南望翠華歸，再拜馬前稱萬壽」，述盡對宋室江山的懷念。《金瀾酒》篇，則借完顏亮賜下酒肴一事，借題發揮，「夫白蛇斷而秦亡，當塗高而魏昌，國之興亡實係

〔註102〕　周麟之《中原民謠·燕京小》，《全宋詩》，北京大學出版社，1998
　　　　　年，第 38 冊，23559 頁。
〔註103〕　《金史》卷五·海陵本紀，中華書局，1975 年，第 1 冊，117 頁。
〔註104〕　周麟之《中原民謠·迎送亭》序，《全宋詩》，北京大學出版社，1998
　　　　　年，第 38 冊，23559 頁。

焉。金瀾者，金運其將闌乎？」〔註 105〕，詩中「或言此酒名金瀾，金數欲盡天意闌。醉魂未醒醡未覆，會看骨肉爭相殘」之句，也是表達對金朝氣運的咒詛。完顏亮喜愛周麟之的辯才，對他重加錫賚，賜下金瀾酒時，「尊盤皆金寶器，並令留之。麟之以例辭，金主不許……麟之歸，以其物繳進」〔註 106〕，面對完顏亮的厚賜，周麟之不為所動，更借題發揮：「一雙寶榼雲龍耇，明日辭朝倒壺去。旨留餘瀝酹亡胡，帝鄉自有薔薇露」，鄙棄金人之餘，更抒發了對宋室至死不渝的忠貞。

在與金人的持久交戰之際，也湧現出許多直接刻畫對金戰事，尤其是歌頌勝戰的樂府詩，如李綱《建炎行》、員興宗《歌兩淮》、李正民《破賊凱歌》八首、周麟之《破虜凱歌》二十四首、胡榘《濠梁凱歌》、趙萬年《卻敵凱歌》等，都是實寫戰事，辭句鏗鏘，抒情慷慨，現實意義十分深刻。

以諸凱歌為例。凱歌之淵源，屬鼓吹曲辭。梁元帝《纂要》曰：「振旅而歌曰凱歌」〔註 107〕，可知其本是軍旅之樂，用於出征、凱旋之際。故凱歌一詞並非固定的樂府舊題，而是對一類樂曲、歌辭的總名。前代樂府中，如張華作《晉凱歌》，一曰《命將出征》，一曰《勞還師》；岑參作《唐凱歌》六首，便是由於「天寶中，匈奴、迴紇寇邊……天子於是授鉞常清，出師征之。及破播仙，奏捷獻凱，參乃作凱歌」〔註 108〕；此外唐代又有凱樂，據《舊唐書·樂志》：「凱樂，鼓吹之歌曲也……歷代獻捷，必有凱歌」〔註 109〕，可見直至唐代，

〔註 105〕 周麟之《中原民謠·金瀾酒》序，《全宋詩》，北京大學出版社，1998年，第 38 冊，23560 頁。

〔註 106〕 李心傳《建炎以來繫年要錄》卷一百八十三，上海古籍出版社，1956年，3056 頁。

〔註 107〕 郭茂倩《樂府詩集》卷八十三引，中華書局，1979年，第 4 冊，1165頁。

〔註 108〕 岑參《送封大夫出師西征序》，《岑嘉州詩箋注》，廖立箋注，中華書局，2004年，830 頁。

〔註 109〕 《舊唐書》卷二十八·音樂一，中華書局，1975年，第 4 冊，1053 頁。

文學作品中的凱歌都主要是一類入樂的歌辭，用於對大捷還師的歌頌。宋代亦承此淵源。

　　北宋時沈括作《鄜延凱歌》，是因「邊兵每得勝回，則連隊抗聲凱歌，乃古之遺音也」〔註110〕，而爲之作辭。至南宋，因與金作戰頻繁，每有大勝，文人所作詩篇亦名爲凱歌。因是實寫對金人的作戰勝利，其現實意義更強。以凱歌爲題，既明其敘寫軍功的本原，也有頌聖之意。如周麟之《破虜凱歌》：「莫怕南來生女眞，皀旛閫馬漫如雲。黃頭碧眼驚相語，切勿前逢八字軍」（其二）、「江花閒隊曉霏開，爭看官軍打賊回。十萬羌胡今已破，不煩天子六飛來」（其五）〔註111〕等，是對淮上八字軍抗金大捷的讚譽；他的另一組《破虜凱歌》云「采石江頭萬鼓鼛，祭天台上手揮旗。坐驅朔馬爲魚鼈，笑殺江南踏浪兒」（其二）、「雲舫飛下北通州，弭檝膠西一戰收。千七百艘同日盡，始知飛將有奇謀」（其三）〔註112〕等，則是對名將虞允文在采石磯阻擋金主完顏亮南侵之功的紀實。

　　此外，員興宗《歌兩淮》〔註113〕長詩，其事在紹興三十一年十月，金主完顏亮率軍南下，虞允文時以參謀軍事犒師采石，臨危督戰，大破金軍。詩序云：「吾蜀虞公，常援尺箠笞敵兩淮之上，敵憤以死，此事曠古今一快者……勉賦《悲兩淮》一首」〔註114〕，詩中詳述了虞允文采石磯大捷的始末，多可與當時史實相參證。如「征鞍此日去皇皇，所過騎士多羸傷。不見何人出聲鼓意氣，但見十五五

〔註110〕　沈括《夢溪筆談》，侯眞平校點，嶽麓書社，2002年，32頁。
〔註111〕　周麟之《破虜凱歌六首》，《全宋詩》，北京大學出版社，1998年，第38冊，23558頁。
〔註112〕　周麟之《破虜凱歌二十四首》，《全宋詩》，北京大學出版社，1998年，第38冊，23565頁。
〔註113〕　按《歌兩淮》爲員興宗《九華集》卷二所錄詩題，然而其詩序中復云「勉賦《悲兩淮》一首」，所記與詩題出入。因此詩通篇寫大捷之事，其意振奮，故文中從《九華集》之題。
〔註114〕　員興宗《歌兩淮》序，《全宋詩》，北京大學出版社，1998年，第36冊，22543頁。

坐路傍。公趨下馬詢眾語，眾共來前致辭苦。平時節使驅爲奴，逐逐
無聊戰無主。而今側身墮兩失，官騎已亡難再得」，即是《十三處戰
功錄》所載「允文遂馳去。未至采石十餘里，聞鼓聲振野。允文見官
軍十五五坐路旁者，問之，眾曰：『王節使在淮西聲鼓，令棄馬渡
江。我曹皆騎士，今無馬，我曹不解步戰也』」〔註115〕之事，然而詩
中更加以發揮，借軍士之口道出「誠令軍政日月懸，我有微軀人不
惜」、「當時戰死身昧昧，今日分付當其人」之語，極寫將兵一心，共
禦金虜之志。

其寫戰事之筆，亦是當時實況。如初與金兵接陣時，「允文即
與俊等謀整步騎，陳於江岸，而以海鰍及戰船載兵，駐中流擊之」
〔註116〕，即詩中所述「長嘯激俊揮戈回，萬斧並下聲如雷。十舟先
粉百舟敗，連艫接艦成飛埃。嗟敵初來何草草，一夕崩摧如電掃。命
踰破竹青離離，血潰江流紅杲杲」，寫宋朝水師電掃江流，勢如破竹，
令金兵損失慘重，無所適從，倉皇撤軍途中，尚是「敵愁驚心疑鶴唳，
十步回頭九墮淚」，恐懼得草木皆兵。筆鋒肆意，一氣呵成，暢快淋
漓，極是振奮人心。

極寫勝戰之況後，猶不終篇，又提及這次大敗動搖金人軍心，就
連金主完顏亮都遭部下所弒，死於軍中，「金亮尙嫉忠言醜，快劍垂
垂擬其首……北人項領不易保，如此郎主何足存。此夜踈星江淚濕，
敵將一一彎弓入。禦寨三重侍衛郎，對面公然如不識」，以想像之筆，
寫完顏亮眾叛親離之態，大快人心。至此，這篇樂府長詩方告收束，
篇末，詩人更放眼展望「行並咸秦脈絡通，更遣諸將圖山東」的未來
時局，而「不費兩淮千斛水，一洗萬古乾坤辱」的主題，也由此卒章
顯志。

〔註115〕 李壁《十三處戰功錄》，《藕香零拾》，繆荃孫編，中華書局，1999
年影印版，135 頁。
〔註116〕 李壁《十三處戰功錄》，《藕香零拾》，繆荃孫編，中華書局，1999
年影印版，135 頁。

二、舊題樂府的全新寄託

受到抗禦外侮的時代精神影響，士大夫救拔民生，尊崇國本的使命感越發強烈。在南渡至中興時代愛國詩人的筆下，樂府舊題擬作的主旨不再是承襲舊題本事的泛泛題詠，而是刻意地機杼翻新，抒發報國興復之旨，其內容風格均與北宋諸作不同。

1、邊塞、諷喻主旨的盛行

受政治時局影響，在南渡之後，宋代文人對樂府舊題的選擇也有明顯的傾向性，其中最突出的一點，就是《關山月》、《塞上曲》、《塞下曲》、《戰城南》、《胡無人》、《飲馬長城窟行》、《隴頭水》等邊塞、征戰舊題的寫作數量明顯增多。如《關山月》，北宋 3 首，南宋 13 首；《塞上曲》，北宋 3 首，南宋 11 首；《塞下曲》北宋 3 首，南宋 15 首等等；南宋的擬作遠多於北宋。

如《塞上曲》，北宋田錫云「蕭爽邊聲靜，太平烽影稀。素臣稱有道，守在於四夷」〔註 117〕，郭昭著云「胡馬秋肥塞草黃，彎弧直擬犯漁陽。歸鞭卻避弓閭水，知是嫖姚舊戰場」〔註 118〕，或寫邊無戰事，歌詠太平，或想像其景，發懷古之思；而南宋陸游之作則言「窮荒萬里無斥堠，天地自古重中華」、「何時漠北王庭靖，千年萬年朝漢家」，意指宋金對峙的時局，表達對宋朝正統地位的尊崇，具有相當的政治指向性。

此外如陸游《胡無人》，通篇充斥著詩人自身的報國之志。起首「鬚如蝟毛磔，面如紫石棱。丈夫出門無萬里，風雲之會立可乘」〔註 119〕，已極寫「丈夫」這一虛擬形象的豪宕雄姿，而後更以磅礡之筆，想像其千里征戰，大破群虜的偉業：「追奔露宿青海月，奪城

〔註 117〕　田錫《塞上曲》，《全宋詩》，北京大學出版社，1998 年，第 1 冊，473 頁。

〔註 118〕　郭昭著《塞上曲》，《全宋詩》，北京大學出版社，1998 年，第 3 冊，1486 頁。

〔註 119〕　陸游《胡無人》《劍南詩稿校注》，錢仲聯校注，中華書局，1985 年，第 2 冊，367 頁下同。

夜蹋黃河冰。鐵衣度磧雨颯颯，戰鼓上隴雷慿慿。三更窮虜送降歟，天明積甲如丘陵。中華初識汗血馬，東夷再貢霜毛鷹」，一氣呵成，酣暢淋漓。「群陰伏，太陽升，胡無人，宋中興」，則是以「丈夫」自擬的陸游的深切願望，洋溢以身報國，北定中原的強烈情感。而曹勳《胡無人行》：「酒酣耳熱氣益振，胡兒百萬空成群⋯⋯胡無人，胡無人，六驘夜遁徒苦辛。當時足雪平城恥，猶恨逋誅尚有人」〔註120〕，《飲馬長城窟行》：「嫖姚登狼居，旌旗照穹碧。號令明秋霜，虜帳餘空壁。瀚海無驚波，獻捷走重譯。大將朝甘泉，後部騰沙磧。九宇動聲容，功烈光篇籍」〔註121〕等，極言漢逐匈奴之功業，屬於鑒之前朝，有所寄託之作，皆非北宋時泛泛寫邊塞主題，懷古之思的同題作品可比。

此外，像曹勳、陸游這樣堅決的對金主戰派，他們的其餘舊題樂府中也都充斥著借題發揮，沉痛慷慨的情志。如曹勳《項王歌》云「時不利兮絕淮流，江雖可渡兮吾何求，寧鬪死兮羞漢囚」〔註122〕，其慷慨激越之風切合項羽氣象，而其中未必沒有曹勳力主渡江死戰的胸臆之事爲佐。至於《明月詞》，前代同題之作大率詠月，而曹勳此作則發出「我願三綱不惡，四時不忒。天地清寧，人物獲職。白兔不見辱於蝦蟆，黃髮蒙照臨之大德」〔註123〕的呼告，借明月蒙塵，白兔受辱，比喻爲金所困的南宋，又抒發對光復河山的祝禱之情。至於其《苦雨吟》云：「我願得媧皇煉石補此破漏天，令三光繼明，萬物可睹，免使百萬億蒼生憔悴困泥土」〔註124〕，亦非泛泛詠雨，更是進

〔註120〕 曹勳《胡無人行》，《全宋詩》，北京大學出版社，1998 年，第 33 冊，21052 頁。

〔註121〕 曹勳《飲馬長城窟行》，《全宋詩》，北京大學出版社，1998 年，第 33 冊，21051 頁。

〔註122〕 曹勳《項王歌》，《全宋詩》，北京大學出版社，1998 年，第 33 冊，21046 頁。

〔註123〕 曹勳《明月詞》，《全宋詩》，北京大學出版社，1998 年，第 33 冊，21061 頁。

〔註124〕 曹勳《苦雨吟》，《全宋詩》，北京大學出版社，1998 年，第 33 冊，

一步祈禱天時得正，九宇清寧，尊宋室之正位，弭民眾之艱辛。辭氣
鏗鏘慷慨，其欲兼濟天下，救拔蒼生之志令人動容。

　　然而南渡之後，愛國士大夫雖然志存高遠，力圖光復，朝廷卻偏
安主和，令他們志不得伸，其寄託於樂府詩的情志也因而轉為悲憤鬱
結。如陸游《關山月》：「和戎詔下十五年，將軍不戰空臨邊。朱門沉
沉按歌舞，廐馬肥死弓斷弦。戍樓刁斗催落月，三十從軍今白髮。笛
裏誰知壯士心，沙頭空照征人骨。中原干戈古亦聞，豈有逆寇傳子孫。
遺民忍死望恢復，幾處今宵垂淚痕」〔註125〕，即寫朝廷滿足於偏安，
辜負遺民志士之心。此外，其《長門怨》、《長信宮辭》、《銅雀妓》、《婕
妤怨》等，也都是在摹寫舊題本事之餘，又有所自況的寄託之作。「妾
雖益衰兮尚供蠶桑，願置繭館兮組織玄黃。欲訴不得兮仰呼蒼蒼，佩
服忠貞兮之死敢忘」〔註126〕，「妾心剖如丹，妾骨朽亦香。後身作羽
林，為國死封疆」〔註127〕等句，皆出語悽愴鏗鏘，滿盈欲事君報國
而不得，然而仍抵死忠貞的情緒。

　　此外，也有一些諷刺北宋統治者逸樂誤國之作。如《陽春曲》，
北宋張詠、文彥博、馮時行等所作，或言春景，或傷時序，其意皆泛
泛，然而曹勛《陽春歌》則大不相同：「漢家離宮三百所，高卷珠簾
沸簫鼓。車如流水馬如龍，蘭麝飄香入煙雨。通衢夾道起青樓，金馬
銅駝對公府。五侯同日拜新恩，七貴分封列茅土。玉窗朱戶盡嬋娟，
絲竹聲中喧笑語。玳筵珠翠照樽罍，繼燭臨芳醉歌舞。醉歌舞，醉歌
舞，天長地久無今古。」〔註128〕全篇鋪陳繁麗，極言漢家離宮五侯

　　　　21042 頁。

〔註125〕　陸游《關山月》，《劍南詩稿校注》，錢仲聯校注，中華書局，1985
　　　　年，第冊，623 頁。

〔註126〕　陸游《長信宮辭》，《劍南詩稿校注》，錢仲聯校注，中華書局，1985
　　　　年，第冊，370 頁。

〔註127〕　陸游《婕妤怨》，《劍南詩稿校注》，錢仲聯校注，中華書局，1985
　　　　年，第冊，369 頁。

〔註128〕　曹勛《陽春歌》，《全宋詩》，北京大學出版社，1998 年，第 33 冊，
　　　　21044 頁。

七貴之繁華，不禁令人聯想到昔日東京城中宋徽宗營建艮岳龍池，飛橋複道，其歌筵盛事亦差相彷彿，卻都只是今古一脈虛妄的天長地久。再如其《方諸曲》，「迢迢方諸宮，玉闕排霄起。扶桑高扶疏，森聳數千里」〔註129〕，似是寫遊仙之事。然而其下「安妃從元君」句，則彷彿有所指。宋徽宗寵妃劉貴妃，當時封爲九華玉眞安妃，「安妃本非宋朝貴妃之類正式的『內命婦』等級名號，而是因宋徽宗迷信道教而賜名」〔註130〕。聯繫到曹勛曾歷徽宗朝，他於詩中獨舉安妃，便有種微妙的懷昔諷昔之意，隱晦地表達出對宋徽宗迷信道教，耽於求仙之舉的批評。

　　而周紫芝《金銅歌》，寫魏明帝取漢代承露僊人事：「及臨載，仙人乃潸然淚下。唐詩人李長吉作歌以哀之，杜牧之爲賀作集序，獨於是詩有取焉。予因讀長吉詩，愛其奇古，然味牧之所謂其於騷人感刺怨懟之意無得而有焉。乃爲續賦，以繫樂府之末。」〔註131〕雖是由李賀之作引出，然而風格上並不倣仿李賀的高古詭豔，而是重「騷人感刺怨懟之意」，有所寄託。其詩云：「金仙辭漢憶漢主，登車殷勤垂玉筯。獨捧金盤出故宮，回頭忍看咸陽樹。魏宮群臣眼親見，朝著魏冠暮歸晉。可憐長安肉食兒，不如頑銅猶有知」，金銅仙人是死物，尚且有知落淚，以此反襯當日魏宮群臣乃至今日南宋朝廷眼見舊邦淪亡而無所作爲，諷喻之意十分明顯。

2、《湖陰曲》等題的中興之喻

　　更有一部份舊題樂府的擬作，著力於依託史事，關注漢逐匈奴、東晉中興等古樂府題材，借題發揮，寄託對南宋中興的期望。如《湖陰曲》一題，舊述東晉明帝微服察王敦營壘之本事。《晉書‧明帝紀》

〔註129〕　曹勛《方諸曲》，《全宋詩》，北京大學出版社，1998年，第33冊，21058頁。
〔註130〕　王曾瑜《開拓宋代史料的視野與〈三言〉、〈二拍〉》，四川大學學報（哲學社會科學版），2005年01期，93頁。
〔註131〕　周紫芝《金銅歌》序，《全宋詩》，北京大學出版社，1998年，第26冊，17084頁。

載：「敦將舉兵內向，帝密知之，乃乘巴滇駿馬微行，至于湖，陰察敦營壘而出。有軍士疑帝非常人。又，敦正晝寢，夢日環其城，驚起曰：『此必黃鬚鮮卑奴來也。』……於是使五騎物色追帝。帝亦馳去，馬有遺糞，輒以水灌之。見逆旅賣食嫗，以七寶鞭與之，曰：『後有騎來，可以此示也。』俄而追者至，問嫗，嫗曰：『去已遠矣。』因以鞭示之。五騎傳玩，稽留遂久。又見馬糞冷，以為信遠而止不追。帝僅而獲免。」〔註 132〕因此事，樂府有《湖陰曲》舊題，然而其辭亡佚，至晚唐，溫庭筠方「作而附之」，是為現存《湖陰曲》諸題之最早者。

至北宋，此題惟蘇轍、張耒二人有擬作。蘇轍之作云：「驊騮服箱驂盜驪，巡城三匝漫不知。帳中晝夢日繞壁，驚起知是黃鬚兒。馬鞭七寶留道左，猛士徘徊不能過」〔註 133〕，正是《晉書》所載本事的寫照，此外並無深意。張耒之作則更為嚴謹地考證本事，分辨題目淵源：「《本紀》云『敦屯于湖』，又曰『帝至于湖，陰察營壘而去』。頃予遊蕪湖，問父老湖陰所在，皆莫之知也。然則『帝至于湖』當斷為句，乃作《于湖曲》以遺之，使正其是非云」〔註 134〕，認為《湖陰曲》為斷句之誤，此題實當名為《于湖曲》。至於其辭云：「武昌雲旗蔽天赤，夜築於湖洗鋒鏑。巴滇駿駿風作蹄，去如滅沒來不嘶。日圍萬里纏孤壁，虜氣如霜已潛釋。蛇矛賤士識天顏，玉帳髯奴落妖魄」，也是對王敦屯兵于湖，明帝微行得脫一事的渲染。

然而至南宋，經歷了南渡之變後，文人在書寫《湖陰曲》時即將本事題詠與時事結合，以東晉喻同為劃江淮而治，偏安一隅的南宋，其讚頌中興，冀望光復的政治意義十分突出。如周紫芝《湖陰行》：

〔註 132〕《晉書》卷六・明帝本紀，中華書局，1974 年，第 1 冊，161 頁。
〔註 133〕蘇轍《湖陰曲》，《欒城集》，曾棗莊等校點，上海古籍出版社，1987 年，222 頁。
〔註 134〕張耒《于湖曲》，《張耒集》，李逸安等點校，中華書局，1990 年，28 頁。

石頭城南五馬渡，一馬成龍上天去。晉家天子再御朝，
洛陽胡騎空無數。當時枉道馬與王，高官飽食豐豺狼。車
前已賜蘭斑物，江上空餘劍戟場。日光射天驚賊壘，封豕
長蛇夢中起。倉皇只欲玩遺鞭，誰信龍媒已千里。黃須有
智人豈知，不料將軍未死時。著新脫故真是賊，白犬下醢
天應遲。誰道晉朝公與相，不及金谷園中兒。〔註135〕

開篇即用東晉渡江中興故事。西晉惠帝太安中童謠有「五馬游渡江，
一馬化爲龍」之句，「其後中原大亂，宗蕃多絕，唯琅邪、汝南、西
陽、南頓、彭城同至江表，而元帝嗣晉矣」〔註136〕，元帝即渡江五
王之琅琊王。下言「晉家天子再御朝，洛陽胡騎空無數」，則是以匈
奴陷洛陽喻指當日汴京之難，宗室盡沒，而高宗獨以身免，南來立國。
上述都是東晉史實，而又足堪爲南宋中興之喻。其後云「高官飽食豐
豺狼」，也是以西晉末年喻指北宋末的吏治腐敗。其後，詩篇便轉向
對中興之主宋高宗的讚美。高宗爲康王時曾出使金營求和，在河北磁
州受到民眾的勸阻，得以免入金營，爲敵所虜，《宋史》紀此事云：「康
王至磁州，州人殺王雲，止王勿行」〔註137〕，詩中寫「誰信龍媒已
千里」，即可視作對此事的影射。而周紫芝詩序云：「然敦之包藏禍心
蓋亦久矣，東晉君臣不戒履霜以翦豪釐，曾不若石崇廁婢知其它日必
善作賊，乃爲《湖陰後曲》以廣其意」〔註138〕，則是意指此刻金人
雖劃江淮而治，仍藏禍心，是中興之治的莫大威脅，也不無警醒宋室
統治者之意。

此外如李綱、呂本中之作，亦同此類。李綱《次韻湖陰曲》中，

〔註135〕 周紫芝《湖陰行》，《全宋詩》，北京大學出版社，1998 年，第 26
冊，17087 頁。
〔註136〕 《晉書》卷二十八・五行中，中華書局，1974 年，第 3 冊，845
頁。
〔註137〕 《宋史》卷二十三・欽宗本紀，中華書局，1985 年，第 2 冊，432
頁。
〔註138〕 周紫芝《湖陰行》序，《全宋詩》，北京大學出版社，1998 年，第
26 冊，17087 頁。

「眞主那從賊中死」、「千金安用事虎口，將帥何如思鼓鼙」〔註 139〕等句，借古喻今，抒發李綱本人的光復之志；篇末「九重宮殿鎖春色，豈如萬里秦城長」，借秦築萬里長城以禦匈奴之典，表明強兵拒敵方是正途，也隱晦地對北宋末年統治者耽於安樂之舉表示了批評。此後王阮、徐寶之《續湖陰曲》，亦廣此意。如王阮之作，「金陵指顧成長安」、「從來龍化中興主，不似黃鬚阿奴武」，是對高宗渡江立國的讚頌；「長江千里眞險哉，煌煌晉業流秦淮。江濤一洗妖氛息，湖陰千古琉璃碧」〔註 140〕，則是以晉之中興喻南宋之中興，寄託分明。

再如薛季宣《永嘉行》，亦是以兩晉喻兩宋。其辭云：

夷甫清談平子醉，晉俗浮虛喪節義。不聞胡虜哭桑林，九伯五侯無一至。洛陽宮中胡馬嘶，晉家天子行酒卮。驅出如羊晉卿士，婦辱面前爭敢知。胡兒居坐漢官立，不許紛紜但含泣。刃加頸上始覺憂，追悔前時又何及。胡塵坌起昏中土，人死如麻骼如阜。草萊萬里無舍煙，氈帳羊裘自來去。烏旗霧合胡笳咽，無援邊城腸斷絕。琅琊匹馬竟浮江，棄置存心堅片鐵。天驕一坐昭陽殿，九鼎遷移如轉電。噤聲不得悲楚囚，白版金陵謾龍變。數奇督運淳于伯，誅斬無名血流逆。若思不識是何人，卻是帥師臨祖逖。

〔註 141〕

通篇以西晉永嘉之亂引出。永嘉五年（311），匈奴劉聰攻陷洛陽，擄走晉懷帝，「焚燒宮廟，逼辱妃后……百官士庶死者三萬餘人」，七年春正月大會，更「使帝著青衣行酒」〔註 142〕，欺辱之甚，正可與北

〔註 139〕　李綱《次韻湖陰曲》，《全宋詩》，北京大學出版社，1998 年，第 27 冊，17583 頁。

〔註 140〕　王阮《續湖陰曲》，《全宋詩》，北京大學出版社，第 50 冊，31109 頁。

〔註 141〕　薛季宣《永嘉行》，《全宋詩》，北京大學出版社，1998 年，第 46 冊，28680 頁。

〔註 142〕　並見《晉書》卷五・孝懷帝本紀，中華書局，1974 年，第 1 冊，125 頁。

宋破國之際宋室貴冑百官的命運相觀照：「驅出如羊晉卿士，婦辱面前爭敢知」，種種忍辱偷生，追悔莫及之況，使人哀其不幸，復怒其不爭。此後寫東晉元帝匹馬渡江，心志如鐵，「天驕一坐昭陽殿，九鼎遷移如轉電」的盛況，即與時人《湖陰曲》所述略同，極喻高宗之英明神武，以及南宋定都後予人的莫大期冀。篇末提及常懷「振復之志」〔註 143〕，曾為東晉收復河南大片土地的東晉名將祖逖，其渴望渡江擊虜的光復之志亦一目了然。

然而至南宋後期，因朝廷長期偏安苟且，皇帝與重臣多不作為，此種政治氛圍，使得文人士大夫對於失地亡君之辱，山河破碎之恨，漸少關注；他們的憂國愛民之情，渴望中興之心也日漸麻木，於是其樂府詩立意和氣格普遍趨於平常。其中雖也有蘇泂《魯墟行》、劉宰《運河行》、戴復古《織婦歎》、趙汝鐩《耕織歎》、《田家歎》、洪咨夔《官採木》、《食糟行》、劉克莊《運糧行》、陳宓《長夏歎》等書寫民生疾苦，以及陳宓《檄中原》、杜範《漢中行》、釋居簡《哀三城》等表達抗虜之志向，其辭痛切，其音喑啞，也具備一定的現實意義。然而這些樂府詩篇，無論是在題材開拓或旨趣立意方面，皆無力再超越北宋時士大夫的淑世情懷與南渡後愛國詩人的長歌激烈，整體流於對前人作品的摹仿，故此處不再加以贅筆。

惟南宋末年，一些愛國詩人於家國破滅之際，以樂府詩書寫時事，寄寓感興，爆發出激越沉痛的末世之音。這部份詩作以文天祥為中心。如汪元量《姜薄命呈文山道人》是為獄中的文天祥所寫，謝翱《續琴操哀江南》、《邳州哭》等也都是因文天祥被俘之事而作。

文天祥自作《和夷齊西山歌》，用伯夷叔齊入首陽山采薇，義不食周粟之典以自明其堅貞，「小雅盡廢兮，出車采薇矣。戎有中國兮，人類熄矣。明王不興兮，吾誰與歸矣。抱春秋以沒世兮，甚矣吾衰矣」

〔註143〕《晉書》卷六十二・祖逖傳，中華書局，1974 年，第 6 冊，1694頁。

〔註144〕，而他所面臨的異族入侵，中原淪喪之境，甚至較夷齊所遭受的邦國興替更爲慘痛，令他發出了「戎有中國兮，人類熄矣」、「異域長絕兮，不復歸矣」的血淚之歎。而他在獄中時，集杜甫詩句作《胡笳曲》十八拍，自述抗元的經歷，如六拍云「胡人歸來血洗箭，白馬將軍若雷電。蠻夷雜種錯相干，洛陽宮殿燒焚盡。干戈兵革鬪未已，魑魅魍魎徒爲爾。慟哭秋原何處村，千村萬落生荊杞」，寫當年所見元軍荼毒生靈，焚蕩村落之況；十六拍云「嬌兒不離膝，哀哉兩決絕。也復可憐人，里巷盡嗚咽。斷腸分手各風煙，中間消息兩茫然。自斷此生休問天，看射猛虎終殘年」〔註145〕，則是拒絕元人以骨肉親情引誘他投降的堅決之筆，可敬可感。

　　這一套《胡笳曲》乃是因汪元量而作。文天祥自序云「水雲慰予囚所，援琴作《胡笳十八拍》」〔註146〕，由是經年而成詩。在文天祥囚於大都之時，汪元量曾多次至囚所探視，爲文天祥彈奏琴曲，勉勵其志，堅定其節。其《妾薄命呈文山道人》，便是作於其時。詩中擬女子口吻，喻文天祥爲耿耿丈夫，天下之雄，「諒無雙飛翼，焉得長相從」〔註147〕之句，是汪元量藉此自道，抒發對文天祥的欽佩敬仰。而「君當立高節，殺身以爲忠。豈無春秋筆，爲君紀其功」之句，則是勉勵文天祥篤志殉節。

　　這部份樂府詩雖然篇幅不多，然而因其整體圍繞著文天祥抗元入獄的經歷敘寫，具有鮮明的時代特徵，故而在此附錄一筆，以見南渡中興時期慷慨悲歌的時代精神之傳承終末。

〔註144〕　文天祥《和夷齊西山歌》，《文天祥全集》卷十五，中華書局影印世界書局，1936年版，389頁。

〔註145〕　以上文天祥《胡笳曲》，《文天祥全集》卷十五，中華書局影印世界書局，1936年版，370、372頁。

〔註146〕　文天祥《胡笳曲》序，《文天祥全集》卷十五，中華書局影印世界書局，1936年版，369頁。

〔註147〕　汪元量《妾薄命呈文山道人》，《全宋詩》，北京大學出版社，1998年，第70冊，44006頁下同。

第三章　宋代樂府詩對市民文化精神的接納

　　「市民文學嚴格地說，應是指有文人投入的反映市民愛好的文學」〔註1〕。按林庚先生所論，市民文學的主要興趣雖然不在於詩歌，但其波瀾所及，也爲詩歌主題的更新提供了契機〔註2〕。宋人已經開始「以小說眼光看待並演繹一些文人敘事歌行」〔註3〕，這一創作傾向，本身即意味著小說文體所代表的俗文學、市民文學對詩歌的影響。在即事名篇，注重敘事功能的樂府詩中，這一影響尤爲明顯。

　　宋代文人在廣義上將敘事歌行納入樂府的範疇，書寫通俗的故事題材，這一傾向，既是樂府徒詩化趨勢的體現，也受到唐人敘事歌行的影響。就創作而言，唐人敘事歌行已經開始體現市民文化關注故事藝術性的特質，「從白居易開始，文人才和市民文學逐步打成一片」〔註4〕。

〔註1〕 《中國文學簡史》，林庚著，北京大學出版社，1995 年，432～433
　　　　頁。
〔註2〕 《中國文學簡史》，林庚著，北京大學出版社，1995 年，432 頁。
〔註3〕 《走向世俗──宋代文言小說的變遷》，淩郁之著，中華書局，2007
　　　　年，109 頁。
〔註4〕 《中國文學簡史》，林庚著，北京大學出版社，1995 年，434 頁。

　　雖然郭茂倩編《樂府詩集》，並未收錄《長恨歌》、《琵琶行》、《李娃行》之類敘事歌行，認爲這類作品不在樂府之列，但是在部份宋代文人的觀念中，將敘事歌行視爲樂府之一體。如張戒《歲寒堂詩話》云：「如《長恨歌》雖播於樂府，人人稱誦」〔註5〕，是將之視作樂府之流；而紹興十三年所編的《張右史文集》，亦將其《周氏行》歸類爲「古樂府歌詞」，也是從創作方面著眼。這是宋代雅俗文學融合中所帶來的新觀念。

第一節　樂府題材與市民文學的接軌

　　市民文學的特點是愛好故事。隨著唐宋之際，尤其是宋代市民文學的興盛，一些通俗性的題材，如傳奇小說的演繹、下層民眾的生活狀態等，都更爲廣泛地進入文人樂府的創作視野，展現了文人士大夫自上而下的，對市井民眾趣味與生態的關注。

一、傳奇小說的詩化表達

　　在唐代，白居易、元稹等人的一些敘事歌行，如《長恨歌》、《李娃行》等，已經與當時的傳奇故事聯繫密切，詩篇的故事性非常強。而到了宋代，小說和雅文學的關係愈發緊密，受到文人的青睞，經常「被雅文學作者們閱讀、議論、採錄，並用作故實以炫示博學」〔註6〕。在這一趨勢下，一部份樂府詩所敘寫的故事，本身即源自唐宋之際的文人傳奇小說，是在傳奇小說基礎上的凝練與發揮。在這些詩篇的創作中，詩歌與小說領域的交會體現得十分明顯。

　　如黃裳《燕子樓》，敘寫白居易以詩諷關盼盼，導致其殉節之事。關盼盼爲張建封愛姬，在張建封死後居燕子樓中守節十數年，後因見白居易和其詩有譏刺之意，便絕食以殉節。白居易初有詩《燕子

〔註5〕　張戒《歲寒堂詩話》卷上，叢書集成初編本，7頁。
〔註6〕　《走向世俗——宋代文言小說的變遷》，凌郁之著，中華書局，2007年，107頁。

樓三首並序》，詳記其事；五代時，後蜀韋縠編《才調集》，亦錄關盼
盼《燕子樓》詩一首，當是因軼聞流傳之故。北宋小說初盛，張君房
輯纂的小說集《麗情集》中有《燕子樓》篇，據程毅中先生考，此篇
「疑出宋人所撰，姑置張君房名下」〔註7〕，認爲是宋代無名文人託
名張君房的作品。兩宋之交計有功《唐詩紀事》亦有「張建封妓」條，
敘事近《麗情集》而猶爲詳盡。因黃裳生活年代亦在北宋末，其時《燕
子樓》故事當已廣爲流傳，故詩篇的敘事與前人記述十分相近：

> 盼盼初歸樓上時，想如燕子長雙飛。有才將色世間少，
> 況復節義猶堪依。將軍一去十餘載，玉簫瑤瑟無心解。豈
> 不能死空相隨，以色累公非所知。白老曾爲賦詩客，風嬝
> 花枝醉無力。後會勳郎漢陽驛，因語歔欷已成昔。走筆還
> 賡美人句，猶感白楊堪作柱。我來登賞非唐人，尚引多情
> 聊愴神。人生眞盡皆爲塵，百年一餉難留春。高樓人散誰
> 復親，只有燕子年年新。〔註8〕

詩中頗多對相關事典的運用。如言「白老曾爲賦詩客，風嬝花枝醉無
力」，是化用白居易昔年席上曾爲關盼盼所題「醉嬌勝不得，風嬝牡
丹花」之句；而多年後盼盼守節獨居，白居易則「走筆還賡美人句，
猶感白楊堪作柱」，寫下「見說白楊堪作柱，爭教紅粉不成灰」的詩
句，導致盼盼自盡。〔註9〕這兩處全是直敘之筆，無一字抒情，然而
今昔之感尤爲鮮明。而「將軍一去十餘載，玉簫瑤瑟無心解。豈不

〔註7〕　《古體小說鈔‧宋元卷》，程毅中編，中華書局，1995 年，70 頁。

〔註8〕　黃裳《燕子樓》，《全宋詩》，北京大學出版社，1998 年，第 16 冊，
　　　　11042 頁。

〔註9〕　《白居易集》卷十五《燕子樓三首並序》，其序云：「徐州故張尚書
　　　　有愛妓曰盼盼，善歌舞，雅多風態。予爲校書郎時，遊徐、泗間。
　　　　張尚書宴予，酒酣，出盼盼以佐歡，歡甚。予因贈詩云：「醉嬌勝不
　　　　得，風嬝牡丹花。」一歡而去，邇後絕不相聞，迨茲僅一紀矣。昨
　　　　日，司勳員外郎張仲素繢之訪予，因吟新詩，有《燕子樓》三首，
　　　　詞甚婉麗。詰其由，爲盼盼作也。繢之從事武寧軍累年，頗知盼盼
　　　　始末，云：『尚書既歿，歸葬東洛。而彭城有張氏舊第，第中有小樓，
　　　　名燕子。盼盼念舊愛而不嫁，居是樓十餘年，幽獨塊然，於今尚在。』
　　　　予愛繢之新詠，感彭城舊遊，因同其題，作三絕句。」

能死空相隨，以色累公非所知」之句，則是自關盼盼的詩句與自述而
來。盼盼《燕子樓》詩其三「瑤琴玉簫無意緒，任從蛛網任從灰」
〔註10〕，自書張建封逝世後無心絃管，一心守貞之況，在決意自盡明
志之前又表明「自公薨背，妾非不能死，恐百載之後人以我公重色，
有從死之妾，是玷我公清範也，所以偷生耳」〔註11〕。黃裳在紀述此
事之餘，雖然也讚美盼盼的節義，並對其命運表達了一定的歡惋，但
其收束仍然落在「高樓人散誰復親，只有燕子年年新」一類物是人非
的感慨上，本質仍是以詩體寫小說故事。

　　又如周紫芝《得寶子》，寫唐明皇楊貴妃故事。據《樂府雜錄》：
「明皇初納太眞妃，喜謂後宮曰：『朕得楊氏，如得至寶也。』遂製
曲名《得寶子》」〔註12〕，詩題的來源本身已經是一件宮廷軼聞。詩
篇之中，如「日日霓裳按新曲」、「君王無事歡不足」的歌舞之樂，以
及「漁陽萬騎倉黃入，帳中妃子吞聲泣。當時掌上不忍看，玉骨埋時
煙雨濕」〔註13〕的死別之悲等，都與陳鴻《長恨歌傳》的敘述出入不
大，部份詩句甚至有一定的模仿《長恨歌》之感。至其末云：「凌波
襪在香未絕，萬人爭看俱傷情。一朝持入咸陽市，空得千金賈客驚」，
則頗有軼聞故事的影子。《青瑣高議》言楊貴妃憫災情，曾與唐玄宗
共同施捨衣物於佛寺發賣以作道場，而有僧人「贖得妃子襪一緉，持
歸江南」〔註14〕，後又爲中丞李遠訪求故物時以十萬錢所得。按《青
瑣高議》以劉禹錫《馬嵬行》「不見巖畔人，空見凌波襪。……將入
咸陽市，猶得賈胡驚」〔註15〕錄於其事之後，貴妃襪故事當是由此附

〔註10〕　《古體小說鈔・宋元卷》，程毅中編，中華書局，1995 年，70 頁。
〔註11〕　計有功《唐詩紀事》卷七十八，上海古籍出版社，1987 年，1126
　　　　頁。
〔註12〕　段安節《樂府雜錄》，叢書集成初編本，40 頁。
〔註13〕　周紫芝《得寶子》，《全宋詩》，北京大學出版社，1998 年，第 26 冊，
　　　　17085 頁。
〔註14〕　劉斧《青瑣高議》，《全宋筆記》第二編，大象出版社，2008 年，第
　　　　2 冊，76 頁。
〔註15〕　劉禹錫《馬嵬行》，《劉禹錫集》，卞孝萱校訂，中華書局，1990 年，

會改編而來。周紫芝以此事入樂府詩，既是對劉禹錫舊題筆墨的效法，也反映出對與之相關的傳聞故事的涉獵與接納。

　　這些詩篇雖然仍皆附會於史事，並非純粹的虛構故事，但也已涉及對《搜神記》、《青瑣高議》、《麗情集》之類傳奇小說的依託。如唐庚《古生》，則更是一篇全面依託於虛構的傳奇故事的作品。

　　《古生》篇所述的故事出自唐傳奇《無雙傳》，詩篇以其中的關鍵人物古生為主要描寫對象。《無雙傳》載於《太平廣記》卷四百八十六雜傳記類，寫王仙客和劉無雙的愛情故事。王仙客與無雙本是青梅竹馬，建中年間朱泚謀叛，天子出奔，無雙之父劉震亦謀劃逃難，命王仙客帶著財物細軟先行，並答應安全脫身後將無雙嫁給他。然而仙客走後，劉震一家未能逃出，劉震更被迫入偽朝為官，亂平之後，夫妻二人皆遭極刑，無雙亦沒入掖庭。其後王仙客歸京師，在無雙傳書指點之下，求助於古押衙，也就是古生：

> 塞鴻於閣子中褥下得書，送仙客。花牋五幅，皆無雙真迹，詞理哀切，敘述周盡。仙客覽之，茹恨涕下，自此永訣矣。其書後云：「常見敕使說，富平縣古押衙，人間有心人，今能求之否？」仙客遂申府，請解驛務，歸本官。遂尋訪古押衙，則居於村墅。仙客造謁，見古生，生所願，必力致之，繒綵寶玉之贈，不可勝紀，一年未開口。秩滿，閒居於縣，古生忽來，謂仙客曰：「洪一武夫，年且老，何所用？郎君於某竭分，察郎君之意，將有求於老夫。老夫乃一片有心人也，感郎君之深恩，願粉身以答效。」仙客泣拜，以實告古生。古生仰天，以手拍腦數四曰：「此事大不易，然與郎君試求，不可朝夕便望。」〔註16〕

在原著中，古生一目了然是一位重義輕生，有恩必報的俠士之輩，然而他的作為以一般道德而言，卻是頗有爭議的。他幫助王仙客從茅山道士處取得假死藥，從宮中救出無雙，是為了報答王仙客的厚待，卻

339 頁。
〔註16〕　《太平廣記》，中華書局，1961 年，第 10 冊，4004 頁。

也因此而斷送了若干條無辜者的性命。據救出無雙之後的敘述可知，爲防此事泄漏，王仙客的家人塞鴻、古押衙派去求假死藥的使者，甚至將假死的無雙抬到王仙客住處的舁箯人，都爲古生所殺。但古生本人在安排好一切之後，也毅然自刎，成爲全篇中最爲震撼的一幕：

> 古生又曰：「暫借塞鴻，於舍後掘一坑。」坑稍深，抽刀斷塞鴻頭於坑中。仙客驚怕。古生曰：「郎君莫怕，今日報郎君恩足矣。比聞茅山道士有藥術，其藥服之者立死，三日卻活。某使人專求得一丸，昨令採蘋假作中使，以無雙逆黨，賜此藥令自盡。至陵下，託以親故，百縑贖其尸。凡道路郵傳，皆厚賂矣，必免漏泄。茅山使者及舁箯人，在野外處置訖。老夫爲郎君，亦自刎。君不得更居此，門外有擔子一十人，馬五匹，絹二百匹，五更挈無雙便發，變姓名浪跡以避禍。」言訖，舉刀，仙客救之，頭已落矣，遂並尸蓋覆訖。〔註17〕

至宋代，古生這一形象已成爲重義任俠形象的代表。如王詵遇昔日歌姬囀春鶯而不可復得，即用其事作詩云「佳人已屬沙吒利，義士今無古押衙」〔註18〕，此外如「古生亦好事，恐是押牙孫」〔註19〕、「押衙逢義士，公主奉春官」〔註20〕等句中的事典運用，亦可見古生的刻畫有其深入人心之處。相對地，《無雙傳》中頗耗篇幅，細緻敘寫的王仙客與無雙的愛情故事，反而不太受到文人的關注。唐庚《古生》即是這樣一篇主旨鮮明的詩篇：

> 卷地風來怒濤起，驚散沙汀雙翡翠。誰將仙匹鎖金籠，

〔註17〕　《太平廣記》，中華書局，1961年，第10冊，4005頁。

〔註18〕　《苕溪漁隱叢話》前集卷六十：「《西清詩話》云，王晉卿都尉旣喪蜀國，貶均州，姬侍盡逐。有一歌者號囀春鶯，色藝兩絕，平居屬念，不知流落何許。後二年内徙汝陰，道過許昌市，傍小樓，聞泣聲甚怨。晉卿異之，問，乃囀春鶯也。恨不可復得，因賦一聯：『佳人已屬沙吒利，義士今無古押衙。』」

〔註19〕　蘇軾《東坡八首》其七，《蘇軾詩集》，王文誥注，孔凡禮點校，中華書局，1982年，第4冊，1083頁。

〔註20〕　白珽《河南婦》，《全宋詩》，北京大學出版社，1998年，第70冊，44274頁。

孤飛吟叫煙波裏。古生開鎖放珍禽，春江日暖重相尋。巧舌相和葦風軟，綺翼交飛菰浪深。壯哉古生眞任俠，氣義肝腸何激烈。功成不復更偸生，一劍揮霜襟濺血。世間美事多參商，白馬青梅人斷腸。古生埋沒在何處，江山流水空茫茫。〔註21〕

詩中即將王仙客與無雙喻爲一對被卷地風波吹散的翠鳥，一鎖金籠，一成孤飛，各自悲啼。這固然不失爲一個恰當的比喻，然而詩人的用意卻不止於此。《無雙傳》本是個首尾詳盡，人物諸多的故事，敘寫繁冗，頗具篇幅，而詩中藉此比喻，將原本故事中著重描寫的男女主角物化了，令他們退居於背景，使得古生這一人物形象得以獨重。

　　在古生的形象塑造方面，唐庚也是別具用心的，詩中眞正寫到古生的不過數句，然而俱是點睛之筆。如將《無雙傳》中古押衙如何盡心籌謀，救無雙出宮的部份，皆凝練爲輕描淡寫的一句「古生開鎖放珍禽」，而讀過《無雙傳》之人自然知曉其間的種種艱難不易，可謂以簡筆敘難事，盡畢其功。詩篇前半首喻王仙客與無雙之情史，辭藻極盡繁麗，多是春江日暖，翡翠雙飛等溫柔綺豔之景，也似是有意仿傚唐傳奇文采華豔的風格。而這些華美雍容的景物描寫，也更反襯出其後古生慷慨自刎，「功成不復更偸生，一劍揮霜襟濺血」的決絕冷毅。在這裡，唐庚亦隱去了《無雙傳》原著中古押衙爲防事泄，手殺數人的作爲，僅突出其輕生重義，不惜一死的可貴品質，令這一形象更加符合時人的道德審美傾向。至全詩終末，則是詩人作爲傳奇敘述者的一段補筆感慨，放眼世間多憾事，江山雖廣，卻無人再堪相託，將古生這一已逝的形象置諸廣闊的時空背景之下，更具不盡之致。

　　此外尚需提及一首《豫章逢故人歌》。此詩出自《永樂大典》卷

〔註21〕　唐庚《古生》，《全宋詩》，北京大學出版社，1998年，第23冊，15021頁。

三〇〇五，載爲雙漸所作，《全宋詩》收錄此篇時，亦由此輯出。詩中描寫雙漸與一位名爲蘇小卿的女子重逢的經歷，並講述了小卿的身世，似是一篇帶有自敘性質的歌行體樂府。然而這首詩又見於《永樂大典》卷二四〇五所收錄羅燁《醉翁談錄》中「煙花奇遇」佚文《蘇小卿》篇，爲小說中男主人公雙漸所創作的詩歌。蘇小卿爲閬江知縣之女，與郡吏雙漸相愛，後小卿父母雙亡，流落爲娼，又輾轉嫁爲人婦，最終兩人於豫章城下泊舟時再度相逢，約而私奔，終得偕老，《豫章逢故人歌》即是故事中雙漸與小卿重逢時所吟的詩篇。按史上雙漸其人生活年代約在熙寧年間，事跡難考，僅曾鞏有《送雙漸之漢陽》詩，周必大《記閤皁登覽》亦提及「本朝熙寧間，吉州通判雙漸」〔註22〕等，都只是姓名、官職的記錄，別無這一軼事的相關記載，而其官職也與《蘇小卿》篇所述不同。按《永樂大典》殘卷有詩集選本《詩海繪章》亦收錄此詩，研究認爲，這部書「可能是宋或元時的唐宋詩合選本，而最有可能爲南宋人所編纂」〔註23〕；而《醉翁談錄》成書在南宋末年，故此詩創作年代當在北宋後期至南宋末之間。史上雙漸既是北宋時人，復與曾鞏相交遊，在當時應非完全籍籍無名者，如他與小卿的故事眞有其事，則以宋人對時事軼聞的關注，不應直至南宋末方有故事流傳。因此，《豫章逢故人歌》更可能是後人託名雙漸而爲，是南宋年間無名文人的作品，將之視作宋無名氏的傳奇詩更爲妥當。

然而若將之置諸《蘇小卿》篇中，則這首詩作爲當事人雙漸的自歌其事，在小說中特定的敘事環境下，具備一定的樂府特質；而詩中對前代軼聞與相關詩歌的接納十分明顯，這一點也與樂府詩相類。如《豫章逢故人歌》開篇云「樂天當日潯陽渚，舟中曾遇商人婦。坐間

〔註22〕 周必大《二老堂雜誌》卷五，《全宋筆記》第五編，大象出版社，2012年，第 8 冊，381 頁。

〔註23〕 卞東波《〈永樂大典〉殘卷所載詩選〈詩海繪章〉考釋》，《中國韻文學刊》2007 年 02 期，103 頁。

因感琵琶聲，為託微詞寫深訴。因重佳人難再得，故言何必曾相識。
今日相逢相識人，青衫拭淚應無極」〔註24〕，是以白居易《琵琶行》
本事引出雙漸與小卿相逢的故事；其後對蘇小卿身世的描寫，「借問
舟中是誰氏，長自廬江佳麗地。蘇姓從來字小卿，桃葉桃根皆姊妹。
十歲清歌已遏雲，十一朱顏妒桃李。十二能描新月眉，十三解綰烏雲
髻」〔註25〕等，也與琵琶女的身世自述十分相似，詩篇整體呈現出對
《琵琶行》格局的模仿，又被置諸相似傳奇之中，也可謂「以小說眼
光看待並演繹一些文人敘事歌行」〔註26〕態度的延伸。敘事詩篇與傳
奇故事相結合，反映了宋代包括樂府詩在內的敘事類詩篇對傳奇小說
的接納，甚至二者的相互融合。

　　由於這些樂府詩的本事多出自前代軼聞乃至傳奇小說的內容，
在當時廣有流傳，因而其讀者多被默認為瞭解其脈絡因果，詩篇中
的敘事可以省略一些故事枝蔓，令通篇重點突出，繁簡得當。而在詩
篇的感發力方面，由於作為創作主體的文人並不過多地代入自己的
情緒，只是就情節加以適度渲染，使得讀者的體驗也更多地源自故事
本身。

　　此外，宋代文人在以樂府敘寫這類題材時，多發揮樂府敘事之
長，抱著一種說故事的心態：在詳細敘寫其事首尾之餘，又格外注重
對事件細節的刻畫，以渲染氛圍，刻畫人物。雖然篇中有時也雜入文
人自身的議論感懷，然而多屬較為普遍，人所共有的情感抒發，是為
了故事情節而服務的。

二、市井生活中的女性題材

　　在樂府詩與市民文學的接軌中，對下層女子生活際遇的刻畫佔
據了相當的篇幅。這是由宋代詩歌對小說等俗文學的接納所導致的。

〔註24〕　《永樂大典》，中華書局，1986年，1122頁。
〔註25〕　《永樂大典》，中華書局，1986年，1123頁。
〔註26〕　《走向世俗──宋代文言小說的變遷》，凌郁之著，中華書局，2007
　　　　年，109頁。

宋代的小說集如《麗情集》、《雲齋廣錄》等,均開始廣爲收錄「麗情」題材,關注女性的情感、身世,這種風習的流行,對樂府詩的本事選擇構成了相當的影響。如梅堯臣《花娘歌》、孫次翁《嬌娘行》、徐積《愛愛歌》、陳舜俞《雙溪行》、劉次莊《塵土黃》等,均寫歌妓漂泊無定之生涯;文同《冤婦行》、徐積《淮陰義婦》、《北神烈婦》、張耒《周氏行》、范端臣《新嫁別》等,則寫普通民間女子的身世訴求。而爲了令詩歌敘事與其女性題材相符合,篇中多用流麗之筆,也與前代樂府詩以文辭、意象取勝的美學傳統相合。

兩宋風習,士大夫家中多蓄歌姬,社會上的官私妓也頗多。這些女性的歌妓身份,令她們時常成爲一些市井間流行軼聞的主角,小說話本中也不乏以她們爲藍本的故事。而在宴飲歡會之時,文人得以與這些女子相識,切近地瞭解她們的身世故事、情感歸宿等,由此所作的樂府詩中,多不乏對她們的命運的關切與寫照。

如陳舜俞《雙溪行》,其序云:「熙寧七年九月,予遊吳興,遇致政張郎中子野,日有文酒之樂,時學士李公擇爲使君,幕客陳殿丞正臣,皆予故人。一日,正臣語予云:『昨日張子野過我,吾家有侍婢何氏,故范恪太尉之家妓也。窺子野於牖,識子野嘗陪范宴會,因感舊泣數行下。』予聞之惻然,交語公擇。公擇益爲之悽愴,即乃載酒選客,陪子野訪之。酒行,正臣不肯出何氏侑諸客飲,獨使在屏障中歌,及作笛與胡琴數弄而罷,其聲調無不清妙。惟子野以舊恩,得附屏障間問范之廢興及所由來。子野曰:『此范當年最所愛者。』於是諸客人人憐之,又嘉其藝之精,而恨其不得見也。予因作《雙溪行》。雙溪,吳興之水苕、雪雲也。」〔註27〕所記即是張先與范恪舊家妓何氏在多年後相逢的一段軼事。

范恪生卒年不詳,清錢保塘《歷代名人生卒錄》載其年五十卒,不知其據。現僅知是仁宗時人,康定元年(1040)因拒西夏之功遷內

〔註27〕 陳舜俞《雙溪行》序,《全宋詩》,北京大學出版社,1998年,第8冊,4957頁。

殿承制，而後「數有戰功，自龍、神衛四廂都指揮使累遷至侍衛親軍
馬步軍副都指揮使，歷坊州刺史、解州防禦、宣州觀察使、保信軍節
度觀察留後，以疾出為永興軍路副都總管，數月卒，贈昭化軍節度
使。」〔註28〕另蔡襄《端明集》有擬詔《范恪賜忠果雄勇功臣加柱國
進開國公》，陳舜俞序中稱其為太尉，則是當時對高階武官的敬稱，
而非范恪當真官居太尉之職。

　　觀范恪後半生居官，坊州、解州都在西北，宣州、保信軍則在今
安徽一帶，後又調任永興軍（在今西安），不久卒於任上。而張先天
聖八年（1030）中進士後，先知吳江縣，復任嘉禾判官，都在江南，
僅皇祐二年（1050）晏殊知永興軍時，辟張先為通判，張先有機會與
范恪相交，「陪為宴會」，或當在其時。以此類推，張先治平元年
（1064）以都官郎中致仕時，范恪墓木早拱。而張先與范恪的舊家妓
何氏再度相遇，算來也已隔了十五年以上。

　　此雖是張先之舊事，但李公擇、陳舜俞各自聽聞後，皆為之惻然
悽愴，竟至「載酒選客」，陪張先過訪，只為見何氏一面，促成一段
舊客相逢之佳話，由此亦可窺見當時文人對這些軼事的格外關懷。

　　　　星郎休官兩鬢白，慣作五侯堂上客。□□□□□□□，
　　　　半入人家鎖深宅。偶來花幕雙溪頭，聞有侍兒舊相識。五
　　　　馬情多載酒過，主人猶須屏障隔。黃昏移燭背重簾，初度
　　　　清歌響疏拍。宛轉別是京洛聲，中有離愁千萬尺。曲中復
　　　　作孤吹笛，玉龍一吟群籟寂。金罍不酌四座聽，淡月朦朧
　　　　掛空碧。更將餘意寫琵琶，手抹鳳槽鳴歷歷。梁州欲徹麼
　　　　弦斷，應恐外人知怨抑。主人不許傳青翼，獨聽星郎語近
　　　　壁。小聲嗚咽話當年，公子樽前最憐惜。朱門出後身轉輕，
　　　　往事消沉無處覓。星郎日有流落恨，迴向玳筵雙淚滴。勸
　　　　君收淚聽我歌，聚散有命可奈何。君不見隴頭水，入海不
　　　　知幾千里。又不見風中花，吹向千家復萬家。人生莫作等

〔註28〕　《宋史》卷三百二十三·范恪傳，中華書局，1985 年，第 30 冊，
　　　　　10466 頁。

　　　　閒別，事去老大空咨嗟。〔註29〕

詩篇以張先作爲敘事的主線人物，故一開篇即寫張先休官江南之況。范恪身故後，當年的歌兒酒使各自飄零，曾是座上佳客的張先亦已兩鬢斑白，予人以華屋山丘之感。由此翻出下文「聞有侍兒舊相識」，其驚喜可知。張先來訪何氏，全因主人陳正臣向他人誇說此事引發，陳正臣卻又以帷幕阻隔，不令何氏出見，這種做法難免有些小氣和不近人情，令人歎惋，「主人猶需屏障隔」一句，便是委婉地表達歎息之情。而陳正臣此舉，也難免引人遐想帷幕之後何氏的美好姿容，至何氏一展技藝，清歌婉轉，琵琶幽怨之際，亦愈發坐實了她身爲范恪「當年所最愛者」的地位。何氏與張先隔著帷幕的一番對答，則是全篇的高潮部份。舊識重逢，說起當年的「公子樽前最憐惜」與今日的「往事消沉無處覓」，今昔對比之下，兩人都感慨叢生，淒然落淚。至於其「聚散有命可奈何」，以及隴水風花的比喻，則都是陳舜俞對張先的勸慰，是相當普遍的別離之思。然而通觀全篇的敘事部份，也不乏對何氏姿容技藝的讚美，並歎惋其如風中落花一般的流離命運。

　　又如梅堯臣《花娘歌》中「官私乘釁作威棱，督促倉惶去閭里。蕭蕭風雨滿長溪，一舸翩然逐流水」〔註30〕，寫花娘爲官府所逐，悽惶落索之態如在目前；孫次翁《嬌娘行》篇末則云「嬌娘嬌娘眞可惜，自小情多好風格。只恐情多誤爾身，休把身心亂拋擲」〔註31〕，是對流落江湖的嬌娘的諄諄勸慰，殷切可感，都寄寓了當時文人對歌妓命運的深切同情。此類例子猶多，因篇幅所限，不再贅引。

　　此外，宋代文人對市民階層的生活有較爲深入的瞭解，其樂府詩

〔註29〕　陳舜俞《雙溪行》，《全宋詩》，北京大學出版社，1998 年，第 8 冊，
　　　　　4957 頁。

〔註30〕　梅堯臣《花娘歌》，《梅堯臣集編年校注》，朱東潤校注，上海古籍出
　　　　　版社，1980 年，236 頁。

〔註31〕　孫次翁《嬌娘行》，《全宋詩》，北京大學出版社，1998 年，第 18 冊，
　　　　　11784 頁。

中對平民女性的單純而熱烈的情感訴求，描寫亦十分鮮活。以張耒《周氏行》爲例：

> 亭亭美人舟上立，周氏女兒年二十。少時嫁得刺船郎，郎身如墨妾如霜。嫁後妍媸誰復比，淚痕不及人前洗。天寒守舵雨中立，風順張帆夜深起。百般辛苦心不惜，妾意私悲鑒中色。不如江上兩鴛鴦，飛去飛來一雙白。長淮杳杳接天浮，八月搗衣南國秋。譁說鯉魚能託信，只應明月見人愁。淮邊少年知妾名，船頭致酒邀妾傾。賊兒惡少謾調笑，妾意視爾鴻毛輕。白衫烏帽誰家子，妾一見之心欲死。人間會合亦偶然，灘下求船忽相値。郎情何似似春風，靄靄吹人心自融。河中逢潭還成阻，潮到蓬山信不通。百里同船不同枕，妾夢郎時郎正寢。山頭月落郎起歸，沙邊潮滿妾船移。郎似飛鴻不可留，妾如斜日水東流。鴻飛水去兩不顧，千古萬古情悠悠。情悠悠兮何處問，倒瀉長淮洗難盡。只應化成淮上雲，往來供作淮邊恨。〔註32〕

通篇代入周氏的口吻、視角，對她的心態加以體貼。周氏是一位年輕美貌的船家少婦，她雖不滿於丈夫的粗陋，對這段婚姻關係卻是忠貞的，「淮邊少年知妾名，船頭致酒邀妾傾。賊兒惡少謾調笑，妾意視爾鴻毛輕」，對於輕薄少年的調笑，她不屑一顧，分毫不爲所動。然而這樣的日子被打破了，周氏熱烈地愛上了一位來租船的翩翩少年，「白衫烏帽誰家子，妾一見之心欲死」，語出直白，對他的傾慕分毫不加掩飾。在與少年同船的日子裏，她無時無刻不在思念對方，然而「百里同船不同枕，妾夢郎時郎正寢」，雖然兩人近在咫尺，這份感情卻得不到回應，只是無望的單相思。況且少年只是租船的過客，他登岸離去時，周氏所在的船隻也再度啓航，從此相見無望。但即便如此，她也還將抱著這份無望的深情，在淮上日復一日的撐船生涯中終老，這個故事亦由此得到悲劇性的昇華。

〔註32〕　張耒《周氏行》，《張耒集》，李逸安等點校，中華書局，1990年，43頁。

　　詩篇通篇採用第一人稱的筆法，語言亦淺顯明白，表情達意都十分直接，符合周氏船家女子的身份，可見詩人的用心。詩中對於周氏被社會道德觀念所約束，卻仍默默追求自由的愛情的矛盾心理，以及她對意中人的單相思，都刻畫得十分生動。在這體貼入微的描寫中，詩人對周氏寄予的同情，讀來亦感同身受。而周氏對自由愛情的渴望，也與宋元小說話本中市民階層女性的情感追求有異曲同工之妙。

　　至於徐積的《淮陰義婦》《北神烈婦》，以及范端臣的《新嫁別》之類，則是寫發生在鄉里女子身上的不幸遭遇，因是身邊的普通人家之事，其生活氣息更強，敘事也極其真切。如《淮陰義婦》中，李氏得知後夫乃是殺害前夫的仇人之後，先是到官府告發，然後「縛其子赴淮，投之於水，已而自投焉」〔註33〕。詩篇代入李氏的口吻，「當時但痛君非命，今日方知妾累夫」，痛切述說因自己上當受騙，令丈夫的大仇沉冤數載的悔恨悲傷，而在夫仇得報之後，又自覺「幾年污辱無由雪，長使清淮滌此軀」，毅然赴死。在封建社會以節義要求女子的道德標準下，「蓋以謂不義而生，不若義而死也，故謂之義婦」，詩中讚她「貌好如花心似鐵」，正是對她的決烈抱以極高的敬意。而詩人選取這樣的故事作為樂府詩的敘寫對象，或許也不乏《謝小娥傳》之類寫女子為夫復仇經歷的小說的影響。

　　再如《新嫁別》，是以無辜被逐的鄰家新嫁娘口吻，歷歷述說自己的不幸遭遇。這位新嫁娘出生在一戶貧困的農家，「妾從五歲遭亂離，頻年況逢年凶饑。母躬蠶桑父鉏犁，耕無餘糧織無衣。十年辛苦寸粒積，倒篋傾囊資女適」〔註34〕，家人歷盡艱辛，傾盡微薄的家底，方為她籌備好嫁妝，歡歡喜喜送她出門。但是過門當天，夫家便遭了

〔註33〕　徐積《淮陰義婦》序，《全宋詩》，北京大學出版社，1998 年，第 11
　　　　　冊，7573 頁下同。
〔註34〕　范端臣《新嫁別》，《全宋詩》，北京大學出版社，1998 年，第 38 冊，
　　　　　24039 頁下同。

竊，令她蒙受不白之冤：「豈知薄命嫁良人，招得偷兒夜穿壁。曉看
奩橐無餘遺，羅綺不見空淚垂。公姑忌妾遣妾去，歡意翻成長別離」。
不獨父母辛苦爲她備下的妝奩都被偷走，還引得公婆猜疑，將她休
棄。「不恨良媒恨妾身，生離不爲夫征戍」之句，則是新嫁娘離去時
的悲歎。農家夫婦分別，多是因爲丈夫去服兵役，一般人對此亦有心
理準備，但她與丈夫無辜分離，卻如晴天霹靂一般，亦無處訴此冤情。
這一句肺腑之歎，十分眞實地刻畫了新嫁娘蒙冤不白，入地無門的心
情，尤爲哀切動人。詩人若不是對她的遭遇懷著深刻的悲憫，其筆致
恐難如此體貼入微。

　　宋代文人以樂府詩敘寫下層女性的身世命運之時，普遍都以讚美
與同情的筆致去描繪她們的形象，體貼她們的心情。如徐積筆下的愛
愛「居娼家而不爲娼事者，蓋天下無一人，而愛愛以小女子，能傑然
自異，不爲其黨所污」〔註35〕，品性十分高潔；孫次翁筆下的嬌娘雖
是歌妓之身，然而「善歌舞，學詩詞，談論端雅，儼然有君子之風」；
徐積筆下的北神烈婦則「知其義利之分，死生之輕重，故至於殺身而
不悔也」〔註36〕。然而在這些敘事中，都較少關注女子過於剛毅勇決，
不夠女性化的一面，這或許也反映了宋代文人之中較爲普遍的女性審
美傾向。

第二節　市民文化精神滲透下的文人樂府

　　宋代文人用樂府詩之體寫傳奇小說、故事軼聞，都受到市民文化
精神的浸染與影響，呈現出注重故事情節和人物刻畫的特點，具備相
當的趨俗性質，「潛在地反映著宋世文化與文學的轉型」〔註37〕。在

〔註35〕　徐積《愛愛歌》序，《全宋詩》，北京大學出版社，1998 年，第 11
　　　　　冊，7641 頁。
〔註36〕　孫次翁《嬌娘行》序，《全宋詩》，北京大學出版社，1998 年，第 11
　　　　　冊，7574 頁。
〔註37〕　《走向世俗——宋代文言小說的變遷》，凌郁之著，中華書局，2007
　　　　　年，107 頁。

樂府詩的創作方面，有著進一步開拓之功。此外，詩篇敘事也有故事性、通俗性的傾向，這都是與樂府的徒詩化趨勢相合的。然而這些宋人樂府的本質仍是文人詩，是雅文學，雖然題材選擇受到市民文化精神的影響，但在詩歌的整體風貌上，仍然秉承文人士大夫的眼界、思想與情懷。

一、歷史故實的故事性敘寫

　　宋代之前的樂府詩中本就具備以詩篇敘述人事的傳統。如劉克莊謂「《焦仲卿妻》詩，六朝人所作也。《木蘭詩》，唐人所作也。樂府惟此二篇作敘事體，有始有卒，雖辭多質俚，然有古意」，強調《焦仲卿妻》與《木蘭詩》的敘事特質。而宋前樂府敘事不獨此二篇。《羽林郎》、《陌上桑》、《秦女休行》、《東海有勇婦》等諸篇，也是題詠一時之人事，或具備本事依託，或在軼聞基礎上虛構了一個完整的故事。如《陌上桑》言「羅敷出採桑於陌上，趙王登臺見而悅之，因置酒欲奪焉。羅敷巧彈箏，乃作《陌上桑》之歌以自明，趙王乃止」〔註38〕；《秦女休行》「大略言女休爲燕王婦，爲宗報仇，殺人都市，雖被囚繫，終以赦宥，得寬刑戮也」〔註39〕，等等，都是宋前樂府中故事性十分鮮明的詩篇，而且大多是女性的故事。

　　這類「敘事體」的古樂府，敘事十分直白。或是以當事人自身的視角敘寫，或是以第三者視角敘寫，但整個事件都圍繞著當事人的經歷展開。在這種寫作方式下，詩歌即是故事本身，臨場感十分強。然而在前代樂府中，這類作品還不多。古題本事雖被繼承傳寫，但是題材畢竟較少，創作面也相對狹窄。此外，在敘事類古題的傳寫之中，隨著本事流變與詩歌藝術風格的變化，一些擬作的內容流爲抒情乃至議論，對故事本身的敘述並不突出，甚至還有所淡化。而在宋代，敘

〔註38〕 崔豹《古今注》，《漢魏六朝筆記小說大觀》，上海古籍出版社，1999年，238頁。

〔註39〕 郭茂倩《樂府詩集》卷六十一·雜曲歌辭一，中華書局，1979年，第3冊，886頁。

事類樂府的題材得到拓展，廣爲涉及故實傳聞、時人軼事等方面，文人在創作時亦重視敘事，對前代的傳統予以發展。

此外，古樂府中有許多篇章雖非敘事之體，但都源自於燕婉深情的故事。如《桃葉歌》、《團扇郎》、《阿子歌》、《督護歌》等，多被視爲自歌其事。後世文人在本事考辨的過程中，亦不乏對樂府古辭「給予故事的解釋與作者的附會」〔註40〕之舉。對故事性本事的重視，也極大地影響了宋代文人的樂府詩創作。至於《陌上桑》、《明妃曲》等具備故事性本事的舊題，歷代傳寫不輟，題材的接受更是較爲普遍，此處暫不列舉。

宋代文人以樂府詩體寫故事軼聞，最重要的方面即是對前代本事的發掘。本事是敘事類樂府的重要構成要素之一。宋代樂府詩在秉承古樂府的敘事傳統之餘，又受到文人以才學爲詩的特質影響，不乏搜求故典，對前代史實加以傳奇化之作。在這類樂府詩中，多見對相關事典的運用，其功能或直述其事，或渲染氛圍，令詩篇的故事性愈發鮮明。這些樂府詩的題材雖接近詠史，但是在表述方面傾向於寫一個首尾俱全的故事，而不是發感慨議論。

如文同《賈佩蘭歌》，雖也涉及《搜神記》內容，但其主旨仍是寫《漢書》所載的戚夫人之事，屬於對前代史實的故事性敘述。賈佩蘭事見《搜神記》：「戚夫人侍兒賈佩蘭，後出爲扶風人段儒妻，說在宮內時，嘗以絃管歌舞相歡娛，競爲妖服，以趨良時。十月十五日，共入靈女廟，以豚黍樂神，吹笛擊筑，歌《上靈》之曲，既而相與連臂，踏地爲節，歌《赤鳳皇來》。乃巫俗也。」〔註41〕賈佩蘭只是個漢宮侍女，這段故事也只是講述戚夫人受寵時宮中的風俗，但對於熟習古史之人，也十分容易就此聯想到她的舊主戚夫人的遭遇。《賈佩蘭歌》便在一條貫穿的敘事線中，同時講述了賈佩蘭和戚夫人兩人的

〔註40〕　羅根澤《南朝樂府中的故事和作者》，《羅根澤古典文學論文集》，上海古籍出版社，2009年，352頁。

〔註41〕　《新輯搜神記》卷七，李劍國輯注，中華書局，2007年，116頁。

命運：

> 綠髮憶新梳，君前侍玉壺。相隨五色鳳，飛止帝宮梧。
> 鳳時入紫煙，一舉萬羽趨。乘風恣敖蕩，眾首傾雲衢。帝
> 既天上行，留鳳不與俱。鍛翮下永巷，髡髮編鉗徒。赭衣
> 舂且歌，北望鸑鷟呼。凜凜赤喙鳩，一杯死其雛。鳳亦飲
> 瘖藥，鞫域支體殊。娥姁豈不仁，幸此全賤軀。歸來南山
> 下，秋風裂羅襦。寒床覆龍具，霜雪侵肌膚。忽自感時節，
> 臨風只長吁。徒懷披庭事，飲泣對民夫。

全詩以賈佩蘭對漢宮中事的回憶開篇。詩中將常伴劉邦左右的戚夫人
比作鳳凰，既符合她的身份，也與《搜神記》所載「歌《赤鳳皇來》」
之事相扣。然後鋪陳筆墨，寫戚夫人受寵之時一呼百應的威儀，賈佩
蘭身為戚夫人侍女，對宮中女子在戚夫人引領下「競為妖服，以趨良
時」，歌舞相娛的風習亦必毫不陌生。而在扣《搜神記》所載故事，
盡力鋪敘當初盛事之後，詩人的筆鋒立即急轉，寫劉邦逝後戚夫人無
所依託，遭受迫害之況。「鍛翮下永巷，髡髮編鉗徒。赭衣舂且歌，
北望鸑鷟呼」，即是《漢書》所載呂后幽禁戚夫人之事：「令永巷囚戚
夫人，髡鉗，衣赭衣，令舂。戚夫人舂且歌曰：『子為王，母為虜。
終日舂薄暮，常與死為伍。相離三千里，誰當使告汝』」〔註42〕。詩
句全依史書之描寫，而復據「雄曰鳳，雌曰皇，其雛為鸑鷟」〔註43〕
之典故，以鸑鷟喻戚夫人之子趙王如意，因趙王封地在北，故云「北
望鸑鷟呼」。而後又以「凜凜赤喙鳩」喻呂后鴆死趙王如意，「鳳亦飲
瘖藥，鞫域支體殊」，寫「太后遂斷戚夫人手足，去眼薰耳，飲瘖藥，
使居鞫域中」〔註44〕的慘痛遭遇。

戚夫人遭難後，賈佩蘭雖然幸免一死，得以出宮，卻也際遇堪憐。

〔註42〕 《漢書》卷九十七・外戚傳上，中華書局，1995 年精裝版，3937
頁。
〔註43〕 徐堅《初學記》卷三十，中華書局，1962 年，723 頁。
〔註44〕 《漢書》卷九十七・外戚傳上，中華書局，1995 年精裝版，3938
頁。

她所嫁的段儒，原書中並未提及是何許人，而文同在詩中將他的身份處理成「民夫」。民夫一詞，顏師古注《漢書》，「謂未爲宮婢時，有舊夫見在俗間者」〔註45〕，是宮女在入宮前所嫁的丈夫；而在宋代，其詞義發生了變化，一般指被徵募去服勞役的平民。《搜神記》明寫賈佩蘭「後出爲扶風人段儒妻」，是出宮後方才嫁人，文同所用，當非《漢書》之義，而是泛指服役之民眾，更突出了賈佩蘭前後處境的不同。她在宮中時，綠髮新梳，手持玉壺，隨侍在劉邦與戚夫人左右，也是綺年玉貌，生活無憂的少女，出宮嫁爲民婦之後，則「秋風裂羅襦」、「霜雪侵肌膚」，境遇之困苦，較從前乃是天淵之別。縱然念及舊情，悲傷於戚夫人的遭際，也只能對著丈夫吞聲垂淚，而全詩亦在這種物非人亡的悽愴氣氛中收束。

　　文同之作，通篇將《漢書》所述史實的陰沉慘刻與《搜神記》傳說的韻致風流合二爲一，在敘事之外又加以合理的想像，對種種事典的運用亦十分精當。然而這首樂府詩雖託於史實與傳說，紀事分明，但其內容與其說是表達對戚夫人、賈佩蘭命運的歎惋，毋寧說是後世文人在搜求故典之際，對一件前代宮闈之事的想像與書寫，因而全詩都著力於故事情節的刻畫，亦多描繪之筆。

　　徐積《項羽別虞姬》、《虞姬別項羽》兩篇，分別託爲項羽、虞姬口吻，寫項王烏江別虞姬之事。這一本事，古樂府原有舊題，如《力拔山操》、《項王歌》等，然而都是對項羽形象的塑造，對虞姬並無正面描寫。直至宋代，「近世又有《虞美人曲》，亦出於此」〔註46〕，同時也出現了一些刻畫虞姬形象的樂府詩，如王安石《虞美人》、許彥國《虞美人草行》等。而徐積二作中，《項羽別虞姬》但云：「垓下將軍夜枕戈，半夜忽然聞楚歌。詞酸調苦不可聽，拔山力盡無如何。將軍夜起帳中舞，八百兒郎淚如雨。此時上馬復何言，虞兮虞兮奈何汝」

〔註45〕　王先謙《漢書補注》，中華書局，1983 年，1368 頁。
〔註46〕　郭茂倩《樂府詩集》卷五十八・琴曲歌辭二，中華書局，1979 年，
　　　　　第 3 冊，850 頁。

〔註47〕，仍是寫項羽垓下被圍之事，其意平平，而以《虞姬別項羽》篇幅更長，故事性更強，也更見用心：

妾向道，向道將軍施恩義，將軍一心靳財利。妾向道，向道將軍莫要爲人患，坑卻降兵二十萬。懷王子嬰皆被誅，天地神人咸憤怨。妾向道，向道將軍莫如任賢能，卻信奸言疑范增。當時若用范增者，將軍早已安天下。天下成敗在一人，將軍左右多姦臣。受卻漢王金四萬，賣卻君身與妾身。妾向道，向道將軍不肯聽，將軍雖把漢王輕。漢王聰明有大度，天下英雄能駕御。將軍唯恃力拔山，到此悲歌猶不悟。將軍不悟兮空悲歌，將軍雖悟兮其奈何。賤妾須臾爲君死，將軍努力渡江波。〔註48〕

兩宋寫虞姬的樂府詩篇章，大多著眼於項羽兵敗，虞姬楚帳自刎的一幕，如「香魂夜逐劍光飛，清血化爲原上草」〔註49〕、「當時楚士盡漢歸，只有虞兮心不離」〔註50〕等，皆是美其容顏，悲其命運，贊其忠貞之作。而徐積此作別具用心，並無一字提及虞姬的姿容，對其「賤妾須臾爲君死」的忠貞也只是在卒章方著一筆，此外通篇都著力於將之塑造爲一位深明事理的女性形象。這首詩純以虞姬口吻寫就，詩人在史實基礎上發揮想像，書寫她在帳中自刎之前對項羽的一番傾訴。在詩中，虞姬歷歷回顧了她如何勸項羽施恩義、行仁政、任賢能，不可驕傲輕敵，並細數諸事的利弊，也反映出詩人對相關史事故實的熟稔。而詩句反覆以「妾向道」起句，愈發渲染出虞姬反覆勸囑的殷切，也側寫了項羽的不肯聽人一言的剛愎自恃，即便到了窮途末路，

〔註47〕 徐積《項羽別虞姬》，《全宋詩》，北京大學出版社，1998 年，第 11 冊，7570 頁。

〔註48〕 徐積《虞姬別項羽》，《全宋詩》，北京大學出版社，1998 年，第 11 冊，7570 頁。

〔註49〕 許彥國《虞美人草行》，《全宋詩》，北京大學出版社，1998 年，第 18 冊，12399 頁。

〔註50〕 謝翱《虞美人草詞》，《全宋詩》，北京大學出版社，1998 年，第 70 冊，44295 頁。

仍然至死不知其非，「到此悲歌猶不悟」的悲劇形象。在以倒敘口吻
寫項羽橫行天下直至兵敗自刎的故事之餘，也通過虞姬之口展現了詩
人自身的學識見地。

　　再如劉攽《茂陵徐生歌》，其事見《太平御覽》：「茂陵徐生上疏
言霍氏太盛。後霍氏誅滅，而告霍氏者皆封。人為徐生上書曰：『臣
聞客有過主人者，見其竈直突，旁有積薪，客謂主人更為曲突，遠徙
其薪，不者，且有火患。主人嘿然不應。俄而家果失火，鄰里共救之，
幸而得息。於是殺牛致酒，謝其鄰人。灼爛者在於上行，餘各以功次
坐，而不祿言曲突者。』」〔註51〕而詩中言「茂陵徐生老且迂，一心
區區長信書」，「徙薪曲突事不爾，壯侯幾人能受封」〔註52〕，既是對
這一故實的切近敘寫，也是詩人對史事的議論與點評。

　　此外也有一些詩篇並非首尾俱全的敘事之體，而是更傾向於人
物形象的描繪，其故事性雖然稍弱，然而所述本事也件件分明。如呂
陶《河津女》，寫女娟為趙簡子劃舟之事。女娟事跡出《古列女傳·
趙津女娟》篇，頗具篇幅，此處不能贅錄，惟引郭茂倩編《樂府詩
集》概其事曰：「女娟者，趙河津吏之女也。簡子南擊楚，津吏醉臥，
不能渡簡子。簡子怒，召欲殺之。娟懼，持楫走前曰：『願以微軀易
父之死。』簡子遂釋不誅。將渡，用楫者少一人。娟攘拳操楫而請，
簡子遂與渡，中流，為簡子發《河激之歌》。簡子歸，納為夫人。」
〔註53〕在這個故事中，女娟先是代父求情，令父親得免死罪，而後又
為趙簡子劃舟歌唱，被納為夫人。呂陶之詩，則將故事攔腰截斷，僅
以後者作為敘述對象：「河津女娟者，可與壯士儔。簡子欲南渡，誰
人為撐舟。娟奮紅袂起，姿容盛優柔」〔註54〕，描繪女娟自請劃舟時

〔註51〕　《太平御覽》卷三百九十三，中華書局，1994 年，第 4 冊，285 頁。
〔註52〕　劉攽《茂陵徐生歌》，《全宋詩》，北京大學出版社，1998 年，第 11
　　　　　冊，7162 頁。
〔註53〕　郭茂倩《樂府詩集》卷八十三·雜歌謠辭一，中華書局，1979 年，
　　　　　第 4 冊，1169 頁。
〔註54〕　呂陶《河津女》，《全宋詩》，北京大學出版社，1998 年，第 12 冊，

的美好姿容，而她之前冒死爲父求情的壯舉則在故事之外，爲讀者所共知，因而無需贅筆，即塑造出柔婉中更見剛強的形象。

此外，詩中又詳細敍寫女娟的言行，如「波濤激無際，駭畏事禱求。杳冥若影響，自爾蒙神休。交龍助其維，歸棹勿夷猶」，是對所唱《河激歌》中「水揚波兮杳冥冥，禱求福兮醉不醒」、「蛟龍助兮主將歸，浮來棹兮行勿疑」〔註55〕等句的再現；「褘褕響環佩，蘋藻奉薦羞」則既是實寫趙簡子欲納女娟爲夫人，女娟卻言「夫婦人之禮，非媒不嫁」〔註56〕而辭去，於是趙簡子歸而行納幣之禮方能迎娶之事，亦是以封建道德標準讚揚女娟行止之端莊。

樂府詩的創作，本就有注重故實的一面。到了宋代，文人重閱讀，重才學，更是前所未有地關注樂府詩本事的考辨，而詩歌的藝術闡發與想像，都是在本事切實的基礎上再作合理髮揮。隨著雅俗文學的逐漸合流，一些前代事典也被雅文學作者「用作故實以炫示博學」，憑藉典故化而進入詩歌系統之中。因此，宋代文人除了廣泛考辨樂府舊題的本事之外，在自立新題時，也表現出對古史傳說、典籍軼事的前所未有的關注，於記述人事的古樂府舊題之外又發掘出不少新的題材，以樂府詩敍寫其事。在創作時，他們亦注重物象的渲染與事典的運用，使篇章風格繁麗，文采斐然。

二、時人軼事的廣泛入詩

在市民愛好故事的文化趣味的影響下，宋代文人詩也呈現出一定的小說特質，表現爲文人對時事軼聞的普遍關注，並對其予以故事性的敍寫。這一發展，充分繼承了樂府即事立題的傳統。

如周邦彥《天賜白》，所述即是宋夏戰爭中的眞人實事。其序云：「永

7742 頁。
〔註55〕 郭茂倩《樂府詩集》卷八十三・雜歌謠辭一，中華書局，1979 年，第 4 冊，1169 頁。
〔註56〕 劉向《列女傳譯注》，張濤譯注，山東大學出版社，1990 年，221 頁。

樂城陷，獨王堪（湛）、曲眞（珍）夜縋以出。眞持木爲兵，且走且敵。前陷大澤中，顧其旁有馬而白，暫騰上馳去。五鼓，達米脂城，因以得脫。眞名其馬爲天賜白。蔡天啓得其事於西人，邀予同賦」〔註57〕，所述乃是北宋與西夏的戰爭中，永樂城失守，守將曲珍在逃亡途中見到一匹白馬，乘之脫身之事。永樂城陷，曲珍逃歸之事，見《皇朝編年備要》：「（元豐五年）九月，夏人陷永樂城」，又注云「夜半，城遂陷，禧、舜舉及陝西運判李稷俱死之。曲珍及王湛、李浦逃歸」〔註58〕。曲珍、王湛，即周邦彥詩序中曲眞、王堪，據《長編》載，「（元豐五年八月）徐禧、李舜舉及沈括等以丙辰發延州，蕃漢十餘軍，所將凡八萬役夫，荷糧者倍之。李浦將前軍，呂眞佐之，曲珍將中軍，高永能佐之，王湛將後軍，景思誼佐之」〔註59〕，則周邦彥所錄當屬傳聞之誤。詩篇並不如何關注戰事本身及其現實影響，而是以天賜白馬爲主：「挽絙竊出兩將軍，敵箭隨來風掠耳。道傍神馬白雪毛，噤口不嘶深夜逃」，突出逃亡途中忽遇白馬，有如神助的場景。雖是紀實之作，但天賜白馬的故事本身又帶有一定的傳奇色彩，與市民文學的趣味十分吻合。

此外，宋代文人寫時人軼事，很多時候都在詩前著一小序，明寫其本事因由。這些小序通常有一定的故事性，對事件始末敘寫詳細，代詩歌承擔了一定的敘事功能，令詩歌的敘事節奏與側重更爲靈活。既然這些講述故事的功能已大多由小序所完成，樂府詩本身便可以形成敘事與抒情並重的書寫模式，作爲旁觀者的文人對這些軼事的歎惋與感慨，也都自然而然地融入故事之中。

1、時代背景下的故事呈現

北宋立國之初尚未一統江南，頗有征戰；此後在與遼、夏的相持

〔註57〕 周紫芝《天賜白》序，《全宋詩》，北京大學出版社，1998年，第20冊，13424頁詩同。

〔註58〕 陳均《皇朝編年備要》卷二十一，宋紹定刻本。

〔註59〕 李燾《續資治通鑑長編》卷三百二十九，中華書局，2004年，第13冊，7921頁。

中，亦頗受邊患所擾。南渡之際，半個中原都遭受了家國破碎的苦難。如晁補之《芳儀怨》、曾季貍《秦女行》等，便是在家國動盪的歷史大背景下，敘寫女子顛簸流離，身不由己的命運。

如晁補之《芳儀怨》自注云：「事見《虜廷雜記》。」《虜廷雜記》為趙至（一作志）忠所著，「志忠仕虜為中書舍人，得罪來歸，上此書及契丹地圖，言虜中甚詳」〔註60〕，然而此書今已亡佚，惟其片段尚可見於宋人筆記。晁補之並未詳細徵引《芳儀怨》之事，現存的宋代文獻中，以王銍《默記》的概述較為詳細：「《雜記》言：『聖宗芳儀李氏，江南李景（璟）女，初嫁供奉官孫某為武彊都監，妻女皆為聖宗所獲，封芳儀，生公主一人。』晁補之為北都教官，因覽此書而悲之，與顏復長道作《芳儀曲》」〔註61〕。又據陸游《避暑漫抄》，李芳儀乃是隨李煜入宋，「納土後，在京師」〔註62〕，方嫁孫某，然而行文亦屬概言其事，並未涉及李芳儀流落至遼的細節。至明代，陳霆的《唐餘記傳》中對此事敘述則更為詳盡：「後主失國，隨族北遷，寓京師，嫁為供奉官孫某妻。孫出任武彊都監，挈之行。宋太宗下太原，遂欲乘勝取幽州，已而契丹兵大至，宋師潰而歸，河北郡縣被兵，武彊失守，芳儀被虜。遼主得之，悅其都美，且詢知其家世，遂納之宮中。」〔註63〕較之《默記》等篇的記述，對李芳儀隨夫赴任，因宋遼之戰兵敗，方為遼聖宗所得之事，形成了較為完整的敘述。因《虜廷雜記》一書至明代柯維騏《宋史新編》仍有記錄，陳霆所敘，或是從其書而來。成書時間雖晚，但就其敘事而言，或亦可為《芳儀怨》中的細節提供參證。下面看《芳儀怨》全詩：

> 金陵宮殿春霏微，江南花發鷓鴣飛。風流國主家千口，

〔註60〕 馬端臨《文獻通考》卷二百・經籍考二十七，中華書局，1986年，1672頁。

〔註61〕 王銍《默記》，《全宋筆記》第四編，大象出版社，2008年，第3冊，156頁。

〔註62〕 陸游《避暑漫抄》，《全宋筆記》第五編，大象出版社，2012年，第8冊，138頁。

〔註63〕 陳霆《唐餘記傳》卷十四，明嘉靖刻本。

十五吹簫粉黛稀。滿堂侍酒皆詞客，拭汗爭看平叔白。後
庭一曲時事新，揮淚臨江悲去國。令公獻籍朝未央，敕書
築第優降王。魏俘曾不輸織室，供奉一官奔武疆。秦淮潮
水鍾山樹，塞北江南易懷土。雙燕清秋夢柏梁，吹落天涯
猶並羽。相隨未是斷腸悲，黃河應有卻還時。寧知翻手明
朝事，咫尺人生不可期。蒼黃三鼓滹沱岸，良人白馬今誰
見。國亡家破一身存，薄命如雲信流轉。芳儀加我名字新，
教歌遣舞不由人。采珠拾翠衣裳好，深紅退盡驚胡塵。陰
山射虎邊風急，嘈雜琵琶酒闌泣。無言遍數天河星，只有
南箕近鄉邑。當時千指渡江來，同苦不知身獨哀。中原骨
肉又零落，寄詩黃鵠何當回。生男自有四方志，女子那知
出門事。君不見李君椎髻泣窮年，丈夫飄泊猶堪憐。

開篇敘述李芳儀仍是南唐公主時無憂無慮，富貴雍容的生活，然而好
景不長，隨著後主李煜舉國降宋，原本金枝玉葉的公主成了亡國之
女，北遷過江。所幸宋朝對這些南唐皇室並不苛刻，「魏俘曾不輸織
室」句，逆用《漢書》「漢使曹參等虜魏王豹，以其國爲郡，而薄姬
輸織室」〔註64〕之典，同樣是亡國被虜，但李芳儀並未如薄姬般爲奴
爲婢，而是得以嫁給一位宋室官員爲正妻，這對於亡國的貴冑女子而
言，已可稱是頗爲不錯的歸宿。因而，縱然心中仍懷故國之思，在隨
夫赴任邊疆時，她還抱著「相隨未是斷腸悲，黃河應有卻還時」的期
冀。然而隨著幽州一戰中丈夫戰死沙場，「良人白馬今誰見」，她自己
也落入遼人之手，成爲遼聖宗的芳儀。短短數年之間，先是去國，復
又喪夫，敘以「國亡家破一身存」七字，沉痛異常。遼國宮中的生活，
是更加陌生而不能自主的，陰山風急，觸目盡是胡塵，仰觀星河，也
「只有南箕近鄉邑」。南箕，即箕宿，因夏秋之際見於南方而名，其
分野在燕地〔註65〕。芳儀在遼國望見天上的箕星，對南唐故國的思念

〔註64〕　《漢書》卷九十七・外戚傳上，中華書局，1995 年精裝版，3941
頁。
〔註65〕　《漢書》卷二十八・地理志下：「燕地，尾、箕分野也。」中華書局，
1995 年精裝版，1657 頁。

之情只有更甚，憶起「當時千指渡江來」、「中原骨肉又零落」，兩度去國拋家的命運，心緒更加哀切。詩篇的敘事以南唐滅國，北宋幽州兵敗這些沉重史實爲依託，愈發反襯出李芳儀這一人物形象的單薄無力，命運不能自主。

題材相近的作品還有曾季狸《秦女行》，其序云：「靖康間，有女子爲金人所掠，自稱秦學士女，在道中題詩云：『眼前雖有還鄉路，馬上曾無放我情。』讀之者淒然。余少時嘗欲紀其事，因循數十年，不克爲之。壬辰歲九月，因讀蔡琰《胡笳十八拍》，慨然有感於心，乃爲之追賦其事，號《秦女行》云。」〔註66〕曾季狸少時得知秦觀之女被金人所虜之事，對此印象深刻，多年不衰，最終因讀《胡笳十八拍》勾起前事，有感而成詩。詩中先以秦女的口吻自述出身，「妾家家世居淮海，郎罷聲名傳海內。自從貶死古藤州，門戶凋零三十載」，點出秦觀之事，然後即寫她被金兵擄掠，「飄然一身逐胡兒，被驅不異犬與雞」的淒慘境遇。「吞聲飲恨從誰訴，偶然信口題詩句。眼前有路可還鄉，馬上無人容我去」之句，則是從小序中秦女所吟詩句化出，愈形沉痛。至篇末，方轉入詩人自身的視角，抒發對秦女不幸命運的感歎，她不能如蔡琰一般被贖歸故土，而只有「空餘詩話傳淒惻」。此事被詩人銘記多年不曾磨滅，詩篇大半亦特地以秦女口吻道來，其淒涼曲折之意幾近感同身受，可見詩人對其感慨之深，同情之切。

又如陸游《趙將軍》，所涉人物趙宗印乃是抗金志士，「靖康建炎間，關中奇士趙宗印者，提義兵擊虜，有眾數千，所向輒下，虜不敢當。會王師敗於富平，宗印知事不濟，大慟於王景略廟，盡以金帛散其下，被髮入華山，不知所終」〔註67〕，而詩中不寫其抗金事跡，反而著重於刻畫他報國未濟，散髮入山的形象：「將軍散髮去，短劍斷

〔註66〕 曾季狸《秦女行》序，《全宋詩》，北京大學出版社，1998 年，第 38 冊，24245 頁詩同。

〔註67〕 陸游《趙將軍》序，《劍南詩稿校注》，錢仲聯校注，中華書局，1985 年，第 2 冊，705 頁詩同。

茯苓。定知三峰上，爛醉今未醒」，沉鬱之中又見一分宕然飄逸。雖是對也可視作陸游報國無門，因事寄意的自我抒發之作。

2、層疊書寫中的本事流變：以《陰山女歌》為例

兩宋敘述時人軼事的樂府詩，大多都是一事一題，數人同時就一件軼事創作樂府詩的情況則較少。目前所知的例子有蘇舜欽、徐積《愛愛歌》，劉敞、晁說之《陰山女歌》，高荷《國香》與王銍《次韻國香詩》等。

其中，徐積作《愛愛歌》，是因蘇舜欽前作而來，其序云「子美為《愛愛歌》，已失之矣。又其辭淫漫，而序事不得愛愛本心，甚無以示後學。余欲為子美抉去其文，而易以此歌，以解學者之惑」〔註68〕，可知徐積對蘇舜欽《愛愛歌》的內容與風格都頗為不滿，希望創作一篇「得愛愛本心」的詩歌。異代的文人對同一事件的不同理解與敘述，在樂府詩創作領域本就屬於本事流變的範例。這種創作態度，一定程度上體現了宋代新題樂府詩中的本事傳承。

然而蘇舜欽《愛愛歌》今已不存，無可比對；而高荷、王銍本為中表之親，對詩中所述國香的故事也都熟知，王銍更云「子勉詩中不言者，僕得以言之矣」，二人詩篇所述雖互為補筆，然而其觀念大致相類，亦少流變之感。故下文當舉劉敞、晁說之在七十年前後分別創作的《陰山女歌》為例。

《陰山女歌》由劉敞立題，晁說之加以傳寫。劉敞之作，《公是集》注「接伴副使、知制誥馬祐事」〔註69〕，並沒有涉及故事的細節。後晁說之因劉敞之作復題，其序云：「劉原甫侍讀嘉祐中使虜，聞陰山下有女子，漢服彈琵琶，傳意甚異，作《陰山女歌》。說之感而復作。」〔註70〕按劉敞出使契丹，事在至和二年（1055），據《長

〔註68〕　徐積《愛愛歌》序，《全宋詩》，北京大學出版社，1998 年，第 11 冊，7641 頁。
〔註69〕　據《全宋詩》，北京大學出版社，1998 年，第 9 冊，5763 頁。
〔註70〕　晁說之《陰山女歌》序，《全宋詩》，北京大學出版社，1998 年，第

編》載，初以「右正言、知制誥劉敞爲契丹生辰使，文思副使竇舜卿副之」〔註71〕，後又「改命劉敞、竇舜卿爲契丹國母生辰使，戶部副使、工部郎中張掞爲契丹生辰使，西染院副使兼合門通事舍人王道恭副之」〔註72〕。而其爲翰林侍讀學士則是在嘉祐五年，以翰林侍讀學士出任永興軍路安撫使，兼知永興軍府事，嘉祐八年奉詔還朝，其間未有出使記載。故晁說之詩序言劉敞嘉祐中出使契丹，是將兩事混淆。

馬祐其人，據劉敞《行狀》，「八月，假翰林學士、右諫議大夫，充北朝皇太后生辰國信使，契丹遣其臣馬祐求迓」〔註73〕，所述與劉敞詩注中接伴副使的身份相合，印證了《公是集》的記載。《公是集》中雖明言此詩所寫爲馬祐之事，但考諸當時史籍，並無相關軼事記載。蓋因此事發生在遼國，是劉敞等宋使隨馬祐北行途中，與他有一定的交往，方才得知，或是因馬祐而親眼得見其人，或至少是從馬祐處親耳聽說其事。既是異域之事，宋代諸筆記不載，也屬常情。下面來看劉敞《陰山女歌》：

> 種玉不滿畦，種花易滿枝。玉生寄石自有處，花飛隨風那得知。嬋娟翠髮陰山女，能爲漢裝說漢語。春心未知向誰是，夜彈琵琶淚如雨。赤車使者過鳳凰，暗中一聞先斷腸。碧窗鎖煙未容去，侍兒密獻江南璫。鵲飛上天星沉海，人心不同事隨改。翦環洗妝許君老，百年如夢情終在。妾乘油壁郎乘驄，西陵松柏墨色濃。新歡未已舊愁起，水流曲曲山重重。周周銜羽鶼比翼，天生相親人豈識。雖不及清路塵，猶當作山上石。

21 冊，13706 頁。

〔註71〕 李燾《續資治通鑑長編》卷一百八十，中華書局，2004 年，第 7 冊，4365 頁。

〔註72〕 李燾《續資治通鑑長編》卷一百八十，中華書局，2004 年，第 7 冊，4366 頁。

〔註73〕 劉攽《故朝散大夫給事中集賢院學士權判南京留司御史臺劉公行狀》，《彭城集》卷三十五，叢書集成初編本，468 頁。

這篇樂府詩連同其注，是現存資料中當時之人對此事的惟一記載。然而劉敞的敘事極其隱晦，陰山女的姓字身世，乃至其與馬祐的關係，直至卒章猶不分明。關於陰山女，詩中特意提出她「能爲漢裝說漢語」這一點，其出身應當不是漢人。至於她夜彈琵琶發悲音，所思究竟是何人，詩中也未提及，但根據「赤車使者過鳳凰，暗中一聞先斷腸」，《後漢書》「赤車奔馳」句注引《續漢志》云「小使車，赤轂白蓋赤帷」〔註74〕，此處蓋用其典以喻漢使。陰山女聞漢使來而生斷腸之悲，或是身在遼土而所思在南之故。其後「侍兒密獻江南璫」句，特意提及江南，又言密獻，點出這種思念之情不能爲人所知，亦或可證實這一推測。詩中鵲飛星沉，水曲山重的描寫，也是對離別之思的渲染。末句「雖不及清路塵，猶當作山上石」，前半用曹植《七哀》「君若清路塵，妾若濁水泥。浮沉各異勢，會合何時諧」〔註75〕之句，以喻陰山女和所思之人兩相分隔，後半則用望夫石之典，表達其相思相望之情的忠貞。詩篇乃是以陰山女的視角口吻敘述一個哀婉的愛情故事，當無疑義。

　　至於陰山女的身份，則很有可能是歌妓一類人物。開篇以種玉、種花二事起興，其中「花飛隨風那得知」之句，正堪喻其身世流落。此外，如「妾乘油壁郎乘驄，西陵松柏墨色濃」句，用蘇小小詩「我乘油壁車，郎乘青驄馬。何處結同心，西陵松柏下」〔註76〕之典，以及「鬌環洗妝許君老」、「新歡未已舊愁起」的描寫，包括其彈奏琵琶這種在唐宋之間多爲歌女所使用的樂器，或也都在暗示陰山女的歌妓身份。至於她所思念的究竟爲何人，她與馬祐之間又有何關係，以至於劉敞直書此爲馬祐之事，然而又隱去其細節，便都已經不得而知。

〔註74〕 《後漢書》卷十三・隗囂公孫述列傳，中華書局，1995年精裝版，517頁。

〔註75〕 曹植《七哀》，《曹植集校注》，趙幼文校注，人民文學出版社，1985年，313頁。

〔註76〕 郭茂倩《樂府詩集》卷八十五・雜歌謠辭三，中華書局，1979年，第4冊，1203頁。

　　劉敞雖然敘事模糊，且有隱去其事之嫌，然而他的這篇樂府詩，本質上仍可視作對一件軼事見聞的記述。而晁說之根據此事復作《陰山女歌》，便已經是對這一題目本事的再度發揮，描繪的陰山女形象也與劉敞詩中截然不同。

　　對於劉敞而言，陰山女的故事近在眼前，或者至少也是他從馬祐處親耳所聞。而在晁說之的場合，陰山女之事，已經是近七十年前劉敞出使契丹途中的見聞，他通過閱讀劉敞的詩作得知其事，對此事由來的敘述也變成了劉敞「聞陰山下有女子，漢服彈琵琶，傳意甚異」。在這一敘述中，已經雜入了晁說之對此事的想像。

　　首先，劉敞在自注中並未提及與陰山女相關的任何細節，而是簡略地概以「馬祐事」，此舉雖不無隱其細節之嫌，但也表明了他對此事的熟稔；而晁說之寫劉敞「聞」此事，則在他的預設情境中，劉敞已經被置於陰山女一事的泛泛耳聞者這一立場上。這一敘述，不獨人為地造就了一種道聽途說的隔膜，而且也將原本作為本事記錄者的劉敞引入到晁說之將要書寫的故事之中。再者，劉敞之作分明是在寫陰山女的愛情故事，胡漢之別在詩中雖有涉及，但並不突出；而晁說之的序中，則有選擇地強調了陰山、漢服、琵琶等事象，未見其詩，已經能夠勾勒出一位在胡地，著漢裝，以琵琶曲寄託故國之思的女子之形象。而晁說之的「有感而作」，亦是在這一形象的建構過程中發生的，實質上已經構成了本事的偏離。其詩云：

> 陰山女，漢服初裁淚如雨。自看顏色宜漢裝，琵琶豈
> 復傳胡譜。赤車使者傳琵琶，翩然雌鳳隨鳳去。豈不憐此
> 女兒心，父母生身遠有祖。平生父母九原恨，得倖一朝收
> 拾取。使者高義重咨嗟，衣裳盟會其敢許。漢裝漢曲陰山
> 墳，七十年來愁暮雲。即今山川還漢家，泉下女兒聞不聞。
> 誰將一樽內庫酒，招此芳魂亦何有。崔盧舊族自豪英，顧
> 此女兒慚色否。巍巍之功惟陛下，萬歲百男固宗社。赫赫
> 雷電暫出車，陶陶韶濩咏歸馬。墨莊侍讀如尚在，應有好
> 辭獻壽斝。

在晁說之筆下，陰山女乃是一位思念故國的漢人女子形象。「漢服初裁淚如雨」，「琵琶豈復傳胡譜」，她雖然身在遼土，卻仍然堅持作漢裝打扮，彈奏漢家之音，這些舉動都表現了她對故土的思念。而「豈不憐此女兒心，父母生身遠有祖」，則進一步突出她舉家流落在遼，不得歸國的哀涼。篇中亦用赤車使者之典以喻漢使，寄託思念。那「傳意甚異」的琵琶聲，如鳳凰相偕翩然而去，正是陰山女對回歸故土的嚮往。而晁說之作詩時，距劉敞紀其事已近七十載，陰山女已然老死，詩句於「漢裝漢曲」呼應開篇之後，直落「陰山墳」三字，一句之中，世殊時異，陰陽隔絕，時間感極爲鮮明；其後再繼以「七十年來愁暮雲」，更可渲染雖身死埋沒，而思念故國之心終究不改的深情，令陰山女的形象尤爲可感可敬。

晁說之借陰山女形象的塑造，不獨寄託了燕雲人民對於南國故土的懷思，也表達了對北宋終於收回燕雲六州的欣慰之情。這一點經由詩中對於國家時勢的敘述而越發分明。如「即今山川還漢家」之句，即是指宣和二年（1120）北宋與金聯盟攻打遼國後，最終收回燕雲六州及燕京之事，「（宣和五年）夏四月，金人來歸燕京六州」〔註77〕。而篇末「巍巍之功惟陛下，萬歲百男固宗社」、「墨莊侍讀如尚在，應有好辭獻壽斝」等句，均是一派讚頌聖德，歌舞昇平的氣象，也證明了此詩創作時間當在徽宗朝金人尚未大舉南下之際，早則在宣和五年（1123），至遲亦不會晚於徽宗禪位的宣和七年（1125），距離劉敞出使契丹的至和二年，恰是垂七十載，「七十年來愁暮雲」之句，亦堪爲其證。

如上分析可知，晁說之《陰山女歌》雖是承襲劉敞所立的題目，然而兩篇作品僅在部份細節、用典方面有一定相似度，尚可見其傳承；至於晁詩的旨趣立意，已與劉敞《陰山女歌》講述的故事基本無關，而屬於晁說之根據自身的經歷，對劉敞所記軼聞故事的再度發揮。兩相對比，足見其本事流變之脈絡。

〔註77〕　陳均《皇朝編年備要》卷二十九，宋紹定刻本。

　　宋代進入了敘事文學的新時代，雅文學與俗文學趨於交融，極大地推動了文人樂府詩的敘事寫作。宋代文人或搜尋故典，對前代軼事加以想像性的描敘與闡發，或是就眼下一人一事之見聞，真切體會，細緻描寫。而這兩者大多又以女性題材為中心，這一點與前代敘事類樂府一脈相承。在市民文化精神的影響，以及對小說題材的廣泛接納之下，這類樂府詩主要形成了如下特點：

　　首先，題材以敘寫女性的故事居多，詩篇大多文字繁麗，意象叢生，描敘感十分突出。其次，在詩歌的敘事構成中，多以小序佔據重要地位，先作題目本事的詳細書寫，再由詩歌加以鋪陳。最後，宋代文人注重發掘詩中人物的意緒心情，在敘事中融合了更多的抒情筆觸，令人物的刻畫愈發細緻傳神。

第四章　宋代樂府詩對鄉土風物的貼近書寫

　　樂府自古有采詩觀風的傳統，然而魏晉六朝文人樂府興盛之後，這一功能漸不顯著，其內容也較少關注鄉村社會生活。至唐代新樂府興起，雖頗多涉及民生的篇章，但大多是關懷人民之疾苦，發不平之鳴，僅如王建《田家行》，「五月雖熱麥風清，簷頭索索繰車鳴。野蠶作繭人不取，葉間撲撲秋蛾生」，「田家衣食無厚薄，不見縣門身即樂」〔註1〕，方描寫太平之世的民生場景，流露出濃郁的鄉土生活氣息。但這類作品尚屬十分罕見。

　　而到了宋代，樂府詩的創作者是更加具備社會責任感的士大夫群體。他們重視樂府詩「物情上達，王澤下流」的觀風傳統，在發揮本職，體貼民生之餘，更因循自己的經歷見聞，對所到之處的風土民情予以提煉與傳寫，著力於刻畫生活化的細節，渲染人民的和樂安寧，形成樂府詩對鄉村生活圖景的全面呈現。兩宋田園詩大家如范成大，楊萬里等，此類創作更多。這些詩篇大多都是即事立題的新題樂府，然而其中也存在部份樂府舊題的擬作，如《竹枝歌》、《棹歌》等，本身即是依循民歌曲調而製，以此寫當地民生、風土，亦別具一番親切合宜之感。

〔註1〕　王建《田家行》，《王建詩集校注》，王宗堂校注，中州古籍出版社，2006年，52頁。

第一節　淳風樂土：樂府詩中鄉村日常題材的開拓

　　宋代文人用大量筆墨描繪太平之世人民安樂寧和的生活，這是由他們的士大夫身份所決定的。在美刺並重的創作觀影響下，他們不獨能夠如前代新樂府諸詩人一般，犀利地指斥時弊，悲憫民眾的苦難，也同樣能夠通過為官居政、隱遁鄉野之時的眾多見聞，感同身受地體驗鄉村樸質生活中的樂趣，眞心實意地讚賞它們，與民同樂。

　　在無災無害的年歲裏，農家的生活是平實而不失豐富的。一年之農事，如清明播種、暮春採桑、立夏插秧、麥熟繰絲，乃至春秋社日、迎神賽會等諸多生活細節，都依照節序，自然而然地發生。以這些細節為描敘對象的樂府詩，繼承了前代樂府詩平易質實的傳統。宋代文人以觀察者甚至親歷者的角度，詳盡而生動地記敘其樂融融，周而復始的鄉間日常生活，這些文質彬彬的辭句，正寄託著他們對一個宇內清平，民有所安的太平治世的期冀與頌揚。

一、士大夫視野中的鄉村四時之樂

　　古代中國屬於農業文明，任何一個封建王朝立國後，重農勸農都是其根本。而在農家生活中，最重要的即是耕作蠶桑之事。宋代士大夫或出任地方官，或歸隱鄉里，貼近農民的生活，細緻地瞭解農事傳統，並體味其中平實而不失豐富的樂趣。經此體驗而寫出的樂府詩，如王禹偁《畬田詞》、歐陽修《歸田四時樂春夏二首》、梅堯臣《續永叔歸田樂秋冬二首》、汪藻《蠶婦行》、周紫芝《插秧歌》、呂本中《田家樂》、李若川《蠶婦詞》、陸游《農家歌》、《夏四月渴雨恐害布種代鄉鄰作插秧歌》、楊萬里《插秧歌》、陳造《田家謠》等，都往往描敘生動，細緻入微，堪稱清平之世其樂融融的民生畫卷。

　　王禹偁的《畬田詞》五首並序，描繪山民春日耕作，在宋代樂府詩之中，是最早關注民生本身的篇章。王禹偁於淳化二年貶商州團練副使，觀商洛一帶深山中山民刀耕火種的農事活動，寫下了這組詩歌，既體現了對山民生活的關切，也表達了自身的政治寄託。其

序云：

> 上雒郡南六百里，屬邑有豐陽、上津，皆深山窮谷，不通轍跡。其民刀耕火種，大底先斫山田，雖懸崖絕嶺，樹木盡僕，俟其乾且燥，乃行火焉。火尚熾，即以種播之。然後釀黍稷，烹雞豚，先約曰，某家某日，有事於畬田，雖數百里如期而集，鋤斧隨焉。至則行酒啖炙，鼓譟而作，蓋劚而掩其土也。掩畢則生，不復耘矣。援桴者有勉勵督課之語，若歌曲然。且其俗更互力田，人人自勉。僕愛其有義，作《畬田詞》五首，以侑其氣。亦欲采詩官聞之，傳於執政者，苟擇良二千石暨賢百里，使化天下之民如斯民之義，庶乎污萊盡闢矣。其詞俚，欲山甿之易曉也。〔註2〕

對畬田的一系列活動細節記述得十分詳細。畬田之時，該戶人家先須在山中砍樹斫田，待樹木乾燥後舉火焚燒，火不滅即播種；而後置辦酒食，邀約諸多鄉里為助力；至畬田當日，所有人如期而集，先享用酒食，再鋤田覆土。記述筆墨生動，如「先約曰，某家某日，有事於畬田，雖數百里如期而集，鋤斧隨焉。至則行酒啖炙，鼓譟而作」之況，非親身觀摩過畬田活動不能為。王禹偁作這組樂府詩的原因，一是觀「雖數百里如期而集」、「更互力田，人人自勉」的樸質民風，「愛其有義」，因而作詩予以褒揚，「以侑其氣」；二是「亦欲采詩官聞之，傳於執政者」，令民生疾苦上達天聽，得以對山民的生活有所裨益；三則是以詩進諫，願在朝者勤政愛民，「化天下之民如斯民之義」，以令民風淳化，天下大治。字裏行間，充斥著宋代士大夫的社會責任意識。所作五首《畬田詞》如下：

> 大家齊力劚孱顏，耳聽田歌手莫閒。各願種成千百索，豆其禾穗滿青山。

> 殺盡雞豚喚劚畬，由來遞互作生涯。莫言火種無多利，

禾樹明年似亂麻。

　　鼓聲獵獵酒醺醺，斫上高山入亂雲。自種自收還自足，
不知堯舜是吾君。

　　北山種了種南山，相助刀耕豈有偏。願得人間皆似我，
也應四海少荒田。

　　畬田鼓笛樂熙熙，空有歌聲未有詞。從此商於爲故事，
滿山皆唱舍人詩。〔註3〕

詩人聽了畬田時的山歌號子之後，爲傳寫此事，特意創作了這組樂府詩。通篇七言絕句，正是仿傚民歌體裁，言辭平簡曉暢，也是爲了便於一般民眾理解與傳唱。篇中既突出山民畬田時「大家齊力劚孱顏」、「由來遞互作生涯」，「相助刀耕豈有偏」的群力群爲之舉，也描繪勞作之際殺雞烹豚，飲酒奏樂的風俗，觸目盡是一派雜亂而歡快的氛圍，生機勃勃。受此氣氛感染，詩人也不禁遙想收成之時，遍山盡是豆其禾穗的豐饒景象，這既是山民的期冀，也是詩人作爲地方官對治下富足的祈願。這種自給自足的生活，正宛若《擊壤歌》中所述的民生富足，而不知有賢君之況，在相互扶助，無偏無私的民風感染下，詩人借山民之口，道出了士大夫對天下大治、德化海內的嚮往：「願得人間皆似我，也應四海少荒田」，深得古樂府風人化育之旨。

　　范成大《勞畬耕》並序，則以一定篇幅描寫了巫峽一帶山民的畬田活動。「麥穗黃剪剪，豆苗綠芊芊。餅餌了長夏，更遲秋粟繁。稅畝不什一，遺秉得饜餐。何曾識粳稻，捫腹嘗果然」〔註4〕，雖然山民們刀耕火種，勞作不可謂不艱辛，然而因當地「官輸甚微」，也可藉此自給自足，過上安穩的生活。這一題材與《畬田詞》有相近之處。然而王禹偁在詩序中還只是敘述畬田的熱鬧場面，范成大則對勞

〔註3〕　王禹偁《畬田詞》,《全宋詩》, 北京大學出版社, 1998 年, 第 2 冊,
　　　　717 頁。
〔註4〕　范成大《勞畬耕》,《范石湖集》, 富壽蓀點校, 上海古籍出版社, 1981
　　　　年, 217 頁下同。

作的一應細節都瞭如指掌：「春初斫山，眾木盡蹶，至當種時，伺有雨候。則前一夕火之，藉其灰以糞。明日雨作，乘熱土下種，即苗盛倍收，無雨反是。山多磽确，地力薄，則一再斫燒始可蓺。春種麥豆，作餅餌以度，夏秋則粟熟矣。」在斫木燒山之外，也涉及氣候對收成的影響，不同季節的作物種植等，反映出他對農事的格外關注與熟悉，這可說是工於農桑樵牧之詩的范成大的個人特色。

立夏插秧則是南方水田獨有的風景。楊萬里《插秧歌》寫農家大小齊齊上陣之況，「田夫拋秧田婦接，小兒拔秧大兒插」〔註5〕，敘述節奏十分緊湊，農民勞作之時的生動姿態躍然紙上；而「笠是兜鍪蓑是甲」的比喻，則為這忙碌的場景平添一分趣味。陸游《夏四月渴雨恐害布種代鄉鄰作插秧歌》「小舟載秧把，往來疾於鴻。吳鹽雪花白，村酒粥面濃。長歌相贈答，宛轉含胊風。日暮飛槳歸，小市鼓冬冬」〔註6〕，並不實寫插秧的情境，而是以運送秧苗的小船往來如飛之況，暗示插秧場面的熱火朝天，農人們唱著民歌彼此應和，直至日暮方駕著小船敲著鼓歸去，忙碌之餘又別具一種熱鬧悠閒。其篇末言「何人採此謠，為我告相公。不必賜民租，但願常年豐」，也是對古樂府采詩觀風傳統的繼承。

涉及蠶桑之事的篇章則主要描寫農婦的勞作生活。如范成大《繅絲行》：「小麥青青大麥黃，原頭日出天色涼。姑婦相呼有忙事，舍後煮繭門前香。繅車嘈嘈似風雨，繭厚絲長無斷縷。今年那暇織絹著，明日西門賣絲去」〔註7〕，先寫時令，再述煮繭抽絲諸事，絲長不斷，顯示出蠶婦的巧手，整體而言是泛寫繅絲活動。又如陳造《田家謠》，則以一戶有三個媳婦的農家為對象，描述她們在繅絲時節的生活狀態：

〔註5〕　楊萬里《插秧歌》，《楊萬里集箋校》，辛更儒箋校，中華書局，2007年，第2冊，673頁。

〔註6〕　陸游《夏四月渴雨恐害布種代鄉鄰作插秧歌》，《劍南詩稿校注》，錢仲聯校注，中華書局，1985年，第4冊，2012頁。

〔註7〕　范成大《繅絲行》，《范石湖集》，富壽蓀點校，上海古籍出版社，1981年，30頁。

　　　　麥上場，蠶出筐，此時只有田家忙。半月天晴一夜雨，
　　前日麥地皆青秧。陰晴隨意古難得，婦後夫先各努力。倏
　　涼驟暖繭易蛾，大婦絡絲中婦織。中婦輟閒事鉛華，不比
　　大婦能憂家。飯熟何曾趁時吃，辛苦僅得蠶事畢。小婦初
　　嫁當少寬，令伴阿姑頑過日。明年願得如今年，剩貯二麥
　　饒絲綿。小婦莫辭擔上肩，卻放大婦常姑前。〔註8〕

開篇即是對時令背景的介紹。在麥上場，蠶出筐的時節，農家男女皆
不得空閒。如詩中所述的陰晴隨意的天氣，對耕作十分合宜，農人在
欣喜之餘，更是抓緊時間辛勤勞作，「婦後夫先各努力」。而後，詩人
的筆墨自然而然地轉到農婦們身上。爲趁在蠶蛾破繭之前完成工作，
她們一人繰絲，一人織絹，忙碌得一日三餐都無法按時吃，十分辛苦。
在詩人的描述中，也可看出這戶農家的三個媳婦的不同特點。大婦最
爲沈穩，勞作不輟，已經有了一家主婦之風；中婦年紀較輕，愛美之
心未泯，辛勤之餘仍難免偷閒打扮；而小婦過門不久，正是年輕貪玩
的時候，家人也體貼這一點，「令伴阿姑頑過日」，等到來年再讓她挑
起勞作的擔子，好讓大婦得到休息，陪伴婆母。在平平敘述勞作分工
的同時，也透露了農家妯娌之間的和睦關係，生活氣息十分濃郁，具
備相當的趣味。

　　而如張耒《倉前村民輸麥行》，則是選取收成時節來作爲鄉村生活
的切入點。其序云：「余過宋，見倉前村民輸麥，止車槐陰下，其樂洋
洋也。晚復過之，則扶車半醉，相招歸矣。感之，因作《輸麥行》，以
補樂府之遺。」〔註9〕詩序中特別提出「補樂府之遺」，正是爲了突出其
特別的關注點——前代樂府詩中並不多見的，純粹安寧的生活氣息。而
在這幅其樂洋洋的場景中，張耒並非對當地農人負有直接責任的地方官
員，只是一個路過的旁觀者，眼見民生和樂之況，欣然有感而成詩：

〔註8〕　陳造《田家謠》，《全宋詩》，北京大學出版社，1998年，第45冊，
　　　　28066頁。
〔註9〕　張耒《倉前村民輸麥行》序，《張耒集》，李逸安等點校，中華書局，
　　　　1990年，965頁詩同。

　　　　場頭雨乾場地白，老穉相呼打新麥。半歸倉廩半輸官，
　　　免教縣吏相催迫。羊頭車子毛巾囊，淺泥易涉登前岡。倉
　　　頭買券槐陰涼，清嚴官吏兩平量。出倉掉臂呼同伴，旗亭
　　　酒美單衣換。半醉扶車歸路涼，月出到家妻具飯。一年從
　　　此皆閒日，風雨閉門公事畢。射狐罝兔歲蹉跎，百壺社酒
　　　相經過。

全詩由農人交納賦稅之景開篇。陣雨乾後發白的土地，山崗下淺淺的泥濘，夏季深濃清涼的槐蔭，乃至農家所用的羊頭車子、毛巾囊等器物，都是鄉間最常見的景物，它們錯落出現於農人相呼收麥、推車行路、買券納賦的連貫敘述之間，使得詩句質樸而有風味。若說在這些活動中還只見到農人的勤勞樸實，納足賦稅之後的他們則是喜悅而無憂無慮的，呼喚同伴，痛飲酒漿，一身輕鬆地歸家，便可享有接下來數月的悠閒生活。「一年從此皆閒日」，遇風雨可閉門休息，歲晚秋深還可射獵狐兔。通篇既述村民之辛勤勞作，又繪其歸家平居之樂，展示了一幅生動而切實的民生圖景，字句平易，體會親切，字裏行間都透露出深具社會責任感的士大夫觀民生安樂，自能樂在其中的情懷。而其中「清嚴官吏兩平量」之句，看似只是納賦一段的閒閒補筆，其用意卻頗為深遠。政通方能人和，正是由於朝廷的政治舉措實施得當，官吏也都清正嚴明，農人也才能免遭人禍困擾，在收成之後休養生息以待來年，令這樣樸質而不失愉悅的生活周而復始。這種意在言外的蘊藉筆法，也正是對張籍王建樂府詩的效法。

　　此外，釋文珦《田家謠》也是在描繪一派豐年景象之餘，兼及頌聖之辭：「東坡粟已黃，西疇稻堪穫。農家慶豐年，茅茨舉杯酌。復喜官家用賢相，奮發天威去元惡。詔書寬徭榜村路，悍吏不來雞犬樂。兒童牧牛舍牛舞，翁媼賽神聽神語。飲則食兮福鄉土，五日一風十日雨，萬歲千秋戴明主。」〔註10〕由於皇帝任用賢臣，體貼民生，因而

〔註10〕　釋文珦《田家謠》：《全宋詩》，北京大學出版社，1998年，第63冊，
　　　　　39691頁。

在粟稻黃熟之際，農人們得以舉杯相慶，歌舞賽神，盡情享受著一年辛苦之後的悠閒時光，就是神明也樂於降福於這其樂融融的鄉土。天時與人和交相感應，極盡融和，將治世之下的鄉土之樂推到了相當完美的境界。

二、節令風俗之趣味：以《臘月村田樂府》爲例

在佔據了一年大部份時間的農事生活之外，鄉村中也從來不乏祠神賽會，歲時節俗等活動。這些民俗自古流傳，隨著年年節序的輪轉周而復始，成爲受到文人關注題詠的鄉土之盛事。宋代樂府詩中，劉敞《土牛行》、周紫芝《競渡曲》、沈遼《踏盤曲》、陸游《賽神曲》、范成大《樂神曲》等題，都是敘述風俗之作。如周紫芝《競渡曲》：「江風獵獵吹紅旗，舟人結束誇水嬉。……歸來醉作踏浪歌，應笑吳兒拜浪婆。……飯筒角黍纏五彩，楚俗至今猶未改。日暮空歌何在斯，不見三閭憔悴時」〔註11〕，寫楚地端午賽龍舟祭屈原之風俗；劉敞《土牛行》言「立春自昔爲土牛，古人設象今人愁。……村夫田婦初不知，繽紛圍繞爭相祈。皆云宜蠶又宜穀，拜跪滿前同致詞」〔註12〕，即《歲時廣記》所載「諸州縣依形色造土牛、耕人，以立春日示眾」之俗，以土塑爲牛形，以勸農耕而禱豐年。

然而，因宋詩中敘民俗的題材較爲盛行，作品眾多，不必特地以樂府的方式表達，故而創作樂府詩的作者相對較少。就所存詩歌內容而言，也時而在題詠之餘雜以文人自身的議論見解。如《土牛行》在敘述祭土牛風俗之後，立刻筆鋒一轉，「牛實無知何用祭，牛能有情豈不愧。化育萬物非爾才，世人資爾聊爲戲」，認爲這一祭俗無濟於事，只是世人的遊戲之舉，雖然立意較爲深刻，卻在同時淡化了詩篇

〔註11〕 周紫芝《競渡曲》，《全宋詩》，北京大學出版社，1998 年，第 26 冊，17092 頁。
〔註12〕 劉敞《土牛行》，《全宋詩》，北京大學出版社，1998 年，第 9 冊，5777 頁。

敘寫民俗的風土氣息。

　　對於節令民俗本身成因、細節等的關注，兩宋之間最重要的作品當屬范成大記述吳中歲末民俗的《臘月村田樂府》十首。范成大歸隱後生活於石湖鄉間，又曾作《吳郡志》等地理著作，對吳地的山川地理、風土人情可謂皆瞭如指掌，這當中自也包括當地的諸多節令風俗。「吳中自昔號繁盛，四郊無曠土，隨高下悉爲田。人無貴賤，往往皆有常產，以故俗多奢少儉，競節物，好遊遨」〔註13〕，按《吳郡志》載，當時吳中節令風俗即有歲首歲懺、上元燈市、爆孛婁、春日遊虎丘、寒食掃墓、清明競渡、佛誕浴佛、端午餉彩絲畫扇、夏至健粽、七夕小兒節、重九食花糕、十月朔日謁墓開爐、臘月冬舂米、祭廁姑、祭竈、口數粥、放爆竹、照田蠶、除夜分歲、祭瘟神、打灰堆，爲「一歲風俗之大略也」〔註14〕。其中如寒食、清明、佛誕、端午等大節，其俗流傳已廣，幾乎海內城鄉皆同，而范成大作詩時，便特意避開這些較爲普遍的節令，而是選擇其中更具有吳中土風特色，能反映鄉村生活的民俗作爲描述對象。其序云：

　　余歸石湖，往來田家，得歲暮十事，倡其語各賦一詩，以識土風，號《村田樂府》。其一《冬舂行》，臘日舂米爲一歲計，多聚杵臼，盡臘中畢事，藏之土瓦倉中，經年不壞，謂之冬舂米。其二《燈市行》，風俗尤競上元，一月前已賣燈，謂之燈市。價貴者數人聚博，勝則得之，喧盛不減燈市。其三《祭竈詞》，臘月二十四夜祀竈，其說謂竈神翌日朝天，白一歲事。故前期禱之。其四《口數粥行》，二十五日煮赤豆作糜，暮夜闔家同饗，雲能避瘟氣，雖遠出未歸者，亦留貯口分，至襁褓小兒及僮僕皆預，故名口數粥。豆粥本正月望日祭門故事，流傳爲此。其五《爆竹行》，此他郡所同，而吳中特盛，惡鬼蓋畏此聲。古以歲朝，而吳以二十五夜。

〔註13〕范成大《吳郡志》卷二，陸振岳校點，江蘇古籍出版社，1999年，13頁。
〔註14〕范成大《吳郡志》卷二，陸振岳校點，江蘇古籍出版社，1999年，15頁。

其六《燒火盆行》，爆竹之夕，人家各又於門首燃薪滿盆，無貧富皆爾，謂之相暖熱。其七《照田蠶行》，與燒火盆同日，村落則以秃帚若麻稭竹枝葦燃火炬，縛長竿之杪以照田，爛然徧野，以祈絲穀。其八《分歲詞》，除夜祭其先竣事，長幼聚飲，祝頌而散，謂之分歲。其九《賣癡呆詞》，分歲罷，小兒繞街呼叫云賣癡汝賣汝呆。世傳吳人多呆，故兒輩諱之，欲賣其餘，益可笑。其十《打灰堆詞》，除夜將曉，雞且鳴，婢獲持杖擊糞壤致詞，以祈利市，謂之打灰堆。
此本彭蠡清洪君廟中如願故事，惟吳下至今不廢云。〔註15〕

十首樂府，分別寫冬日舂米、燈市聚博、廿四日祭竈神、廿五日煮赤豆粥避瘟、廿五夜放爆竹、燃火盆、照田蠶、除夜分歲、賣癡呆、打灰堆十件風俗，所涉諸多，驅鬼祭神，祈利行樂，不一而足。而序中按照這些歲末風俗的施行時間，不厭其煩地依次羅列其諸般細節，使人讀來亦正似一椿椿親歷過來，在這有條不紊的熱鬧中逐步走向新年。因著范成大「以識土風」的創作自覺，於序中所記風俗之事中，更格外突出吳地的特色。如放爆竹之俗海內皆同，但「古以歲朝，而吳以二十五夜」，燃放時間與別處不同。記賣癡呆則言「世傳吳人多呆，故兒輩諱之」。吳人之呆，范成大之前未見記載，僅同時洪邁《容齋隨筆》評僧惟茂詩云「蓋吳人癡呆習氣也」〔註16〕，而元代高德基《平江記事》所載風俗極詳，「吳人自相呼爲呆子，又謂之蘇州呆。每歲除夕，群兒繞街呼叫云：『賣癡呆，千貫賣汝癡，萬貫賣汝呆。見賣盡多送，要賒隨我來。』蓋以吳人多呆，兒輩戲謔之耳」〔註17〕，與范成大所述正合，當是宋元之間風俗未有大變。在《分歲詞》中，也強調「質明奉祠今古同，吳儂用昏蓋土風」〔註18〕，因別處都是平

〔註15〕 范成大《臘月村田樂府》序，《范石湖集》，富壽蓀點校，上海古籍出版社，1981年，409～410頁。

〔註16〕 洪邁《容齋三筆》卷十二，全宋筆記第五編，大象出版社，2012年，第6冊，141頁。

〔註17〕 高德基《平江記事》，清墨海金壺本。

〔註18〕 范成大《臘月村田樂府·分歲詞》，《范石湖集》，富壽蓀點校，上海

明祭祀，而吳地風俗，祭祀在除夜，然後守歲。此外，如口數粥「本正月望日祭門故事，流傳爲此」，打灰堆「本彭蟊清洪君廟中如願故事，惟吳下至今不廢」，典故淵源信手拈來，顯示詩人的學識之餘，亦足堪爲樂府詩之張本。

其詩如《燈市行》，描寫燈市之繁盛，以及鄉民上城買燈之況：

> 吳臺今古繁華地，偏愛元宵燈影戲。春前臘後天好晴，已向街頭作燈市。疊玉千絲似鬼工，剪羅萬眼人力窮。兩品爭新最先出，不待三五迎東風。兒郎種麥荷鋤倦，偷閒也向城中看。酒壚博簺雜歌呼，夜夜長如正月半。災傷不及什之三，歲寒民氣如春酣。儂家亦幸荒田少，始覺城中燈市好。〔註19〕

吳地自古爲魚米之鄉，人民生活富足之餘，便崇尚「競節物，好遊遨」的繁華風氣，在臘月中即開始買賣花燈，提前一個月爲上元燈市做準備，「不待三五迎東風」的迫不及待之情，在旁人眼中，說是對上元節的偏愛亦不爲過。他們也對製燈活動投入極大的熱情，「上元影燈巧麗，它郡莫及。有萬眼羅及琉璃球者，尤妙天下」〔註20〕，故范成大在詩中也特別提到吳郡最爲著名的兩款花燈，「疊玉千絲似鬼工，剪羅萬眼人力窮」，極言其精緻工巧。因爲歲足年豐，不必憂慮生計，勞作一年的農人也得以偷閒參與到這城市的狂歡之中來，或買燈，或博燈，「酒壚博簺雜歌呼，夜夜長如正月半」，這種城鄉同樂的景致，更顯出吳地獨有的富庶繁華。

如《賣癡呆詞》，則寫除夕夜裏兒童沿街叫賣癡呆：

> 除夕更闌人不睡，厭禳鈍滯迎新歲。小兒呼叫走長街，云有癡呆召人買。二物於人誰獨無，就中吳儂仍有餘。巷南巷北賣不得，相逢大笑相揶揄。櫟翁塊坐重簾下，獨

　　　古籍出版社，1981年，412頁。

〔註19〕范成大《臘月村田樂府・燈市行》，《范石湖集》，富壽蓀點校，上海古籍出版社，1981年，410頁。

〔註20〕范成大《吳郡志》卷二，陸振岳校點，江蘇古籍出版社，1999年，14頁。

　　要買添令問價。兒云：「翁買不須錢，奉賒癡呆千百年！」
　　〔註21〕

因是寫兒童之頑皮，設事出語都十分風趣。除夜守歲，小兒不必上床入眠，而是在街頭巷陌各自奔走，學著貨郎的聲調，高聲叫賣癡呆。「二物於人誰獨無，就中吳儂仍有餘」，風俗傳言，吳人本就較別處癡呆，這兩件東西自然是賣不出去的，反而令叫賣這一行爲更添了幾分呆氣，孩童們奔跑相遇之時，也定然會用此事彼此大肆取笑，並以此爲樂。也有老人湊趣逗弄這些孩子，特意向他們問價，說自己要多買一些，而孩子們則伶牙俐齒地以童謠回擊：「見賣盡多送，要賒隨我來。」叫賣聲，呼買聲，大笑聲……種種歡快的語聲飄遍了除夕的夜晚，爲這萬家燈火的歡樂之夜平添一份熱鬧生氣。

　　生動而平易的以詩敘事之外，范成大在《吳郡志》中記述的諸多風俗細節，也如數反映在他的樂府詩中，如《分歲詞》云「地爐火軟蒼術香，釘盤果餌如蜂房。就中脆餳專節物，四座齒頰鏘冰霜」〔註22〕，即《吳郡志》所載「除夜祭畢，則復爆竹，焚蒼術及避瘟丹，家人酌酒，名分歲。食物有膠牙餳、守歲盤」〔註23〕。詳細地描寫了除夜圍爐所置的諸多節物：蒼術燃燒，室內暖香融融，守歲盤中密密堆滿糖果餅餌，拈一塊凍過的餳糖咬去，甜美之外，更有如嚼冰雪的清脆之感，讀來亦覺身暖融融，口頰留香。

　　《臘月村田樂府》的主旨雖是記述民俗，但字裏行間，時時不忘描繪民生安樂富足之況。如《冬舂米》中提及「去年薄收飯不足，今年頓頓炊白玉。春耕有種夏有糧，接到明年秋刈熟」〔註24〕，是一派

〔註21〕　范成大《臘月村田樂府·賣癡呆》，《范石湖集》，富壽蓀點校，上海古籍出版社，1981年，413頁。
〔註22〕　范成大《臘月村田樂府·分歲詞》《范石湖集》，富壽蓀點校，上海古籍出版社，1981年，412頁。
〔註23〕　范成大《吳郡志》卷二，陸振岳校點，江蘇古籍出版社，1999年，14頁。
〔註24〕　范成大《臘月村田樂府·冬舂米》，《范石湖集》，富壽蓀點校，上海古籍出版社，1981年，410頁。

豐年之景；《爆竹行》「屏除藥裹添酒杯，晝日嬉遊夜濃睡」〔註25〕，則寫歲暮農閒時鄉人的歡樂優遊之態；至於「兒孫圍坐犬雞忙，鄰曲歡笑遙相望」〔註26〕、「荊釵勸酒仍祝願，但願尊前且強健」〔註27〕等，更渲染出一派闔家團聚，把酒祝壽，其樂融融的氣氛。

　　由於范成大這套《臘月村田樂府》對民俗細節的挖掘較深，置諸風土題材的樂府詩之中，一定程度上也具有開拓之功，故其地位相當重要，後世也有一定擬作。如清代貝青喬《村田樂府擬范石湖體》二首中，《浸稻種》寫穀雨時農家用水浸稻，令其不蠹不腐的習俗，《演春臺》寫春日鄉里湊錢請梨園班子搭臺唱戲的熱鬧。此外尚有錢陳群《歲暮寧青出青蚨請賽百紅戲效石湖樂府打灰堆意》，沈廣輿《和范石湖村田樂府十首》，沈欽韓《除夜清寂無事戲仿石湖新樂府僅得四首皆貧家所有云爾》等，都可見其深刻影響。

第二節　民歌體樂府的發展：《竹枝歌》的盛行〔註28〕

　　「饑者歌其食，勞者歌其事」的民歌，具備即事立題的特質，本就是古樂府中的一個重要部份。魏晉至隋唐時期，隨著文人擬樂府的盛行，真正的民歌逐漸淡出樂府詩的舞臺，被歷代文人仿傚民歌風格、體裁創作的詩篇所取代，形成了獨特的民歌體樂府。至宋代仍有傳寫的民歌體諸題，如《竹枝》本是巴渝之地的民歌，「竹枝歌本出三巴，其流在湖湘耳」〔註29〕；《欸乃》是漁人舟子的船歌，如李堪

〔註25〕　范成大《臘月村田樂府・爆竹行》，《范石湖集》，富壽蓀點校，上海古籍出版社，1981年，411頁。

〔註26〕　范成大《臘月村田樂府・燒火盆行》，《范石湖集》，富壽蓀點校，上海古籍出版社，1981年，412頁。

〔註27〕　范成大《臘月村田樂府・分歲詞》，《范石湖集》，富壽蓀點校，上海古籍出版社，1981年，413頁。

〔註28〕　《竹枝》在唐五代也被視為詞調，如《花間集》即收錄孫光憲、劉禹錫、白居易所作《竹枝》。至宋代，文人普遍將《竹枝》視為樂府民歌，其《竹枝》擬作多收在詩集，並不歸為詞體。因本文以宋代樂府詩為研究對象，故從宋人之觀念，將《竹枝》視為樂府詩之題。

〔註29〕　黃㽵《山谷年譜》卷十一，文淵閣四庫全書本。

《玉田八景》序云「漁舟往來，鼓枻而歌，欸乃之聲相聞」〔註30〕；此外又有樵歌、山歌、菱歌等。這類作品，大多是依曲度詞，因歌成事，寫眼前一時之見聞，頗有涉及當地風物者。

如李復《予往來秦熙汧隴間不啻十數年，時聞下里之歌遠近相繼和，高下掩抑，所謂其聲嗚嗚也，皆含思宛轉而有餘意，其辭甚陋，因其調寫道路所聞見，猶昔人〈竹枝〉、〈紇羅〉之曲，以補秦之樂府云》，便是根據秦中民歌曲調創作可入樂的歌辭，描繪詩人行於道路的見聞。如其二云：「繰絲宛轉聽車聲，車聲忽斷心暗驚。舊機虛張未滿幅，新絲更短織不成」〔註31〕，寫民家女子踏繰車時的宛曲心思；其五云「牛車欲住更催行，官要刻日到新城。軍有嚴期各努力，秋田無種何須耕」，寫駕著牛車去按期交納賦稅的農民，等等。題材雖不算新穎，卻有「下里之歌」的音樂依託，十章詩歌皆七言四句，體近《竹枝》一類民歌。序中言「以補秦之樂府」，也是詩人自覺地創作民歌體樂府的體現。

宋代文人的民歌體樂府創作，以《竹枝》為最重要。相較而言，《欸乃歌》、《山歌》等雖也涉及風土，但都傳寫不廣；《漁父詞》雖作者眾多，然而題材較為狹窄，惟有《竹枝》兩全其美。兩宋之間，即有蘇軾《竹枝歌》，蘇轍《竹枝歌》，黃庭堅《竹枝詞》二首、《夢李白誦竹枝詞三疊》，賀鑄《變竹枝詞》九首，周行己《竹枝歌上姚毅夫》五首，李邦獻《竹枝辭》、范成大《歸州竹枝歌》二首、《夔州竹枝歌》九首，楊萬里《峽山寺竹枝詞》五首、《過白沙竹枝歌》六首，項安世《荊江漁父竹枝詞》九首，孫嵩《竹枝歌》九首，等等，在宋代民歌體樂府中可謂一枝獨秀。

〔註30〕 李堪《玉田八景》序，《全宋詩》，北京大學出版社，1998年，第2冊，1135頁。

〔註31〕 李復《予往來秦熙汧隴間不啻十數年，時聞下里之歌遠近相繼和，高下掩抑，所謂其聲嗚嗚也，皆含思宛轉而有餘意，其辭甚陋，因其調寫道路所聞見，猶昔人〈竹枝〉、〈紇羅〉之曲，以補秦之樂府云》，《全宋詩》，北京大學出版社，1998年，第19冊，12491頁下同。

一、從《竹枝》到《橘枝》：地域化的風物描繪

　　按《樂府詩集》考云：「《竹枝》本出於巴渝。唐貞元中，劉禹錫在沅湘，以俚歌鄙陋，乃依騷人《九歌》作《竹枝》新辭九章，教里中兒歌之，由是盛於貞元、元和之間。禹錫曰：『竹枝，巴歈也。巴兒聯歌，吹短笛、擊鼓以赴節。歌者揚袂睢舞，其音協黃鐘羽。末如吳聲，含思宛轉，有淇濮之豔焉。』」〔註32〕不同於《楊柳枝》、《紇羅》等樂曲，《竹枝》本就源自民歌俚曲，經文人之手而入樂府，故而「《竹枝》泛詠風土，《柳枝》專詠楊枝，此其異也」〔註33〕。劉禹錫眾作中，如「白帝城頭春草生，白鹽山下蜀江清」，「城西門前灩澦堆，年年波浪不能摧」〔註34〕等，都是寫巴渝風物。此外白居易「瞿塘峽口冷煙低，白帝城頭月向西」〔註35〕，李涉「巫峽雲開神女祠，綠潭紅樹影參差」〔註36〕等，也屬一脈，奠定了《竹枝》「泛詠風土」的基調。

　　《竹枝》在宋代的傳唱地域更加寬廣，自巴渝而及荊楚，都有流傳。如王周《再經秭歸》「獨有淒清難改處，月明聞唱竹枝歌」〔註37〕，梅堯臣《王龍圖知江陵》：「風宜橘林賦，俗尚竹枝謳」〔註38〕，陸游《三峽歌》九首之八：「萬州溪西花柳多，四鄰相應竹枝歌」〔註39〕

〔註32〕　郭茂倩《樂府詩集》卷八十一・近代曲辭三，中華書局，1979 年，第 4 冊，1140 頁。

〔註33〕　郎庭槐《師友詩傳錄》，清學海類編本。

〔註34〕　劉禹錫《竹枝詞》，《劉禹錫集》，卞孝萱校訂，中華書局，1990 年，359 頁。

〔註35〕　白居易《竹枝詞》，《白居易集箋校》，朱金城箋校，上海古籍出版社，1988 年，1183 頁。

〔註36〕　李涉《竹枝詞》，《樂府詩集》卷八十一・近代曲辭三，中華書局，1979 年，第 4 冊，1142 頁。

〔註37〕　王周《再經秭歸》，《全宋詩》，北京大學出版社，1998 年，第 3 冊，1754 頁。

〔註38〕　梅堯臣《王龍圖之江陵》，《梅堯臣集編年校注》，朱東潤校注，上海古籍出版社，1980 年，319 頁。

〔註39〕　陸游《三峽歌九首》其八，《劍南詩稿校注》，錢仲聯校注，中華書局，1985 年，第 4 冊，2071 頁。

等，其地均在長江上游至中游一帶。南宋馬之純更云「荊楚之人祀神者，有辭曰《竹枝》」〔註40〕，可知《竹枝》在荊楚之地亦已傳唱成風。兩宋文人多有宦遊中聞《竹枝》的經歷，因此而作歌，大多是刻畫巴渝荊楚之間的風土，以民歌寫當地民生，可謂相得益彰。

如范成大有歸州、夔州二組竹枝歌，當作於淳熙二年至四年任四川安撫制置使期間，其內容都是敘寫當地風物民情。《夔州竹枝歌》九首云：

> 五月五日嵐氣開，南門競船爭看來。雲安酒濃曲米賤，家家扶得醉人回。

> 赤甲白鹽碧叢叢，半山人家草木風。榴花滿山紅似火，荔子天涼未肯紅。

> 新城果園連瀼西，枇杷壓枝杏子肥。半青半黃朝出賣，日午買鹽沽酒歸。

> 夔婦趁墟城裏來，十十五五市南街。行人莫笑女粗醜，兒郎自與買銀釵。

> 白頭老媼簪紅花，黑頭女娘三髻丫。背上兒眠上山去，採桑已閒當採茶。

> 百衲畲山青間紅，粟莖成穗豆成叢。東屯平田秔米軟，不到貧人飯甑中。

> 白帝廟前無舊城，荒山野草古今情。只餘峽口一堆石，恰似人心未肯平。

> 灩澦如襆瞿唐深，魚復陣圖江水心。大昌鹽船出巫峽，十日溯流無信音。

> 當筵女兒歌竹枝，一聲三疊客忘歸。萬里橋邊有船到，繡羅衣服生光輝。〔註41〕

〔註40〕　馬之純《祀馬將軍竹枝辭》序，《全宋詩》，北京大學出版社，1998年，第49冊，30982頁。

〔註41〕　范成大《夔州竹枝歌》，《范石湖集》，富壽蓀點校，上海古籍出版社，1981年，220～221頁。

　　夔州風景是極鮮明繁盛的，春來畬山，土色赤紅間著草木蔥青，遠望已覺顏色喜人；夏日裏榴花欲燃，荔枝尚青，枇杷杏子一派澄黃，更是鮮妍可愛；秋節之時，則禾穗沉實，豆莢叢叢，豐年富足之貌。這一帶風景中，此間山民的生活蹤跡亦隨處可見，他們畬田採茶，賣果買鹽，進城趕集，爭看賽會，過得忙碌而又充實。而在這些生活場景中，最爲亮眼的是對山民女子的描寫。她們雖在鄉野，卻無論老少都有愛美之心，年輕女子將黑髮挽成三股髻，老嫗雖白髮蕭疏，鬢邊也插戴著紅花作爲裝飾。而這些勞動婦女的美好卻不在於妝扮，而在於她們的辛勤勞作，一面在山間採桑採茶，一邊還照顧著背上的孩子，觀之樸厚親切。詩中也寫到農家男女之間粗糙卻溫暖的感情。「山居之民多癭腫疾」〔註42〕，郭印《夔州》詩亦云「女婦盡背籃，老弱多垂癭」，范成大詩中所寫的夔州山間婦人，也多有罹患此疾，頸部腫大者。然而她們不以爲意，仍坦然地呼朋引伴，趁墟趕集。這些婦人在城裏人眼中或許是粗陋的，然而她們的勤苦與樸實足以打動鄉間的兒郎，頭上的銀釵便是這樸質感情的證明。

　　這組詩歌的主題雖爲描寫夔州一帶的風土，然而九首詩歌中間並無特定的時間順序、敘事關聯，而是任由興之所至，所見即所書。如第一首寫端午爭看競渡，歡飲米酒，尚不失風俗意味；第二首即寫兩山對立，草木蔥蘢，花果豐美之況，雖也是夏日之況，但純是寫景；第三首則寫果農朝出賣果得錢，當午買鹽沽酒而歸的生活，乃是平敘民生；其後或寫夔州女子之生涯，或寫山間畬田之富足，或寫江上行船之艱難，不一而足，如「只餘峽口一堆石，恰似人心未肯平」，更是仿傚民歌善用比喻的手法，以峽口灩澦堆突出水面之況喻川中人對蜀國千年一脈的懷念。即便是最末一首寫歌女唱竹枝曲，「萬里橋邊有船到，繡羅衣服生光輝」兩句也是戛然而止，全不似通篇收束，反予人以意猶未盡之感。這種隨意的風格，正繼承了民歌體不拘一格，

〔註42〕　張華《博物志》，《漢魏六朝筆記小說大觀》，上海古籍出版社，1999年，188頁。

矢口而發的特質。

此外如其《歸州竹枝歌》云「東岸艤船拋石門，西山炊煙連白雲。竹籬茅舍作晚市，青蓋黃旗稱使君」〔註43〕，所寫江中船隻來去，高山上竹籬茅舍，炊煙入雲之況，也正是川東一帶風景。

《竹枝》之體爲七言四句，內容多寫風土見聞，已然約定俗成。故宋代文人由民歌曲調而生發，敘寫民俗風物的詩篇，也有一概以《竹枝》稱者。如楊萬里《竹枝歌》七首序：「晚發丹陽館下，五更至丹陽縣。舟人及牽夫終夕有聲，蓋謳吟嘯謔，以相其勞者。其辭亦略可辨，有云：『張哥哥，李哥哥，大家著力齊一拖。』又云：『一休休，二休休，月子彎彎照幾州。』其聲淒婉，一唱眾和。因隱括之爲《竹枝歌》云。」〔註44〕所依本是吳中舟人傳唱的民歌，並非巴渝荊楚的《竹枝》曲調，然而楊萬里亦以《竹枝》爲題作民歌體，寫吳地縴夫之勞苦生涯：

> 吳儂一隊好兒郎，只要船行不要忙。著力大家齊一拽，前頭管取到丹陽。

> 莫笑樓船不解行，識儂號令聽儂聲。一人唱了千人和，又得蹉前五里程。

> 船頭更鼓恰三槌，底事荒雞早個啼。戲學當年度關客，且圖一笑過前溪。

> 積雪初融做晚晴，黃昏恬靜到三更。小風不動還知麼，且只牽船免打冰。

> 岸旁燎火莫闌殘，須念兒郎手腳寒。更把綠荷包熱飯，前頭不怕上高灘。

> 月子彎彎照幾州，幾家歡樂幾家愁。愁殺人來關月事，得休休處且休休。

〔註43〕 范成大《歸州竹枝歌》，《范石湖集》，富壽蓀點校，上海古籍出版社，1981年，213頁。

〔註44〕 楊萬里《竹枝歌》序，《楊萬里集箋校》，辛更儒箋校，中華書局，2007年，第3冊，1430頁。

　　　　辛自通宵暖更晴，何勞細雨送殘更。知儂笠漏芒鞋破，
須遣拖泥帶水行。〔註45〕

縴夫的日子是十分辛苦的，每日裏早起拖船，如遇風雨，則拖泥帶
水，行路更是艱難。然而他們又是樂觀的，拉縴時一人號令，千人唱
和，齊心協力只顧前行；對於早起三更的辛苦，則「戲學當年度關
客，且圖一笑過前溪」，玩笑而過；而只消有一包江南一帶常見的綠
荷包熱飯，也能夠溫暖縴夫們冰涼的手腳，讓他們「不怕上高灘」。
詩中仿傚吳人口吻，多用吳語、俚語，如「識儂號令聽儂聲」、「底事
荒雞早個啼」、「小風不動還知麼」等句，其語言都十分鮮活。其中
如「著力大家齊一拽」，是從縴夫歌中「大家著力齊一拖」化來；而
「月子彎彎照幾州，幾家歡樂幾家愁。愁殺人來關月事，得休休處且
休休」一首，更是以民歌之句入詩，如古樂府之「採民言而被樂章」
〔註46〕的手筆，十分樸質自然。

　　又如葉適《橘枝詞三首記永嘉風土》，則是仿傚《竹枝》的命名
之法而立題。永嘉盛產柑橘之屬，天下知名，南宋韓彥直更作《永嘉
橘錄》〔註47〕三卷，以記其眾多品類。葉適本為永嘉人，描寫最為熟
悉的家鄉風物時自然得心應手，此題變竹枝為橘枝，一字之差，即令
永嘉特有的風土氣息撲面而來，巧妙而頗具新鮮之感。其詩云：

　　　　蜜滿房中金作皮，人家短日掛疎籬。判霜剪露裝船去，
不唱楊枝唱橘枝。

　　　　琥珀銀紅未是醇，私酤官賣各生春。只消一盞能和氣，
切莫多杯自害身。

〔註45〕　楊萬里《竹枝歌》，《楊萬里集箋校》，辛更儒箋校，中華書局，2007
　　　　年，第 3 冊，1430～1431 頁。
〔註46〕　朱熹《朱子語類》卷八十，《朱子全書》，朱傑人等編，上海古籍出
　　　　版社、安徽教育出版社，2002 年，第 17 冊，2737 頁。
〔註47〕　韓彥直曾任永嘉知州，《永嘉橘錄》即是其任上所作。是書一名《橘
　　　　錄》，《宋史・藝文志》及焦竑《國史經籍志》俱錄為三卷，而馬端
　　　　臨《文獻通考》錄為一卷，當為傳寫之誤。今有宋百川學海本。清
　　　　文淵閣四庫全書本傳世。

鶴袖貂鞋巾閃鴉，吹簫打鼓趁年華。行春以東嶸水北，
不妨歡樂早還家。〔註48〕

既名《橘枝詞》，第一首即是描繪永嘉種橘人家的勞作。令永嘉聞名
天下的柑橘成熟之時，顏色燦然，香味甘美，在冬天裏宛若小日頭般
掛在戶戶人家的籬牆之上。橘農們唱著歌謠，採摘顆顆猶帶著霜露的
金色的橘子，將它們沉甸甸地裝上木船，而他們唱的歌既非《楊柳枝》
也非《竹枝》這類外來的歌謠，而是永嘉當地的民歌，葉適在這裡名
之爲《橘枝》，極其自然地流露出對家鄉獨特風物的喜愛與自豪。第
二首則寫永嘉市上沽酒之況。種種美酒或作琥珀光，或泛銀紅色，令
人聯想到李賀「琉璃鍾，琥珀濃，小槽酒滴眞珠紅」〔註49〕的融豔醉
人，宛若春風拂面。而市中無論官私酒坊，因飲酒之人慣於淺酌，也
都是一團和氣，其樂融融。第三首寫的是鄉間賽會的熱鬧景象。葉適
有《永嘉端午行》寫當地龍舟賽神事，其句云：「行春橋東嶸岩北，
大舫移家住無隙」，又云「古來嶸水鬥勝負，湖邊常贏豈其數」〔註50〕，
則行春橋與嶸水皆在永嘉一帶。閃鴉，即閃鴉青，亦即通稱之紺色，
「紺，深青揚赤色。揚，浮也。今之閃鴉青也」〔註51〕，吹簫打鼓的
鄉民皆頭戴紺色巾子，白袖烏鞋，衣飾十分鮮明，帶著濃郁的水鄉氣
息。在熟悉的風景中盡情歡樂之餘，這些鄉人猶不忘早早還家，其中
透露出的醇厚民情，更是令人嚮往。

通觀這組詩歌，無論是遣詞用意，還是所描繪的鄉居生活側面，
都著力於渲染安寧和煦的氣氛。其景物描寫，如蜜房金皮，澄澄如日
的柑橘與琥珀、銀紅色澤的美酒，都是一目了然的溫暖色調；詩中反

〔註48〕 葉適《橘枝詞》，《全宋詩》，北京大學出版社，1998年，第50冊，31264頁。
〔註49〕 李賀《將進酒》，《李賀詩歌集注》，王琦等注，上海人民出版社，1977年，313頁。
〔註50〕 葉適《永嘉端午行》，《全宋詩》，北京大學出版社，1998年，第50冊，31211頁。
〔註51〕 劉因《四書集義精要》卷十九，文淵閣四庫全書本。

覆提及的春意、和氣、歡樂等語，也是一派溫煦融融。此外，「切莫多杯自害身」，「不妨歡樂早還家」等句，都用樸質溫和的口吻，似是勸告，也是敘述當地民風之實情。字裏行間，無不流露出詩人對自己生長在茲的鄉土的讚美與懷思。

《橘枝》一題，兩宋及前朝皆不見記錄，以此命名永嘉的民歌，當爲葉適所獨創。而在葉適《橘枝詞》之後，這一題目亦從此流傳下去，並廣而成爲洞庭、吳中一帶民歌的稱謂。如清代陳文述《柳毅井》詩云「女兒歌橘枝，誰是傳書者」〔註52〕，即是以此指代洞庭民歌。《橘枝詞》樂府，後世亦有同題傳寫。如清代汪琬作《洞庭橘枝詞》：「郎行時節橘花零，南風吹來香滿庭。今年橘實大於斗，勸郎莫羨楚江萍」，即自云「仿葉水心橘枝詞體」〔註53〕；錢枚亦作《橘枝詞》云「逾淮莫改生平節，辛苦吳儂唱橘枝」〔註54〕等等，雖然不如葉適之作鄉土氣息濃郁，也仍是以橘起興，泛寫當地風物，延續了《橘枝詞》的寫作傳統。

因宋代《竹枝》一類詩篇多以七言絕句組詩寫民間平易生活，又慣用鄉間風物渲染，傳寫既多，更形成了獨特的「竹枝體」。如「蜻蜓蛺蝶淺深舞，鶯兒燕子短長歌」〔註55〕，「婦挼草汁浴蠶子，婢炙松明治枲麻」〔註56〕，「江南女兒善踏歌，桑落酒熟黃金波」〔註57〕等，在宋代文人擬樂府中，是風格較爲清新，鄉土氣息也更加濃郁的一類。

〔註52〕　陳文述《柳毅井》，《頤道堂集》詩選卷二十一，清嘉慶十二年刻道光增修本。

〔註53〕　汪琬《洞庭橘枝詞》，《堯峰文鈔》詩鈔卷八，四部叢刊本。

〔註54〕　錢枚《橘枝詞》，《兩浙輶軒錄補遺》卷七，阮元編，清嘉慶刻本。

〔註55〕　項安世《荆江漁父竹枝詞九首和夔帥□侍郎韻爲荆帥范侍郎壽》，《全宋詩》，北京大學出版社，1998年，第44冊，27335頁。

〔註56〕　汪夢斗《居家五首竹枝體》，《全宋詩》，北京大學出版社，1998年，第67冊，42376頁。

〔註57〕　趙文《竹枝詞》其二，《全宋詩》，北京大學出版社，1998年，第68冊，43258頁。

二、懷古之思：《竹枝》體的文人化開拓

以《竹枝》之體，寫山川風物，發懷古之思，是傳寫中較爲特殊的一類。如蘇軾《竹枝歌》序云：「《竹枝歌》本楚聲，幽怨惻怛，若有所深悲者。豈亦往者之所見有足怨者與？夫傷二妃而哀屈原，思懷王而憐項羽，此亦楚人之意相傳而然者。且其山川風俗鄙野勤苦之態，固已見於前人之作與今子由之詩。故特緣楚人疇昔之意，爲一篇九章，以補其所未道者。」〔註58〕序中突出《竹枝》作爲楚地歌曲的地域特徵，也肯定了其描繪「山川風俗鄙野勤苦之態」的傳統，此一傳統遠可上溯唐人，近則有蘇轍之作「可憐楚人足悲訴，歲樂年豐爾何苦。釣魚長江江水深，耕田種麥畏狼虎。俚人風俗非中原，處子不嫁如等閒。雙鬟垂頂髮已白，負水採薪長苦艱」〔註59〕爲證。蘇軾在此基礎上更進一步，不寫普通的山川風俗，而是由飄蕩著《竹枝》歌聲的楚地山水，聯想到這片土地久遠的歷史。其詩云：

> 蒼梧山高湘水深，中原北望度千岑。帝子南遊飄不返，惟有蒼蒼楓桂林。楓葉蕭蕭桂葉碧，萬里遠來超莫及。乘龍上天去無蹤，草木無情空寄泣。水濱擊鼓何喧闐，相將扣水求屈原。屈原已死今千載，滿船哀唱似當年。海濱長鯨徑千尺，食人爲糧安可入。招君不歸海水深，海魚豈解哀忠直。吁嗟忠直死無人，可憐懷王西入秦。秦關已閉無歸日，章華不復見車輪。君王去時簫鼓咽，父老送君車軸折。千里逃歸迷故鄉，南公哀痛彈長鋏。三戶亡秦信不虛，一朝兵起盡讙呼。當時項羽年最少，提劍本是耕田夫。橫行天下竟何事，棄馬烏江馬垂涕。項王已死無故人，首入漢庭身委地。富貴榮華豈足多，至今惟有塚嵯峨。故國淒涼人事改，楚鄉千古爲悲歌。〔註60〕

〔註58〕 蘇軾《竹枝歌》序，《蘇軾詩集》，王文誥注，孔凡禮點校，中華書局，1982年，第1冊，24頁。

〔註59〕 蘇軾《竹枝歌》，《欒城集》，曾棗莊等校點，上海古籍出版社，1987年，上冊，6頁。

〔註60〕 蘇軾《竹枝歌》，《蘇軾詩集》，王文誥注，孔凡禮點校，中華書局，

　　章句結構方面，《竹枝》舊題本爲四句七言的組詩，蘇軾之作卻特地突破此限，聯章爲篇，即紀昀所言「每段八句，過接處，若斷若連，章法甚妙」〔註61〕。全詩共分五段，前四段各八句，分別寫虞舜二妃、屈原、楚懷王、項羽之故事，最後一段四句，總收全詩。諸章間更多以頂針法巧妙勾連，如述屈原沉江，末句云「海魚豈解哀忠直」，下段述懷王去楚，即直承云「吁嗟忠直死無人」，筆鋒直落，氣脈貫通，可稱饒有新意，不落窠臼。在立意方面，蘇軾此作則將《竹枝》傳承與楚聲幽怨惻怛勾連，認爲歌中所述乃是楚人傷悼古事的「疇昔之意」，以表明此詩固有本事因襲；同時又將楚聲之悲與古史之感慨聯繫起來，宕開的視角，爲詩篇賦予了相當的歷史縱深感，可謂借考辨舊題源流之舉，行題材變更之實。通篇造語用字，極爲平簡；各章均只扣深悲之旨，直敘古事，全不鋪排，反而更覺沉痛端凝；至卒章「故國淒涼人事改，楚鄉千古爲悲歌」二句，更是扣序中「楚人疇昔之意」，總收全篇。九章之間，平仄韻交互，更增其跌宕鏗鏘之致。

　　蘇軾此作固然高妙新穎，但一目了然已是歌行體樂府，俊逸中猶覺沉痛，與《竹枝》一向的民歌體之風不諧。而如賀鑄《變竹枝詞》九首，則是既具民歌風味，又頗有古意的佳作。

　　賀鑄於元祐七年任鄂州寶泉監，所作《變竹枝詞》九首當與這一時期的經歷相關，融彙了他以鄂州爲中心，遊覽山川，體驗風土的見聞。詩中所提及的地理名勝，如鸚鵡洲、黃鶴樓、南樓，都在鄂州；采石磯、石城等，也屬古時楚地；至於桃葉渡雖在江寧，亦是長江中下游所謂吳頭楚尾之地。至於詩中所述人事，也大多都是發生在楚地的故事傳說，可謂以楚歌寫楚事，風土氣息十分濃郁。而究其風格，也不似蘇軾《竹枝歌》般凝重，而是兼具民歌之清新：

1982 年，第 1 冊，24～26 頁。
〔註61〕 蘇軾《蘇軾詩集》，王文誥注，孔凡禮點校，中華書局，1982 年，第 1 冊，24 頁。

　　　　莫把雕檀楫，江清如可涉。但聞歌竹枝，不見迎桃葉。

　　　　隔岸東西州，清川拍岸流。但聞竹枝曲，不見青翰舟。

　　　　露濕雲羅碧，月澄江練白。但聞竹枝歌，不見騎鯨客。

　　　　北渚芙蓉開，褰裳擬屬媒。但聞竹枝曲，不見莫愁來。

　　　　西戍長回首，高城當夏口。但聞竹枝歌，不見行吟叟。

　　　　南浦下魚筒，孤篷信晚風。但聞竹枝曲，不見滄浪翁。

　　　　勝概今猶昨，層樓棲燕雀。但聞歌竹枝，不見乘黃鶴。

　　　　危構壓江東，江山形勝雄。但聞竹枝曲，不見胡床公。

　　　　蒹葭被洲渚，鳧鷖方容與。但聞歌竹枝，不見題鸚鵡。

〔註62〕

其首云迎桃葉，用王獻之《桃葉歌》故事，桃葉爲王獻之之妾，王獻之爲其作歌云，「桃葉復桃葉，渡江不用楫。但渡無所苦，我自迎接汝」〔註63〕，而詩中「江清如可涉」句正扣古辭之意。其次云青翰舟，用鄂君子晳《越人歌》故事，「君獨不聞夫鄂君子晳之泛舟於新波之中也，乘青翰之舟，極蒏茝，張翠蓋而擁犀尾，班麗袿衽，會鐘鼓之音畢，榜枻越人擁楫而歌」〔註64〕，詩中由清川流水想到當日鄂君與越人共泛青翰舟，十分自然。其三云騎鯨客，用李白傳說，「後白浮游四方，於采石騎鯨捉月而亡」〔註65〕，「《侯鯖錄》載太白過采石，酒狂捉月，恐好事者爲之」〔註66〕，而詩人多從其說，賀鑄此處即是以夜露深濃，月映澄江的一派清景引出太白捉月之事。其四云莫愁來，用西曲歌《莫愁樂》事，「《莫愁樂》者，出於《石城樂》。石

〔註62〕　賀鑄《變竹枝詞》，《全宋詩》，北京大學出版社，1998年，第19冊，
　　　　　12586～12587頁。
〔註63〕　王獻之《桃葉歌》，《樂府詩集》卷四十五‧清商曲辭二，中華書局，
　　　　　1979年，第2冊，665頁。
〔註64〕　劉向《說苑》卷十一，上海古籍出版社，1990年，95頁。
〔註65〕　林駉《源流至論》續集卷六，文淵閣四庫全書本。
〔註66〕　祝穆《方輿勝覽》卷十五，施和金點校，中華書局，2003年，269頁。

城有女子名莫愁，善歌謠，故《石城樂》和中復有莫愁聲，其辭曰：『莫愁在何處？莫愁石城西。艇子打兩槳，催送莫愁來』」〔註67〕，詩中則以芙蓉綻放喻莫愁之容，以褰裳欲渡述傾慕之思，而其末云不見莫愁來，更增宛曲之致。其五云行吟叟，用屈原爲懷王所逐，「至於江濱，被髮行吟澤畔，顏色憔悴，形容枯槁」〔註68〕之事跡。其六云滄浪翁，用屈原遇漁父事，即《楚辭‧漁父》中「漁父莞爾而笑，鼓枻而去，乃歌曰：『滄浪之水清兮，可以濯吾纓；滄浪之水濁兮，可以濯吾足。』遂去，不復與言」，詩中以「南浦下魚筒，孤篷信晚風」兩句寫所見漁舟晚渡之景，引出漁父滄浪之思；其七云乘黃鶴，用仙人子安事，「夏口城據黃鵠磯，世傳仙人子安乘黃鵠過此上也」〔註 69〕，且夏口「城西臨大江，江南角因磯爲樓，名黃鶴樓」〔註 70〕，亦即詩中所述「層樓棲燕雀」。其八云胡床公，用庾亮事，庾亮「出鎮武昌，佐吏殷浩之徒秋夜登南樓，亮至，諸人將避，亮曰：『老子於此處興復不淺。』便據胡床，與浩等談詠竟坐」〔註71〕，而詩中「危構壓江東，江山形勝雄」句正合武昌之形勝，危構一語又合於登南樓之事，當是賀鑄親臨南樓，有感而發。其九云題鸚鵡，用禰衡事，蓋鄂州鸚鵡洲爲「黃祖殺禰衡處，衡嘗作《鸚鵡賦》，故遇害之地得名」〔註72〕，詩中「蒹葭被洲渚，梟鶩方容與」句，亦正是寫所見之鸚鵡洲景致。

　　《竹枝》本爲七言絕句，《變竹枝詞》則變其體爲五言。然而九首詩仍爲聯章之體，以聞《竹枝》一事貫穿，對賀鑄在鄂州一帶的見

〔註67〕　元稹《樂府古題要解》卷上，《歷代詩話續編》，丁福保輯，中華書局，1983 年，42 頁。

〔註68〕　《史記》卷八十四‧屈原列傳，中華書局，1995 年精裝版，2486頁。

〔註69〕　《南齊書》志七‧州郡下，中華書局，1972 年，276 頁。

〔註70〕　李吉甫《元和郡縣圖志》，賀次君點校，中華書局，1983 年，644頁。

〔註71〕　謝維新《古今合璧事類備要》續集卷二十六，文淵閣四庫全書本。

〔註72〕　王象之《輿地紀勝》卷六十六，江蘇廣陵古籍刻印社，1991 年，602頁。

聞想像加以渲染發揮。回首前朝人事俱杳，而江山風物不變如昔，惟一曲《竹枝》流響其間，成爲今古一脈的紐帶。通篇既具懷古之思，又帶民歌之飄逸，九章之間韻腳平仄交互，亦頗具音節錯落之美。此外，詩中涉及《桃葉歌》、《越人歌》、《石城樂》等前朝樂府，也可視作依託於舊題本事的發揮。

其後如孫嵩、汪元量等，也頗有因巴渝風物發懷古之思的作品，如「漢世明妃猶有村，荒祠歌舞與招魂。胡琴好入巴渝曲，萬里還鄉釃酒罇」〔註73〕，寫王昭君故里；「賈誼祠前酹酒尊，汨羅江上弔騷魂。耒陽更有一抔土，行路人傳是假墳」〔註74〕，寫屈原沉江之事，諸如此類，不再一一贅述。

民歌諸題雖以《竹枝歌》傳寫最廣，但宋代也不乏模擬民歌之體描繪地理環境，風物人情之作。如《武夷九曲棹歌》，乃是以描繪武夷山水爲主題。九曲，即九曲溪，「在武夷山西南隅……灣環九曲，貫於群岫」〔註75〕，是武夷一景。而九曲棹歌之題與相和歌辭舊題《棹歌行》亦無關聯，而是始自朱熹，其曲調蓋出自武夷山中漁父舟子的歌謠，因朱熹詩中「閒聽棹歌兩三聲」之句可知。朱熹建武夷精舍後，於淳熙十一年（1184）春，與友人學子同遊九曲溪，倚棹歌之曲調，作《淳熙甲辰中春精舍閒居戲作武夷棹歌十首呈諸同遊相與一笑》組詩，除第一首「武夷山上有仙靈，山下寒流曲曲清。欲識個中奇絕處，棹歌閒聽兩三聲」〔註76〕總起全篇之外，二至十首分別描繪

〔註73〕 孫嵩《竹枝歌》其七，《全宋詩》，北京大學出版社，1998年，第68冊，43155頁。

〔註74〕 汪元量《竹枝歌》其二，《全宋詩》，北京大學出版社，1998年，第70冊，44057頁。

〔註75〕 祝穆《方輿勝覽》卷十一，施和金點校，中華書局，2003年，188頁。

〔註76〕 朱熹《淳熙甲辰中春精舍閒居戲作武夷棹歌十首呈諸同遊相與一笑》，《朱子全書》，朱傑人等編，上海古籍出版社、安徽教育出版社，2002年，第20冊，525頁詩同。

九曲之景物，由「一曲溪邊上釣船」、「二曲亭亭玉女峰」，直至「八曲風煙勢欲開」、「九曲將窮眼豁然」，格式十分整齊。

此題在朱熹首作之後，尚有辛棄疾《遊武夷作櫂歌呈晦翁十首》、歐陽光祖《和朱元晦九曲櫂歌》、留元剛《武夷九曲櫂歌》、白玉蟾《九曲櫂歌十首》、方岳《又和晦翁櫂歌》等和作。這些作品都仿傚朱熹之體，是九篇或十篇的組詩，也頗有在詩中分嵌一曲至九曲者，如「一曲回看天鑒池，一邊草木與雲齊」、「玉女峰臨二曲流，刳心學道幾春秋」〔註77〕等。

再如楊萬里《圩丁詞》，描寫江南溧水縣農民在水中築堤，圍爲農田的水利建設活動。「江東水鄉，堤河兩涯而田其中，謂之圩⋯⋯內以圍田，外以圍水，蓋河高而田反在水下。沿堤通斗門，每門疏港以溉田，故有豐年而無水患」〔註78〕。楊萬里作這組樂府詩，除了記述其事，也是爲了「擬劉夢得《竹枝》、《柳枝》之聲，以授圩丁之修圩者歌之，以相其勞」，讓圩丁在勞動時有相得益彰的歌辭可以歌唱。其辭如下：

> 圩田元是一平湖，憑仗兒郎築作圩。萬雉長城倩誰守，兩堤楊柳當防夫。
>
> 何代何人作此圩，石頑土膩鐵難如。年年二月桃花水，如律流歸石白湖。
>
> 上通建德下當塗，千里江湖綠一圩。本是陽侯水精國，天公敕賜上農夫。
>
> 南望雙峰抹綠明，一峰起立一峰橫。不知圩里田多少，直到峰根不見塍。
>
> 兩岸沿堤有水門，萬波隨吐復隨吞。君看紅蓼花邊腳，

〔註77〕　歐陽光祖《和朱元晦九曲櫂歌》，《全宋詩》，北京大學出版社，1998年，第 48 冊，30355 頁。

〔註78〕　楊萬里《圩丁詞》序，《楊萬里集箋校》，辛更儒箋校，中華書局，2007 年，第 4 冊，1643 頁。下皆同。

補去修來無水痕。

年年圩長集圩丁，不要招呼自要行。萬杵一鳴千畚土，
大呼高唱總齊聲。

兒郎辛苦莫呼天，一日修圩一歲眠。六七月頭無點雨，
試登高處望圩田。

岸頭石板紫縱橫，不是修圩是築城。傳語赫連莫蒸土，
霸圖未必賽春耕。

河水還高港水低，千枝萬派曲穿畦。斗門一閉君休笑，
要看水從人指揮。

圩上人牽水上航，從頭點檢萬農桑。即非使者秋行部，
乃是圩翁曉按莊。

圩田的水利功能十分強大，即便遇到旱情，也能灌溉田地，保證收成。
溧水縣的這片圩田佔地相當廣大，「不知圩里田多少，直到峰根不見
塍」。楊萬里任江東轉運副使時，在出巡之際親自乘舟考察過其範圍，
「自溧水縣南一舍所，登蒲塘河，小舟至孔鎮，水行十二里，備見水
之曲折。上自池陽，下至當塗，圩河皆通大江，而蒲塘河之下十里所，
有湖曰石臼，廣八十里。河入湖，湖入江」，如此規模，謂之「千里
江湖繚一圩」，實不爲過。堤岸牢固，土石堅硬如鐵，尚有兩岸楊柳
護衛，可見最初修築之時的用心。而這道堤岸也受到當地人民的精心
維護，「鄉有圩長，歲晏水落，則集圩丁，日具土石揵萅以修圩」，每
至冬天，圩丁們「不要招呼自要行」，自發地維護圩堤的穩固安全。
至於「傳語赫連莫蒸土，霸圖未必賽春耕」、「斗門一閉君休笑，要看
水從人指揮」，皆是對凝聚勞動人民智慧的圩田的讚歎，而「南望雙
峰抹綠明」，又描繪了江南風物之美好，其欣慰之情溢於言表，亦是
士大夫淑世情懷的體現。

綜上所述，宋代文人士大夫將目光轉向鄉土生活，在關注民生疾
苦之外，更廣泛汲取其中生活化的氣息，描繪鄉間四時之樂，歲時節

俗，表達文人對鄉土的熟悉與嚮往。在繼承樂府詩關注現實，采詩觀風的傳統之餘，也形成了自上而下的，關切與包容兼具的創作視野，進一步開拓了宋代樂府詩書寫民生的題材。